楊錫彭 注譯

新譯山海經

三民書局

國家圖書館出版品預行編目資料

新譯山海經／楊錫彭注譯.——二版六刷.——臺北市：三民，2022
面；　公分.——(古籍今注新譯叢書)

ISBN 978-957-14-3867-2（平裝）
1. 山海經－注釋

857.21

古籍今注新譯叢書

新譯山海經

注譯者	楊錫彭
發行人	劉振強
出版者	三民書局股份有限公司
地址	臺北市復興北路 386 號 (復北門市) 臺北市重慶南路一段 61 號 (重南門市)
電話	(02)25006600
網址	三民網路書店 https://www.sanmin.com.tw
出版日期	初版一刷 2004 年 1 月 初版五刷 2008 年 9 月 二版一刷 2009 年 9 月 二版六刷 2022 年 9 月
書籍編號	S032470
ISBN	978-957-14-3867-2

三民書局

刊印古籍今注新譯叢書緣起

劉振強

人類歷史發展，每至偏執一端，往而不返的關頭，總有一股新興的反本運動繼起，要求回顧過往的源頭，從中汲取新生的創造力量。孔子所謂的述而不作，溫故知新，以及西方文藝復興所強調的再生精神，都體現了創造源頭這股日新不竭的力量。古典之所以重要，古籍之所以不可不讀，正在這層尋本與啟示的意義上。處於現代世界而倡言讀古書，並不是迷信傳統，更不是故步自封；而是當我們愈懂得聆聽來自根源的聲音，我們就愈懂得如何向歷史追問，也就愈能夠清醒正對當世的苦厄。要擴大心量，冥契古今心靈，會通宇宙精神，不能不由學會讀古書這一層根本的工夫做起。

基於這樣的想法，本局自草創以來，即懷著注譯傳統重要典籍的理想，由第一部的四書做起，希望藉由文字障礙的掃除，幫助有心的讀者，打開禁錮於古老話語中的豐沛寶藏。我們工作的原則是「兼取諸家，直注明解」。一方面熔鑄眾說，擇善而從；一方面也力求明白可喻，達到學術普及化的要求。叢書自陸續出刊以來，頗受各界的喜愛，使我們得到很大的鼓勵，也有信心繼續推廣這項工作。隨著海峽兩岸的交流，我們注譯的成員，也由臺灣各大學的教授，擴及大陸各有專長的學者。陣容的充實，使我們有更多的資源，整理更多樣化的古籍。兼採經、史、子、集四部的要典，重拾對通才器識的重視，將是我們進一步工作的目標。

古籍的注譯，固然是一件繁難的工作，但其實也只是整個工作的開端而已，最後的完成與意義的賦予，全賴讀者的閱讀與自得自證。我們期望這項工作能有助於為世界文化的未來匯流，注入一股源頭活水；也希望各界博雅君子不吝指正，讓我們的步伐能夠更堅穩地走下去。

新譯山海經　目次

導讀

《山海經》可以說是上古時代的一部百科全書，全書只有三萬多字，內容涉及地理、地質、天文、氣象、動物、植物、礦產、醫藥、水利、考古、人類學、海洋學、科技史、民族學、宗教、神話等等。全書共分十八卷，前五卷合稱為〈五臧（藏）山經〉，又簡稱〈山經〉，按全書次序，即第一，〈南山經〉；第二，〈西山經〉，第三，〈北山經〉；第四，〈東山經〉；第五，〈中山經〉。後十三卷本無專名，因其以海外、海內各經為主，故名之為〈海經〉，按全書次序，即第六，〈海外南經〉；第七，〈海外西經〉；第八，〈海外北經〉；第九，〈海外東經〉；第十，〈海內南經〉；第十一，〈海內西經〉；第十二，〈海內北經〉；第十三，〈海內東經〉；第十四，〈大荒東經〉；第十五，〈大荒南經〉；第十六，〈大荒西經〉；第十七，〈大荒北經〉；第十八，〈海內經〉。

《山海經》以地理為綱，特別是〈山經〉基本上是一部反映當時真實知識的地理書。但由於書中所記山川大部分不見於漢晉以來記載，難以指實其地理位置，所以其記載的地域範圍到底有多大，四方極遠處達到什麼地方，長期以來一直是古今中外學者爭議的問題。根據譚其驤先生的研究，〈五臧山經〉所記大方向基本是正確的。就某山在前一山的某向而言，多數是稍有偏差，基本正確。而所載里距數，則可信程度很差，各山間里距多少，一般都不正確。至於經末里距總數，則與實際距離相去更遠。學術界一般認為，譚其驤先生的這些論斷，是持之有據的。

關於海內、海外的分野，古人認為我國疆土四面環海，故稱國境以內為海內，國境以外為海外。有的研究者認為，《山海經》所涉及的地域遠達當今的朝鮮、日本、俄羅斯、蒙古、阿富汗，甚至到達北美洲、中美洲。對此本書在注釋時不加討論。

關於《山海經》中的地名所指，學界多有爭議，如「招搖山」，有人認為是當今的狼阡喀巴布山，有人認為在今廣東連縣，還有人認為是今廣西興安的苗兒山；「麗麔水」，有人認為是「源出連縣北方山的連江」，有人認為麗麔水就是廣西的灕江。對此，我們一般不作地理考釋，但對於某些有確論或屬於俗信的地名，我們也加以適當的注釋，如西次四經「西南三百六十里，曰崦嵫之山……」，加注：「崦嵫之山，在今甘肅天水市西。傳說是日入之處。」

關於《山海經》中一些名物記載，我們在注釋時分別情況加以處理。如〈西山經〉符禺之山：「其上有木焉，名曰文莖，其實如棗，可以已聾。」「文莖」的形態已在正文中有解釋，就不再注釋。又如〈西山經〉松果之山：「濩水出焉，北流注于渭，其中多銅。有鳥焉，其名曰螐渠，其狀如山雞，黑身赤足，可以已䐿。」其中的「螐渠」也不再注釋。而對於原文中沒有描寫其形態的名物，則加以注釋。如〈西山經〉小華之山：「……其陰多磬石，其陽多㻬琈之玉，鳥多赤鷩，可以禦火。其草有萆荔，狀如烏韭，而生于石上，亦緣木而生，食之已心痛。」其中的「磬石、㻬琈、赤鷩」，我們都加了注釋。

關於《山海經》的著者，學界一般認為當是集體編述而成，其成書年代許多學者認為是戰國時代。但成書年代與書的內容不是一回事，《山海經》的內容涉及原始社會末期和階級社會初期的社會、地理、經濟、物產，此外還記錄了豐富的遠古神話傳說，這些神話傳說保存了人類早期記憶的豐富資料。例如與自然界有關的「燭龍」、「燭陰」之說就是用神話形式描述極地的極光現象，壽麻人「正立無景」則是對太陽運行規律的反映。古人生產力低下，知識貧乏，對自然界變幻莫測的現象無法理解，既驚異又恐懼，以為冥冥之中必有神靈主宰，於是就編造出一個個荒誕的故事來解釋宇宙間的祕密。但這只是原始先民低下的認識水平的反映，並不一定是為了欺騙別人而編造的謊言。因此，對於《山海經》中的這些記載，要用「原始思維」去看待，不能膠柱鼓瑟，以今律古。

《山海經》中有許多奇異動植物的描寫，這些描寫未必就是憑空捏造。書中多有把動植物佩帶在身上可以預防疾病的記載（如〈南山經〉䧿山「迷穀，佩之不迷」，「育沛，佩之無瘕疾」），並非空穴來風。據說在地中海某個島嶼上的部落居民，常年佩帶一種香囊，因此很少患感冒。古代嶺南就有用鹿角當佩藥使用的習俗。至於蛇有翅膀可以飛翔，某種動物的叫聲像另一種動物的記載，也不一定是純粹的想像。報載，新加坡有一種天堂樹蛇，可以不費吹灰之力滑翔在空中。這種蛇不僅可以游泳、爬樹以及在地面上滑動，還可以從一定高度上躍起，通過擺動身體從而滑翔一定距離。近有克隆豬叫聲像鴨子的報導。又四川都江堰發現一種白色有殼蜘蛛，殼面有如人面，眼、嘴、眉俱全（《南京晨報》二〇〇二年八月二十六日二十二版）。

《山海經》中有許多古代科技發明的記載，如少皞的後代般創製了弓和箭。炎帝後代鼓和延創造製作了鐘，還創制了樂曲和音律。帝俊的後人巧倕發明百工技巧，晏龍創製了琴和瑟這兩種樂器，番禺創造了舟船，吉光發明用樹木做成車子。還有后稷發明播種百穀，叔均發明用牛來耕田犁地，等等。這些記載不一定是信史，但古代部落首領以及後來階級社會中的帝王往往也是科學技術的發明者卻是不爭的事實。湖北曾侯乙墓考古發掘隊隊長譚維四在所著《樂宮之王》中指出，曾侯乙（姓姬名乙）不但是姬姓曾國國君，也是一位通曉音樂、天文曆法和冶金鑄造技術的傑出科學家。

冷僻字的讀音已在正文中注出，在注釋和語譯中就不再注音，其讀音可參照正文中的注音。

《山海經》的語言並不嚴密、準確，不論是用詞、句子表達還是話語連接，都每有不準確乃至矛盾、舛誤或不可理解之處，如「北單之山」既「無草木」，又「多葱韭」，豈非矛盾？西次三經「峚山」一節，言及「瑾瑜之玉」，「天地鬼神，是食是饗」，這該如何理解？至於〈山經〉，各篇篇末對所經之山總數的統計，則往往對不上；〈海外南經〉中指示詞「其」

也往往使人不明所指。諸如此類的問題，都往往難以深究。我們只能照錄照譯。凡此種種，還請讀者鑒諒。

本書原文以袁珂先生《山海經校注》本（上海古籍出版社，一九八〇年七月版）為據，版本校勘及注譯方面也對袁珂先生的校注本多有參考。在注譯過程中，我們還參考了中國《山海經》學術討論會編輯的《「山海經」新探》（四川省社會科學出版社，一九八六年出版）中諸位學者的學術論文，謹向袁珂先生及各位學者表示誠摯的敬意及謝忱。

楊錫彭　識於二〇〇三年十月

附圖：下列插圖均選自清代吳任臣《山海經廣注》。

圖一　旋龜

圖二　英招

圖三　帝江

圖四　人面鴞

圖五　天馬

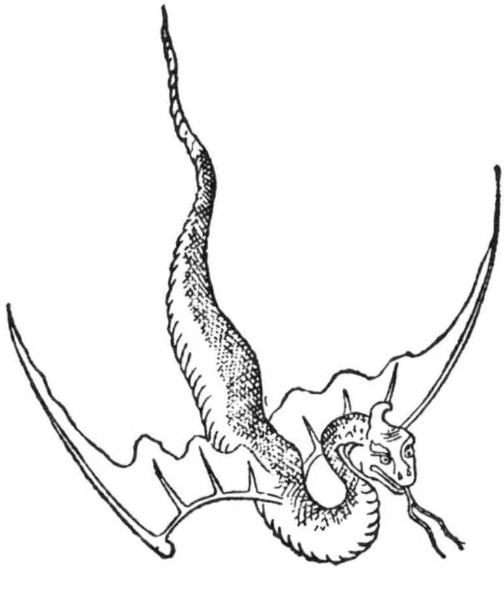

圖六　化蛇

圖七　讙頭國

圖八　貫匈國

圖九　奇肱國

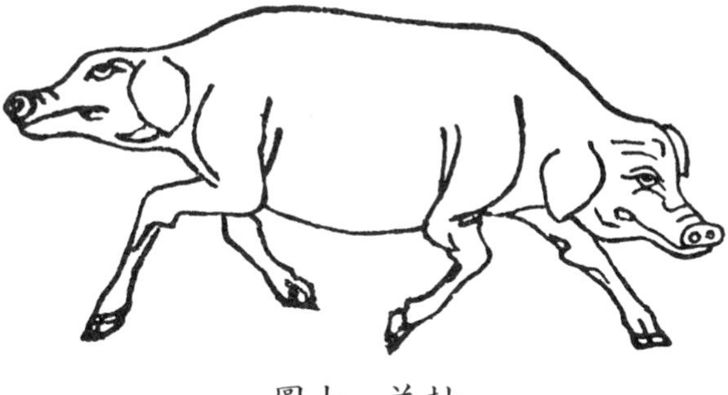

圖十　并封

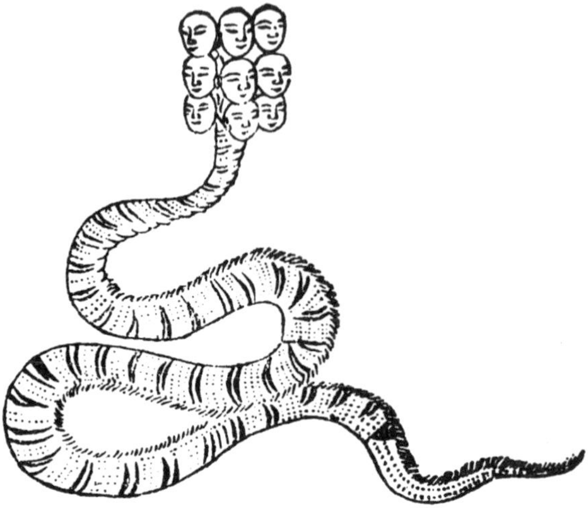

圖十一　相柳

圖十二　天吳

圖十三 陵魚

圖十四 跊踢

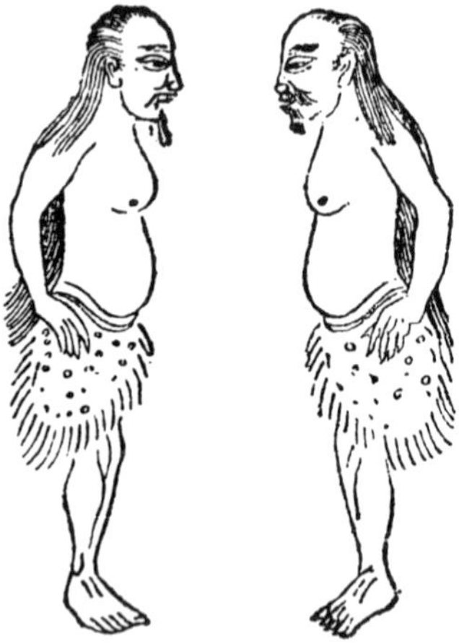

圖十五　一臂民

圖十六　蜀鳥

卷一 南山經

南山經❶之首❷曰䧿❸山。其首曰招搖之山，臨于西海之上❹，多桂，多金玉。有草焉，其狀如韭而青華❺，其名曰祝餘，食之不飢。有木焉，其狀如穀❻而黑理，其華❼四照，其名曰迷穀，佩之不迷。有獸焉，其狀如禺❽而白耳，伏行人走，其名曰狌狌❾，食之善走。麗麂之水出焉，而西流注于海，其中多育沛❿，佩之無瘕疾⓫。

又東三百里，曰堂庭之山，多棪木，多白猿，多水玉⓬，多黃金。

又東三百八十里，曰猨翼之山⓭，其中多怪獸，水多怪魚，多白玉，多蝮虫⓮，多怪蛇，多怪木，不可以上。

又東三百七十里，曰杻陽之山，其陽多赤金，其陰多白金。有獸焉，其狀如馬而白首，其文如虎而赤尾，其音如謠⑮，其名曰鹿蜀⑯，佩之宜子孫。怪水出焉，而東流注于憲翼之水。其中多玄龜，其狀如龜而鳥首虺⑰尾，其名曰旋龜，其音如判木，佩之不聾，可以為底⑱。

又東三百里，曰柢山，多水，無草木。有魚焉，其狀如牛，陵居⑲，蛇尾有翼，其羽在魼⑳下，其音如留牛㉑，其名曰鯥，冬死而夏生，食之無腫疾㉒。

又東四百里，曰亶爰之山，多水，無草木，不可以上。有獸焉，其狀如貍而有髦㉓，其名曰類，自為牝牡，食者不妒。

又東三百里，曰基山，其陽多玉，其陰多怪木。有獸焉，其狀如羊，九尾四耳，其目在背，其名曰猼訑，佩之不畏。有鳥焉，其狀如雞而三首六目，六足三翼，其名曰鵸鵌，食之無臥。

又東三百里，曰青丘之山，其陽多玉，其陰多青雘㉔。有獸焉，其狀如狐而九尾，其音如嬰兒，能食人；食者不蠱。有鳥焉，其狀如鳩，其音若呵㉕，名曰灌灌，佩之不惑。英水出焉，南流注于即翼之澤。其中多赤鱬，其狀如魚而人面，其音如鴛鴦，食之不疥。

又東三百五十里，曰箕尾之山，其尾踆㉖于東海，多沙石。汸水出焉，而南流注于淯，其中多白玉。

凡䧿山之首㉗，自招搖之山以至箕尾之山，凡十山，二千九百五十里。其神狀皆鳥身而龍首。其祠之禮，毛用一璋玉瘞㉘，糈用稌米㉙，一璧㉚，稻米、白菅㉛為席。

【章旨】南方山系共有四十座山，綿延一萬六千三百八十里。

本節介紹了南方山系第一條山脈䧿山，計有招搖山、堂庭山、即翼山、杻陽山、柢山、亶爰山、基山、青丘山、箕尾山，一共十座山，綿延二千九百五十里。

招搖山桂樹飄香，金玉滿山，祝餘花吃了不餓，迷穀光照四方；堂庭山水晶、黃金閃耀光芒；即翼山怪獸、怪魚、怪蛇、怪樹漫山遍野；杻陽山蜀鹿淺吟低唱；柢山鯥魚長著翅膀；亶爰山上草木不生；基山猼訑有九條尾巴；青丘山赤鱬吃了不生疥瘡；箕尾山滿山沙石，汸水中白玉熠熠閃光……。山神長著鳥身、龍頭，祭祀要用玉、璋……

本節既有地理、物產的記載，又有遠古風俗迷信的記載，如「狌狌，食之善走」，就反映了遠古時代的食俗，即人吃某種動物，其特長、特性便被人所獲得。這種觀念，一直延續到今天。類似記述，全書中比比皆是，本節中就有鵸鵂鳥「食之無臥」，鯥魚「食之無腫疾」，赤鱬「食之不疥」等記載。尤其有趣的是，「類」因「自為牝牡」，即合雌雄為一體而使「食者不妒」，可謂合理想像。

【注釋】❶南山經　意即「南山之所經」。經，本為「經歷、經過」義。因後世校錄者在篇首題以「海外南經」、「海外西經」等字樣，「經」的「經歷」義逐漸模糊而「經典」義逐漸突出。❷首　開頭。❸䧿　古「鵲」字。❹臨于西海之上　位於西海海岸。臨，居高處朝向低處。上，「……邊上」義。❺華　古「花」字。❻穀　即「構」，構樹。❼華　光華。❽禺　一種長尾巴猴。❾狌狌　即猩猩。❿育沛　未詳。一說即瑇瑁，瑇與育同屬覺部，沛與瑁皆為雙唇音。⓫瘕疾　蠱脹病。⓬水玉　水晶。⓭猨翼之山　袁珂校改為「即翼之山」。⓮蝮虫　郭璞注：「蝮虫，色如綬文，鼻上有勺，大者百餘斤，一名反鼻虫。」虫，「虺」的本字，毒蛇。⓯謠　人的歌唱。⓰鹿蜀　即蜀鹿。「鹿蜀」當為少數民族語詞構造。⓱虺　一種毒蛇。⓲為底　為，此處指治療。底，當訓為臀，此處指肛腸疾病。一說底同胝，即足繭，不確。⓳陵居　居住在大土山上。陵，大土山。⓴魼　即脅，從腋下到腰上的部分。㉑留牛　即犂牛，有老虎花紋的牛。㉒腫疾　毒瘡一類的皮膚疾患。㉓髦　毛髮。㉔青雘　赤石脂一類，古代以為好顏料。㉕呵　呵斥。㉖踆　古「蹲」字。㉗首　當為「道」的古字。下文每節節尾的總括性文字中的這類「首」都應作「道」理解。㉘毛用一璋玉瘞　毛，毛物，有毛的牲畜，如雞、犬、羊、牛。璋，一種玉器，形狀像半個圭（圭的形狀為上尖下方）。瘞，埋。㉙糈用稌米　糈，用於祭神的精米。

稌米，稻米的一種。㉚璧　古代的一種玉器，扁平，圓形，中間有孔。㉛白菅　白色菅草。

【語譯】南方山系的第一條山脈是䧿山，䧿山山脈開頭第一座山是招搖山，它位於西海之濱，山上有許多桂樹，還有許多金、玉。有一種草，樣子像韭菜，開青色的花，名字叫祝餘，吃了可以不餓。有一種樹，形狀像構樹，卻有黑色的紋理，它光照四方，這種樹叫迷穀，佩帶在身上可以不迷惑。有一種獸，形狀像禺，長著白色耳朵，爬行前進，也能像人一樣直立奔跑，牠叫狌狌，吃了牠就善於奔跑。麗𪊨水從這座山發源，向西流入大海。水中有許多育沛，佩帶在身上可以不生蠱脹病。

往東三百里，就是堂庭山，山上有許多棪樹，還有許多白猿、水晶和黃金。

再往東三百八十里，就是即翼山。山上有許多怪獸，水中有許多怪魚、白玉和名叫反鼻虫的怪獸，還有怪蛇、怪樹。這座山不可以攀登。

再往東三百七十里，就是杻陽山。山的南面有許多赤金，北面有許多白金。有一種獸，樣子像馬，腦袋是白的，身上的斑紋像老虎，長著紅色的尾巴，聲音像人的吟唱。這種獸的名字叫蜀鹿，把牠佩帶在身上有利於子孫繁衍。怪水從這座山發源，向東流入憲翼水。憲翼水中有許多黑色的龜，樣子像龜，卻長著鳥的頭、毒蛇的尾巴，名字叫旋龜，牠發出的聲音像木頭劈開時的聲音，把牠佩帶在身上可以使耳朵不聾，還可以醫治肛腸疾病。

再往東三百里，就是柢山，山上有很多水，卻草木不生。有一種魚，樣子像牛，住在山岡上，長著蛇的尾巴，還有翅膀，翅膀長在腋下。牠的聲音像留牛，名字叫鯥，冬天蟄伏，夏天甦生，吃了牠可以不生毒瘡。

再往東四百里，就是亶爰山，山上有很多水，卻草木不生。不可以攀登。有一種獸，樣子像貍，長著毛髮，名字叫類，合雌雄為一體，吃了牠就不會嫉妒。

再往東三百里，就是基山，山的南面有許多玉，北面有許多怪木。有一種獸，樣子像羊，有九條尾巴，四隻耳朵，眼睛長在背上，名字叫猼訑，把牠佩帶在身上可以使人不畏懼。有一種鳥，樣子像雞，三個頭，六隻眼睛，六隻腳，三個翅膀，名字叫鶺鵂，吃了牠可以使人不睡覺。

再往東三百里，就是青丘山。山的南面有許多玉，北面有許多青雘。有一種獸，樣子像狐狸，有九條尾巴，牠的聲音像嬰兒，這種獸吃人；人吃了這種獸可以不受妖邪的迷惑。有一種鳥，樣子像鳩，牠的聲音像人在大聲呵斥，名字叫灌灌，把牠佩帶在身上可以不迷惑。英水發源於此山，往南流入即翼澤。水中有許多赤鱬，牠的樣子像魚，卻有人的臉；牠的聲音像鴛鴦，吃了牠可以不生疥瘡。

再往東三百五十里，就是箕尾山，箕尾山座落在東海之濱，山上有許多沙石。汸水從此山發源，往南流入淯水，水中有許多白玉。

總括䧿山山脈，從招搖山到箕尾山，共有十座山，綿延二千九百五十里。山神的樣子都是鳥的身子、龍的頭。祭祀山神的典禮，要用一片璋、一片玉和祭神的毛物一起埋在地裡。祭神的精米要用稌米，要用一片璧祭祀，還要用稻米、白菅草鋪在地上作為神的座席。

南次二經之首，曰柜山，西臨流黃，北望諸毗，東望長右，英水出焉，西南流注于赤水，其中多白玉，多丹粟❶。有獸焉，其狀如豚，有距❷，其音如狗吠，其名曰貍力，見則其縣多土功❸。有鳥焉，其狀如鴟❹而人手，其音如痺❺，其名曰鴸，其音自號❻也，見則其縣多放士❼。

東南四百五十里，曰長右之山，無草木，多水。有獸焉，其狀如禺而四耳，其名長右，其音如吟❽，見則郡縣大水。

又東三百四十里，曰堯光之山，其陽多玉，其陰多金。有獸焉，其狀如人而彘鬣❾，穴居而冬蟄，其名曰猾褢，其音如斲木❿，見則縣有大繇⓫。

又東三百五十里，曰羽山，其下多水，其上多雨，無草木，多蝮虫。

又東三百七十里，曰瞿父之山，無草木，多金玉。

又東四百里，曰句餘之山，無草木，多金玉。

又東五百里，曰浮玉之山，北望具區，東望諸毗。有獸焉，其狀如虎而牛尾，其音如吠犬，其名曰彘，是食人。苕水出于其陰，北流注于具區。其中多鮆魚。

又東五百里，曰成山，四方而三壇⑫，其上多金玉，其下多青雘。閟水出焉，而南流注于虖勺，其中多黃金。

又東五百里，曰會稽之山，四方，其上多金玉，其下多砆石⑬。勺水出焉，而南流注于湨。

又東五百里，曰夷山，無草木，多沙石，湨水出焉，而南流注于列塗。

又東五百里，曰僕勾之山，其上多金玉，其下多草木，無鳥獸，無水。

又東五百里，曰咸陰之山，無草木，無水。

又東四百里，曰洵山，其陽多金，其陰多玉。有獸焉，其狀如羊而無口，不可殺也⑭，其名曰䍺。洵水出焉，而南流注于閼之澤，其中多茈蠃[15]。

又東四百里，曰虖勺之山，其上多梓枏，其下多荊杞[16]。滂水出焉，而東流注于海。

又東五百里，曰區吳之山，無草木，多沙石。鹿水出焉，而南流注于滂水。

又東五百里，曰鹿吳之山，上無草木，多金石。澤更之水出焉，而南流注于滂水。水有獸焉，名曰蠱雕，其狀如雕[17]而有角，其音如嬰兒之音，是食人。

東五百里，曰漆吳之山，無草木，多博石[18]，無玉。處于東海，望丘山，其光載出載入[19]，是惟日次[20]。

凡南次二經之首，自柜山至于漆吳之山，凡十七山，七千二百里，其神狀皆龍身而鳥首，其祠，毛用一璧瘞，糈用稌。

【章　旨】本節介紹了南方山系第二條山脈，計有柜山、長右山、堯光山、羽山、瞿父山、句餘山、浮玉山、成山、會稽山、夷山、僕勾山、咸陰山、洵山、虖勺山、區吳山、鹿吳山、漆吳山，一共十七座山，綿延七千二百里。

柜山貍力長著雞足，鴸鳥徵兆才士流放。長右山長右獸有四隻耳朵，卻能像人一樣吟唱。堯光山猾裹樣子像人，聲音像砍木頭劈啪作響。瞿父山、句餘山草木不生，卻有金、玉滿山。浮玉山彘作狗叫。成山像座四方土壇。會稽山四四方方。夷山間湨水流淌。僕勾山下草木茂盛。虖勺山多荊杞梓柟。鹿吳山蠱雕吃人。漆吳山遠望丘山忽明忽暗……山神都是龍身、鳥頭，祭祀要用玉和毛物一起埋在地下……

【注　釋】❶丹粟　像粟米一樣細的丹沙。❷距　雞距，雞的腿後面突出像腳趾的部分。❸土功　水土工程。❹鴟　鷂鷹。❺痺　未詳。❻其音自號　牠的名字就是摹擬牠發出的聲音而命名的，因此牠的鳴叫猶如自呼其名。❼見則其縣多放士　見，出現。放士，士人被放逐。❽吟　人的呻吟。❾鬣　豬的鬣毛。❿斲木　砍伐樹木。⓫繇　同「傜」。勞役。⓬三壇　如同人工堆砌起來的三層相疊的土石臺子。⓭砆石　一種似玉的石頭。⓮不可殺也　據郝懿行注「不可殺」意為「不死」。這裡指無口不食，而自生活。⓯茈羸　紫色螺。茈，同「紫」。⓰其上多梓柟二句　梓，山楸樹。柟，楠樹。荊，落葉灌木。杞，枸杞樹。⓱雕　一種猛禽，嘴呈鉤狀，視力極強，腿部有羽毛。又名鷲。⓲博石　可以用來製作博弈器具（如棋子）的石頭。⓳載出載入　出入，此處意為光影時明時暗。載，語助詞，無義。⓴是惟日次　是，指代詞。惟，語助詞。日次，日之次舍；太陽休息的處所。

【語譯】南方山系第二條山脈，開頭第一座山是柜山。柜山西邊臨近流黃國，北邊可以望見諸毗山，東邊可以望見長右山。英水從此山發源，往西南流入赤水，水中有許多白玉，還有許多細丹沙。有一種獸，樣子像小豬，長著雞足，牠的聲音像狗叫，名字叫貍力。牠一旦出現，那個縣就會有許多水土工程。有一種鳥，樣子像鴟，卻長著人的手，牠的聲音像痺，名字叫鴸，牠的名字就是摹擬牠的聲音而命名的。牠出現的那個縣，才智之士大都被放逐。

再往東南四百五十里，就是長右山，山上不生草木，卻有許多水。有一種獸，樣子像禺，有四隻耳朵，牠的名字叫長右，牠的聲音如同人的吟唱，牠一出現，那個郡縣就會發大水。

再往東三百四十里，就是堯光山，山的南面有許多玉，北面有許多金。有一種獸，樣子像人，卻長著豬的鬣毛，住在山洞裡，冬天蟄伏，牠的名字叫猾褢，聲音像砍木頭的聲音。牠一旦出現，那個縣就會有大的徭役。

再往東三百五十里，就是羽山，山下有許多水，山上常常下雨，沒有草木，有很多反鼻虫一類的怪獸。

再往東三百七十里，就是瞿父山，沒有草木，有許多金、玉。

再往東四百里，就是句餘山，山上草木不生，有許多金、玉。

再往東五百里，就是浮玉山，從浮玉山向北可以望見具區澤，向東可以望見諸毗水。有一種獸，樣子像老虎，卻長著牛的尾巴，牠的聲音如同狗叫，名字叫彘。這種獸吃人。苕水發源於浮玉山的北面，往北流入具區澤。水中有許多鮆魚。

再往東五百里，就是成山，山形像四方的土壇，層層堆疊，一共三層，山上有許多金、玉，山下有許多青雘。闟水發源於此山，向南流入虖勺水，水中有許多黃金。

再往東五百里，就是會稽山，會稽山是四方形的，山上有許多金、玉，山下有許多名叫砆石的石頭。勺水發源於此山，向南流入湨水。

再往東五百里，就是夷山，山上草木不生，有許多沙石。湨水從此山發源，向南流入列塗水。

再往東五百里，就是僕勾山，山上有許多金、玉，山下草木茂盛，沒有鳥、獸，沒有水。

再往東五百里，就是咸陰山，山上草木不生，沒有水。

再往東四百里，就是洵山，山的南面有許多金，北面有許多玉。有一種獸，樣子像羊，沒有嘴巴，不吃食物卻能存活，牠的名字叫䍺。洵水發源於此山，向南流入閼澤，閼澤中有許多紫色螺。

再往東四百里，就是虖勺山，山上有許多梓樹和楠樹，山下有許多荊條樹和枸杞樹。滂水發源於此山，向東流入大海。

再往東五百里，就是區吳山，山上不生草木，有許多沙石。鹿水發源於此山，向南流入滂水。

再往東五百里，就是鹿吳山，山上不生草木，有許多金子和玉石。澤更水發源於此山，向南流入滂水。水中有一種獸，名字叫蠱雕，樣子像雕，卻長著角，牠的聲音像嬰兒的聲音。這種獸吃人。

再往東五百里，就是漆吳山，山上不生草木，有許多可以做成棋子的石頭，沒有玉。此山位於東海之濱，遠遠望去，丘山的光影忽明忽暗，那是太陽休息的地方。

南方山系第二條山脈，從柜山到漆吳山，共有十七山，綿延七千二百里。山神的樣子都是龍的身子、鳥的頭。祭祀山神要用一塊玉璧和毛物一起埋在地下，祭神的精米要用稌米。

南次三經之首，曰天虞之山，其下多水，不可以上。

東五百里，曰禱過之山，其上多金玉，其下多犀、兕❶，多象。有鳥焉，其狀如鵁，而白首、三足、人面，其名曰瞿如，其鳴自號也。泿水出焉，而南流注于海。其中有虎蛟，其狀魚身而蛇尾，其音如鴛鴦，食者不腫，可以已❷痔。

又東五百里，曰丹穴之山，其上多金玉。丹水出焉，而南流注于渤海❸。有鳥焉，其狀如雞，五采而文，名曰鳳皇，首文曰德，翼文曰義，背文曰禮，膺❹文曰仁，腹文曰信。是鳥也，飲食自然❺，自歌自舞，見則天下安寧。

又東五百里，曰發爽之山，無草木，多水，多白猿。汎水出焉，而南流注于渤海。

又東四百里，至于旄山之尾，其南有谷，曰育遺，多怪鳥，凱風❻自是出。

又東四百里，至于非山之首，其上多金玉，無水，其下多蝮虫。

又東五百里，曰陽夾之山，無草木，多水。

又東五百里，曰灌湘之山，上多木，無草；多怪鳥，無獸。

又東五百里，曰雞山，其上多金，其下多丹雘❼。黑水出焉，而南流注于海，其中有鱄魚，其狀如鮒❽而彘毛，其音如豚，見則天下大旱。

又東四百里，曰令丘之山，無草木；多火。其南有谷焉，曰中谷，條風❾自是出。有鳥焉，其狀如梟❿，人面四目而有耳，其名曰顒，其鳴自號也，見則天下大旱。

又東三百七十里，曰侖者之山，其上多金玉，其下多青雘。有木焉，其狀如穀而赤理，其汗如漆⓫，其味如飴，食者不饑，可以釋勞⓬，其名曰白䓘，可以血玉⓭。

又東五百八十里，曰禺槀之山，多怪獸，多大蛇。

又東五百八十里，曰南禺之山，其上多金玉，其下多水。有穴焉，水出輒入，夏乃出，冬則閉。佐水出焉，而東南流注于海，有鳳皇、鵷雛⑭。

凡南次三經之首，自天虞之山以至南禺之山，凡一十四山⑮，六千五百三十里，其神狀皆龍身而人面，其祠皆一白狗祈，糈用稌。

右南經之山志⑯，大小凡四十山，萬六千三百八十里。

【章旨】本節介紹了南方山系第三條山脈，計有天虞山、禱過山、丹穴山、發爽山、旄山、非山、陽夾山、灌湘山、雞山、令丘山、侖者山、禺槀山、南禺山，一共是十三座山，綿延六千五百三十里。

禱過山有犀、兕、大象。丹穴山鳳凰吉祥。雞山上黑水發源，大海中鱄魚徵兆大旱。令丘山顒鳥長著人臉。侖者山白䓘汁水如同飴糖……山神都是龍身人面，要用白狗祈禱祭奠……

【注　釋】❶犀兕　古書中常以犀和兕對舉，本節將犀、兕分為兩種動物。一說犀似豬，兕似牛。一說兕為雌犀。❷已　終止，此處指治癒。❸渤海　郭璞云：「渤海，海岸曲崎頭也。」❹膺　胸。❺飲食自然　從自然中獲取飲食。❻凱風　南風。❼丹臒　朱紅色的臒。❽鮒　小魚，即今鯽魚。❾條風　東北風。❿梟　又名「鴝鶹」。一種猛禽，捕食鼠、兔。⓫其汗如漆　樹身上流出來的汁水像漆一樣。⓬釋勞　消除憂愁。⓭血玉　把玉石染成血紅色。⓮鵷雛　與鸞鳳同類的鳥。⓯凡一十四山　實為十三座山。⓰志　據袁珂校，此「志」為後人妄加。

【語　譯】南方山系的第三條山脈開頭第一座山是天虞山，山下有許多水，不可以攀登。

往東五百里，就是禱過山，山上有許多金、玉，山下有許多犀和兕，還有許多象。有一種鳥，樣子像鵁，頭是白色的，三隻腳，長著人的臉，名字叫瞿如，牠的名字就是模擬牠鳴叫的聲音來命名的。泿水發源於此山，向南流入大海。海中有虎蛟，樣子是魚的身子，長著蛇的尾巴，牠的聲音如同鴛鴦，吃了牠可以不患臃腫病，還可以治療痔瘡。

再往東五百里，就是丹穴山。山上有許多金、玉。丹水發源於此山，向南從海岸蜿蜒突出處流入大海。有一種鳥，樣子像雞，五彩斑斕而有紋理，名字叫鳳凰。頭上的文字是德，翅膀上的文字是義，脊背上的文字是禮，胸前的文字是仁，腹部的文字是信。這種鳥從自然中獲取水和食物，自由自在地唱歌、跳舞，牠一出現天下就太平無事。

再往東五百里，就是發爽山，山上不生草木，有許多水，還有許多白猿。汎水發源於此山，向南從海岸蜿蜒突出處流入大海。

再往東四百里，到達旄山的尾部，山的南面有一條山谷，山谷叫育遺。山谷中有許多怪鳥，南風從這裡吹出來。

再往東四百里，就到了非山的頭部，山上有許多金、玉，沒有水，山下有許多名叫反鼻虫的怪獸。

再往東五百里，就是陽夾山，山上不生草木，有許多水。

再往東五百里，就是灌湘山，山上有許多樹木，沒有草；還有許多怪鳥，沒有獸。

再往東五百里，就是雞山，山上有許多金子，山下有許多丹雘。黑水發源於此山，向南流入大海，海中有鱄魚，牠的樣子像鮒魚，卻長著豬的毛，牠的聲音如同小豬，牠一出現就會天下大旱。

再往東四百里，就是令丘山，山上草木不生；經常發生山火。山的南面有一條山谷，叫中谷，東北風從這裡產生。有一種鳥，樣子像梟，長著人的臉，有四隻眼睛，還有耳朵，牠的名字叫顒，牠的名字就是模擬牠鳴叫的聲音來命名的。牠一出現就會天下大旱。

再往東三百七十里，就是侖者山，山上有許多金、玉，山下有許多青雘。有一種樹，樣子像構樹，卻有紅色的紋理，樹身流出漆一樣的汁水，這種汁水味道如同飴糖，吃了可以不覺得饑餓，還可以消除憂愁，名字叫白䓘，還可以用來把玉石染成血紅色。

再往東五百八十里，就是禺槀山，山上有許多怪獸，還有許多大蛇。

再往東五百八十里，就是南禺山，山上有許多金、玉，山下有許多水。有一個洞穴，水流出來後立即又流回去，夏天有水流出來，冬天洞穴則關閉。佐水從這裡發源，向東南流入大海，這一帶有鳳凰、鵷雛。

總計南方山系第三條山脈，從天虞山到南禺山，一共有十三座山，綿延六千五百三十里。山神的樣子都是龍的身子、人的臉。祭祀山神的典禮，都是用一隻白狗來祈禱，祭祀用的精米是稌米。

以上南方經歷的山，大大小小的山共有四十座，一共是一萬六千三百八十里。

卷二 西山經

西山經華山之首，曰錢來之山，其上多松，其下多洗石❶。有獸焉，其狀如羊而馬尾，名曰羬羊，其脂可以已腊❷。

西四十五里，曰松果之山，濩水出焉，北流注于渭，其中多銅。有鳥焉，其名曰螐渠，其狀如山雞，黑身赤足，可以已𦢊❸。

又西六十里，曰太華之山，削成而四方，其高五千仞，其廣十里，鳥獸莫居。有蛇焉，名曰肥𧔥，六足四翼，見則天下大旱。

又西八十里，曰小華之山，其木多荆杞，其獸多㸲牛，其陰多磬石❹，其陽多㻬琈❺之玉，鳥多赤鷩❻，可以禦火。其草有萆荔❼，狀如烏韭，而生于石上，亦緣木而生，食之已心痛。

又西八十里，曰符禺之山，其陽多銅，其陰多鐵。其上有木焉，名曰文莖，其實如棗，可以已聾。其草多條，其狀如葵，而赤華黃實，如嬰兒舌，食之使人不惑。符禺之水出焉，而北流注于渭。其獸多蔥聾❽，其狀如羊而赤鬣。其鳥多鴖，其狀如翠❾而赤喙，可以禦火。

又西六十里，曰石脆之山，其木多椶枏❿，其草多條，其狀如韭，而白華黑實，食之已疥。其陽多㻬琈之玉，其陰多銅。灌水出焉，而北流注于禺水，其中有流赭⓫，以塗牛馬無病。

又西七十里，曰英山，其上多杻橿，其陰多鐵，其陽多赤金。禺水出焉，北流注于招水，其中有鮮魚，其狀如鼈，其音如羊。其陽多箭䉋⓬，其獸多㸲牛、羬羊。有鳥焉，其狀如鶉，黃身而赤喙，其名曰肥遺，食之已癘⓭，可以殺蟲。

又西五十二里，曰竹山，其上多喬木，其陰多鐵。有草焉，其名曰黃雚，其狀如樗⓮，其葉如麻，白華而赤實，其狀如赭，浴之已疥，又可以已胕[15]。竹水出焉，北流注于渭，其陽多竹箭[16]，多蒼玉。丹水出焉，東南流注于洛水，其中多水玉，多人魚。有獸焉，其狀如豚[17]而白毛，大如笄而黑端，名曰豪彘[18]。

又西百二十里，曰浮山，多盼木，枳葉而無傷[19]，木蟲居之。有草焉，名曰薰草，麻葉而方莖，赤華而黑實，臭如蘼蕪[20]，佩之可以已癘。

又西七十里，曰羭次之山，漆水出焉，北流注于渭。其上多棫橿，其下多竹箭，其陰多赤銅，其陽多嬰垣之玉。有獸焉，其狀如禺而長臂，善投，其名曰囂。有鳥焉，其狀如梟，人面而一足，曰橐𩇯，冬見夏蟄，服之不畏雷。

又西百五十里，曰時山，無草木。逐水出焉，北流注于渭，其中多水玉。

又西百七十里，曰南山，上多丹粟[21]。丹水出焉，北流注于渭。獸多猛豹，鳥多尸鳩[22]。

又西百八十里，曰大時之山，上多穀柞，下多杻橿㉓。陰多銀，陽多白玉。涔水出焉，北流注于渭。清水出焉，南流注于漢水。

又西三百二十里，曰嶓冢之山，漢水出焉，而東南流注于沔；囂水出焉，北流注于湯水。其上多桃枝鉤端㉔，獸多犀兕熊羆，鳥多白翰赤鷩㉕。有草焉，其葉如蕙㉖，其本如桔梗，黑華而不實，名曰蓇蓉，食之使人無子。

又西三百五十里，曰天帝之山，上多椶枏，下多菅蕙。有獸焉，其狀如狗，名曰谿邊，席其皮者不蠱。有鳥焉，其狀如鶉，黑文而赤翁㉗，名曰櫟，食之已痔。有草焉，其狀如葵，其臭如蘼蕪，名曰杜衡㉘，可以走馬㉙，食之已癭㉚。

西南三百八十里，曰皋塗之山，薔水出焉，西流注于諸資之水；涂水出焉，南流注于集獲之水。其陽多丹粟，其陰多銀、黃金。其上多桂木。有白石焉，其名曰礜，可以毒鼠。有草焉，其狀如槀茇㉛，其葉如葵而赤背，名曰無條，可以毒鼠。有獸焉，其狀如鹿而白尾，馬腳人手而四角，名曰玃如。有鳥焉，其狀如鴟而人足，名曰數斯，食之已癭。

又西百八十里，曰黃山，無草木，多竹箭。盼水出焉，西流注于赤水，其中多玉。有獸焉，其狀如牛，而蒼黑大目，其名曰𤛎。有鳥焉，其狀如鴞，青羽赤喙，人舌能言，名曰鸚䳇㉜。

又西二百里，曰翠山，其上多椶柟，其下多竹箭，其陽多黃金、玉，其陰多旄牛、麢、麝㉝；其鳥多鸓，其狀如鵲，赤黑而兩首四足，可以禦火。

又西二百五十里，曰騩山，是錞㉞于西海，無草木，多玉。淒水出焉，西流注于海，其中多采石黃金，多丹粟。

凡西經之首，自錢來之山至于騩山，凡十九山，二千九百五十七里。華山，冢㉟也，其祠之禮：太牢㊱。羭山，神也，祠之用燭，齋㊲百日以百犧㊳，瘞㊴用百瑜㊵，湯其酒㊶百樽，嬰以百珪百璧㊷。其餘十七山之屬，皆毛牷㊸，用一羊祠之。燭者百草之未灰，白蓆采等純之㊹。

【章　旨】西方山系共有七十七座山，綿延一萬七千五百一十七里。

本節介紹了西方山系華山山脈，計有錢來山、松果山、太華山、小華山、符禺山、石脆山、英山、竹山、浮山、羭次山、時山、南山、大時山、嶓冢山、天帝山、臯塗山、黃山、翠山、騩山，一共是十九座山，綿延二千九百五十七里。其間有長著馬尾巴的羬羊（錢來山），狀如山雞、黑身赤足的螐渠鳥（松果山），長著六隻腳、四隻翅膀、一出現就會引起天下大旱的肥𧕫蛇（太華山）和樣子像鶉鳥的肥遺鳥（英山），可以防禦火災的赤鷩鳥（小華山）、鴖鳥（符禺山）、鸓鳥（翠山），可以治療心痛病的萆荔草（小華山），果實像棗子、可以用來治療耳聾的文莖樹（符禺山），果實形如嬰兒舌頭、吃了可以讓人不迷惑的條草（符禺山）和可以治療疥瘡的條草（石脆山），名叫蔥聾的野羊（符禺山），可以治療疥瘡、消除浮腫的黃雚草（竹山），佩帶在身上可以治療惡瘡的薰草（浮山），可以避雷的橐𩇯鳥（羭次山），吃了不生孩子的蓇蓉草（嶓冢山），皮做褥墊可以防止蠱毒的谿邊獸（天帝山），吃了可以消除痔瘡的櫟鳥（天帝山），佩帶在身上可以使馬跑得更快、吃了可以消除癭瘤的杜衡草（天帝山），長著人的腳、吃了可以消除癭瘤的數斯鳥（臯塗山），可以毒殺老鼠的礜石（臯塗山）和無條草（臯塗山），樣子像鹿、兩隻前腳像人手的玃如獸（臯塗山），長著人的舌頭、善於說話的鸚鵡（黃山），等等。在這叢山中，還有尸鳩鳥、白翰鳥、赤鷩鳥、犀、兕、狗熊、人熊、旄牛、牸牛、羚羊、香獐子、犛、豪彘、踯……；而松樹、棕樹、楠樹、杻樹、橿樹、棫樹、構樹、盼木、柞樹、荊條樹、枸杞樹、箭竹、棕竹、桃枝竹、鉤端竹、菅草、蕙草……，應有盡有；瑀玗玉、蒼玉、水晶、嬰垣玉、金、銀、銅、鐵、粟粒一樣的細丹沙，隨處可得；就連赭土，也可以用來塗在牛馬身上防病。萬物皆為神賜，祭祀眾山之主華山要用太牢禮，祭祀眾山之神羭山則有六個「一百」之規。

【注　釋】❶洗石　可用作洗滌、去污垢的石頭。❷腊　皮膚皴皺。❸㬥　皮膚皴裂。❹磬石　可以用來製作磬的石頭。❺瑀玗　玉名。形態不詳。❻赤鷩　山雞一類的山禽。❼萆荔　即薜荔，一種香草。❽蔥聾　一種野羊。❾翠　翠鳥，羽毛翠綠色，頭部藍黑色，嘴長而直，尾巴短，生活在水邊，吃魚蝦。❿椶枏　椶，同「棕」。棕樹。枏，同「楠」。楠樹。⓫流赭　泥漿狀的赭土。⓬箭䉋　箭竹和䉋竹。⓭癘　惡瘡。⓮樗　樗樹，即今臭椿樹。⓯已胕　消除浮腫。胕，浮腫。⓰竹箭　即箭竹。⓱豚　小豬。泛指豬。⓲大如笄二句　笄，簪子。豪彘，豪豬。⓳枳葉而無傷　意思是枳葉有刺，盼木葉似枳葉而無刺，所以不會傷害人。⓴蘼蕪　香草名。㉑丹粟　粟粒一樣的細丹沙。㉒獸多猛豹二句　猛豹，似熊，略小，能吃蛇、銅、鐵。尸鳩，布穀鳥一類的鳥。㉓上多穀柞二句　穀（構）、柞、杻、橿，均為樹名。㉔桃枝鉤端　均為竹名。㉕白翰赤鷩　白翰，白色的山雞（雉），又名白雉，古人以為祥瑞。赤鷩，紅色的鷩。鷩，有紋彩的山雞。㉖蕙　香草名。㉗翁　頸毛。㉘杜衡　香草名。㉙走馬　促使馬快跑。㉚瘿　頸瘤。㉛槀茇　香草名。㉜鸚鴞　即鸚鵡。㉝麢麝　麢，羚羊。麝，俗稱香獐子。㉞錞　依附。㉟冢　神居住的地方。㊱太牢　祭祀時並用牛、羊、豕三牲叫做太牢。㊲齋　齋戒。㊳犧　毛色純粹的牲畜。㊴瘞　埋。㊵瑜　美玉。㊶湯其酒　燙酒。㊷嬰以百珪百璧　嬰，環繞陳列。珪，古「圭」

字。玉器名。❹❸牷　牛純色。❹❹白蓆采等純之　白蓆，白茅編成的席子。采，五彩。等純之，把五彩顏色修飾整齊，使顏色不駁雜。

【語譯】西方山系華山山脈，開頭第一座山是錢來山，山上有許多松樹，山下有許多洗石。有一種獸，樣子像羊，卻長著馬的尾巴，名字叫羬羊，這種羊的脂肪可以治療皮膚皸皺。

往西四十五里，就是松果山，濩水從這裡發源，向北流入渭水，水中有許多銅。有一種鳥，名字叫螐渠，牠的樣子像山雞，黑色身子，紅色的腳，可以用來治療皮膚皸裂。

再往西六十里，就是太華山，山勢如刀削一樣陡峭，四方形，有五千仞高，方圓有十里，鳥獸不能在山上棲息。有一種蛇，名字叫肥鱧，有六隻腳，四隻翅膀，牠一出現就會天下大旱。

再往西八十里，就是小華山，山上的樹木大都是荊條樹和枸杞樹，野獸大都是㸲牛。山的北面有許多磬石，南面有許多㻬琈玉。山上的鳥大都是赤鷩，這種鳥可以防禦火災。有一種萆荔草，樣子像黑色的山韭菜，卻長在石頭上，而且攀緣樹木生長。吃了這種草可以治療心痛病。

再往西八十里，就是符禺山，山的南面有許多銅，北面有許多鐵。山上有一種樹，名字叫文莖，結出的果實像棗子，可以用來治療耳聾。山上的草大多是條草，樣子像葵，開紅花，結出黃色果實，形狀如同嬰兒的舌頭，吃了可以讓人不迷惑。符禺水從這裡發源，向北流入渭水。山上的野獸大都是蔥聾，蔥聾樣子像羊，卻有紅色的鬣毛。山上的鳥大都是鴖鳥，牠的樣子像翠鳥，卻長著紅色的嘴。這種鳥可以防禦火災。

再往西六十里，就是石脆山，山上的樹木大都是棕樹和楠樹，草大都是條草，這種草的樣子像韭菜，開白花，結黑色果實，吃了可以治療疥瘡。山的南面有許多瑀琈玉，山的北面有許多銅。灌水發源於此山，向北流入禺水，水中有泥漿狀的赭土，用來塗在牛馬身上可以防病。

再往西七十里，就是英山，山上有許多杻樹和橿樹，山的北面有許多鐵，南面有許多赤金。禺水從此山發源，向北流入招水，水中有鮮魚，這種魚的樣子像鼈，聲音如同羊一樣。山的南面有許多箭竹和䉋竹。山上的野獸大多是㸲牛、羬羊。有一種鳥，樣子像鶉，黃色身子，紅色嘴殼，名字叫肥遺，吃了牠可以治療惡瘡。這種鳥還可以殺蟲。

再往西五十二里，就是竹山，山上有許多喬木，山的北面有許多鐵。有一種草，名字叫黃雚，樣子像臭椿樹，葉子像麻葉，開白花，結紅色果實，果實是紫紅色的，用它來洗澡可以治療疥瘡，還可以消除浮腫。竹水發源於此山，向北流入渭水，水的北岸有許多箭竹，還有許多蒼玉。丹水也發源於這座山，向東南流入洛水，水中有許多水晶，還有許多人魚。有一種獸，樣子像小豬，長著白毛，毛像簪子那樣粗，一端是黑色的，這種獸叫豪豬。

再往西一百二十里，就是浮山。山上有許多盼木，葉子像枳樹的葉子卻沒有刺，木蟲寄生在裡面。有一種草，名字叫薰草，葉子像麻葉，方莖幹，開紅色的花，結黑色果實，氣味像蘼蕪，把它佩帶在身上可以治療惡瘡。

再往西七十里，就是羭次山，漆水從此山發源，向北流入渭水。山上有許多棫樹和橿樹，山下有許多箭竹，山的北面有許多赤銅，南面有許多嬰垣玉。有一種獸，樣子像禺，長長的手臂，善於投擲，名字叫囂。有一種鳥，樣子像梟，有著人的面孔，卻只有一隻腳，名字叫橐蜚，冬天出來活動，夏天蟄伏，把牠佩帶在身上可以不怕打雷。

多水晶。

再往西一百五十里，就是時山，山上草木不生。逐水從此山發源，向北流入渭水，水中有許

再往西一百七十里，就是南山，山上有許多粟粒一樣的細丹沙。丹水發源於此山，向北流入渭水。山上的獸大都是猛豹，鳥大都是尸鳩鳥。

再往西一百八十里，就是大時山，山上有許多構樹和柞樹，山下有許多杻樹和橿樹。山的北面有許多銀，南面有許多白玉。涔水發源於此山，向北流入渭水。清水從這裡發源，向南流入漢水。

再往西三百二十里，就是嶓塚山，漢水從此處發源，流向東南方向的沔水；囂水也從這裡發源，向北流入湯水。山上多產桃枝竹和鉤端竹，野獸大都是犀、兕、熊和羆，鳥大都是白翰和赤鷩。有一種草，葉子像蕙草，莖幹像桔梗，開黑花，不結果實，名叫蓇蓉，吃了會使人不生孩子。

再往西三百五十里，就是天帝山，山上多產棕樹和楠樹，山下多產菅草和蕙草。有一種獸，樣子像狗，名字叫谿邊，用牠的皮做褥墊可以不受蠱毒。有一種鳥，樣子像鶉鳥，有黑色斑紋，紅色頸毛，名字叫櫟，吃了可以消除痔瘡。有一種草，樣子像葵，氣味像蘼蕪，名字叫杜衡，佩帶它可以使馬跑得更快，吃了可以消除癭瘤。

再往西南三百八十里，就是臯塗山，薔水從這裡發源，向西流入諸資水；涂水也從這裡發源，向南流入集獲水。山的南面有許多粟粒一樣的細丹沙，北面多產銀和黃金。山上有許多桂樹。有一種白石，名字叫礜，可以用來毒殺老鼠。有一種草，樣子像槀茇，它的葉子像葵，葉背卻是紅色的，名字叫無條，可以用來毒殺老鼠。有一種獸，樣子像鹿，長著白色尾巴、馬的蹄子，兩隻

前腳像人手，還有四隻角，名字叫玃如。有一種鳥，樣子像鴟，卻長著人的腳，名字叫數斯，吃了可以消除癭瘤。

再往西一百八十里，就是黃山，山上不生草木，有許多箭竹。盼水從此山發源，向西流入赤水，水中有許多玉。有一種獸，樣子像牛，蒼黑色，大眼睛，名字叫𤛎。有一種鳥，樣子像鴞，青色羽毛，紅色嘴殼，長著人的舌頭，善於說話，名字叫鸚鵡。

再往西二百里，就是翠山，山上有許多棕樹和楠樹，山下有許多箭竹，山的南面有許多黃金和玉，北面有許多旄牛、羚羊和香獐子；山上的鳥大都是鸓鳥，牠的樣子像鵲，身子紅黑色，有兩個頭、四隻腳，養著牠可以防禦火災。

再往西二百五十里，就是騩山，這座山座落在西海岸邊，山上不生草木，有許多玉。淒水從這裡發源，向西流入海，水中有許多五彩石、黃金，還有許多粟粒一樣的細丹沙。

總括西方山系第一條山脈，從錢來山到騩山，共有十九座山，綿延二千九百五十七里。華山是眾山的宗主，祭祀典禮要用豬、牛、羊齊全的太牢。羭山是眾山之神，祭祀典禮要用燭，齋戒一百天，用一百種毛色純淨的牲畜，與一百塊瑜一起埋在地下；還要燙一百樽酒，用一百塊珪和一百塊璧來環繞陳列。其餘十七座山，都是用一隻毛色純淨的羊來祭祀。所謂燭，是用百草束成的火把，火把沒有燒成灰的時候就叫燭。祭祀用的席子用白茅編成，再用五彩顏色修飾，顏色要均等、不駁雜。

西次二經之首，曰鈐山。其上多銅，其下多玉，其木多杻橿。

西二百里，曰泰冒之山，其陽多金，其陰多鐵。浴水出焉，東流注于河，其中多藻玉❶，多白蛇。

又西一百七十里，曰數歷之山。其上多黃金，其下多銀，其木多杻橿，其鳥多鸚鴞。楚水出焉，而南流注于渭，其中多白珠。

又西百五十里，高山❷。其上多銀，其下多青碧、雄黃❸，其木多椶，其草多竹。涇水出焉，而東流注于渭，其中多磬石、青碧。

又西南三百里，曰女牀之山，其陽多赤銅，其陰多石涅❹，其獸多虎豹犀兕。有鳥焉，其狀如翟❺而五采文，名曰鸞鳥，見則天下安寧。

又西二百里，曰龍首之山，其陽多黃金，其陰多鐵。苕水出焉，東南流注于涇水，其中多美玉。

又西二百里，曰鹿臺之山，其上多白玉，其下多銀，其獸多㸲牛、羬羊、白豪❻。有鳥焉，其狀如雄雞而人面，名曰鳧徯，其鳴自叫也，見則有兵。

西南二百里，曰鳥危之山。其陽多磬石，其陰多檀楮，其中多女牀❼。鳥危之水出焉，西流注于赤水，其中多丹粟。

又西四百里，曰小次之山。其上多白玉，其下多赤銅。有獸焉，其狀如猿，而白首四足，名曰朱厭，見則大兵。

又西三百里，曰大次之山。其陽多堊❽，其陰多碧，其獸多㸲牛、麢羊。

又西四百里，曰薰吳之山。無草木，多金玉。

又西四百里，曰厎陽之山。其木多㮨、柟、豫章❾，其獸多犀、兕、虎、犳❿、㸲牛。

又西二百五十里，曰眾獸之山。其上多㻬琈之玉，其下多檀楮，多黃金，其獸多犀兕。

又西五百里，曰皇人之山。其上多金玉，其下多青雄黃。皇水出焉，西流注于赤水，其中多丹粟。

又西三百里，曰中皇之山。其上多黃金，其下多蕙、棠[11]。

又西三百五十里，曰西皇之山，其陽多金，其陰多鐵，其獸多麋鹿、㸲牛。

又西三百五十里，曰萊山，其木多檀楮，其鳥多羅羅[12]，是食人。

凡西次二經之首，自鈐山至于萊山，凡十七山，四千一百四十里。其十神者，皆人面而馬身，其七神皆人面牛身，四足而一臂，操杖以行：是為飛獸之神；其祠之，毛用少牢[13]，白菅為席。其十輩神者，其祠之，毛一雄雞，鈐[14]而不糈[15]。毛采[16]。

【章　旨】本節介紹了西方山系第二條山脈，計有鈐山、泰冒山、數歷山、高山、女牀山、龍首山、鹿臺山、鳥危山、小次山、大次山、薰吳山、底陽山、眾獸山、皇人山、中皇山、西皇山、萊山，一共有十七座山，綿延四千一百四十里。各山物產不盡相同，所記植物、動物、礦物，大都與人類生產、生活密切相關，如杻木為「材中車輞」，「可為弓弩幹」（《爾雅注疏》），雄黃可用來製造染料，亦可入藥；石涅（即石墨）可用來製作顏料、塗料……

本節關於鸞鳥（女牀山）、鳧徯鳥（鹿臺山）和猿猴朱厭（小次山）的出現或祥或凶的記述，反映了古人對自然和社會關係的素樸認識。而「鳧徯，其鳴自叫也」，從另一個角度說，就是牠名字是以牠的鳴叫聲來命名的，這是人類用語言命名的一種基本形式，比如「貓」就是模擬這種動物的叫聲來命名的。類似記述，全書比比皆是。

【注　釋】❶藻玉　帶有彩紋的玉。❷高山　此處上脫「曰」字。❸青碧雄黃　碧，青色美玉。雄黃，一種礦物，可用來製造染料等，亦可入藥。❹石涅　即石墨，可用來製作顏料、塗料等。❺翟　長尾的野雞。❻白豪　白色豪豬。❼女牀　未詳。一說草名。❽堊　白堊。石灰岩的一種。可用來作粉刷材料。❾豫章　樹木名，似楸樹，冬夏常青。❿犳　獸名，身上的花紋像豹。⓫棠　棠梨樹。⓬羅羅　鳥名。形態未詳。⓭少牢　祭祀時並用羊、豕叫做少牢。⓮鈐　祭器名。⓯不糈　不用精米祭祀。⓰毛采　祭祀用雜色牲畜。

【語　譯】西方山系第二條山脈，開頭第一座山是鈐山，山上有許多銅，山下有許多玉，樹大都是杻樹和橿樹。

往西二百里，就是泰冒山，山的南面有許多金子，北面有許多鐵。浴水從這裡發源，向東流入河水，水中有許多藻玉，還有許多白蛇。

再往西一百七十里，就是數歷山。山上多產黃金，山下多產銀，樹木大都是杻樹和橿樹，鳥大多是鸚鵡。楚水從這裡發源，向南方向流入渭水，水中有許多白珠。

再往西一百五十里，就是高山，山上多產銀，山下有許多青碧、雄黃，樹木大都是棕樹，還有很多竹子。涇水從這裡發源，向東流入渭水，水中多產磬石、青碧。

往西南三百里，就是女牀山，山南多產赤銅，山北多產石涅，山上的野獸大都是老虎、豹子、犀和兕。有一種鳥，樣子像翟，有五彩斑紋，名字叫鸞鳥，牠一出現就會天下太平。

再往西二百里，就是龍首山，山南多產黃金，山北多產鐵。苕水從這裡發源，向東南流入涇水，水中有許多美玉。

再往西二百里，就是鹿臺山，山上多產白玉，山下多產銀，野獸大多是㸲牛、羬羊和白色豪豬。有一種鳥，樣子像雄雞，卻有人的面孔，名字叫鳧徯，牠的名字就是模擬牠的鳴叫聲來命名的。牠一出現就會發生戰爭。

往西南二百里，就是鳥危山，山南多產磬石，山北多產檀樹和楮樹，整座山多產女牀草。鳥危水從這裡發源，向西流入赤水，水中多產粟粒一樣的細丹沙。

再往西四百里，就是小次山，山上多產白玉，山下多產赤銅。有一種獸，樣子像猿猴，卻是白色的頭、四隻腳，牠的名字叫朱厭。牠一出現就會發生大的戰爭。

再往西三百里，就是大次山，山南多產堊土，山北多產碧玉，山中的野獸大都是㸲牛、羚羊。

再往西四百里，就是薰吳山，山上草木不生，卻多產金、玉。

再往西四百里，就是底陽山，樹木大都是櫻樹、楠樹和豫章樹，野獸大都是犀、兕、老虎、犳和㸲牛。

再往西二百五十里，就是眾獸山，山上多產瓀玗玉，山下多產檀樹和楮樹，有許多黃金，野獸大都是犀和兕。

再往西五百里，就是皇人山，山上多產金、玉，山下多產青雄黃。皇水從這座山發源，向西流入赤水，水中多產粟粒一樣的細丹沙。

再往西三百里，就是中皇山，山上多產黃金，山下多產蕙草、棠梨樹。

再往西三百五十里，就是西皇山，山南多產金，山北多產鐵，野獸大多是麋鹿和牸牛。

再往西三百五十里，就是萊山，山上的樹木大多是檀樹和楮樹，鳥大多是羅羅，這種鳥吃人。

總括西方山系第二條山脈，從鈐山到萊山，共有十七座山，綿延四千一百四十里。諸山山神中有十位神仙都長著人臉、馬頭，還有七位神是人的臉、牛的身子，四隻腳、一條臂膀，手持拐杖行走，他們是飛獸之神。祭祀他們的典禮，要用具備羊、豬的少牢禮，祭品要放在白菅草編成的席子上。其他十個神的祭奠，要用一隻雄雞作為毛物，要用鈐這樣的祭器。祭奠不用精米。祭奠用的毛物要用雜色牲畜。

西次三經之首，曰崇吾之山，在河之南，北望冢遂❶，南望䍃之澤，西望帝之搏獸之丘，東望䗡淵。有木焉，員葉而白柎❷，赤華而黑理，其實如枳，食之宜子孫。有獸焉，其狀如禺而文臂，豹虎❸而善投，名曰舉父。有鳥焉，其狀如鳧❹，而一翼一目，相得乃飛，名曰蠻蠻，見則天下大水。

西北三百里，曰長沙之山。泚水出焉，北流注于泑水，無草木，多青雄黃。

又西北三百七十里，曰不周之山。北望諸毗之山，臨彼嶽崇之山，東望泑澤，河水所潛也，其原渾渾泡泡❺。爰有嘉果，其實如桃，其葉如棗，黃華而赤柎，食之不勞❻。

又西北四百二十里，曰峚山。其上多丹木，員葉而赤莖，黃華而赤實，其味如飴，食之不饑。丹水出焉，西流注于稷澤，其中多白玉，是有玉膏，其原沸沸湯湯❼。黃帝是食是饗❽，是生玄玉。玉膏所出，以灌丹木。丹木五歲，五色乃清，五味乃馨。黃帝乃取峚山之玉榮❾，而投之鍾山之陽。瑾瑜之玉為良，堅栗精密❿，濁澤有而光⓫。五色發作，以和柔剛。天地鬼神，是食是饗；君子服⓬之，以禦不祥。自峚山至于鍾山，四百六十里，其間盡澤也。是多奇鳥、怪獸、奇魚，皆異物焉。

又西北四百二十里，曰鍾山，其子曰鼓，其狀如人面而龍身，是與欽䲹殺葆江于昆侖之陽，帝乃戮之鍾山之東曰䍃崖，欽䲹化為大鶚，其狀如鵰而黑文白首，赤喙而虎爪，其音如晨鵠⑬，見則有大兵。鼓亦化為鵕鳥，其狀如鴟，赤足而直喙，黃文而白首，其音如鵠，見則其邑大旱。

又西百八十里，曰泰器之山。觀水出焉，西流注于流沙。是多文鰩魚⑭，狀如鯉魚，魚身而鳥翼，蒼文而白首，赤喙，常從西海遊于東海，以夜飛。其音如鸞雞，其味酸甘，食之已狂，見則天下大穰⑮。

又西三百二十里，曰槐江之山。丘時之水出焉，而北流注于泑水。其中多蠃母⑯，其上多青雄黃，多藏琅玕⑰、黃金、玉，其陽多丹粟，其陰多采黃金銀⑱。實惟帝之平圃⑲，神英招司之，其狀馬身而人面，虎文而鳥翼，徇⑳于四海，其音如榴㉑。南望昆侖，其光熊熊，其氣魂魂。西望大澤，后稷所潛也；其中多玉，其陰多榣木㉒之有若㉓。北望諸毗，槐鬼離侖居之，鷹鸇㉔之所宅也。東望恒山四成㉕，有窮鬼居之，各在一搏㉖。爰有淫水，其清洛洛㉗。有天神焉，其狀如牛，而八足二首馬尾，其音如勃皇㉘，見則其邑有兵。

西南四百里，曰昆侖之丘，是實惟帝之下都㉙，神陸吾司之。其神狀虎身而九尾，人面而虎爪；是神也，司天之九部及帝之囿時㉚。有獸焉，其狀如羊而四角，名曰土螻，是食人。有鳥焉，其狀如蠭㉛，大如鴛鴦，名曰欽原，蠚㉜鳥獸則死，蠚木則枯。有鳥焉，其名曰鶉鳥㉝，是司帝之百服㉞。有木焉，其狀如棠，黃華赤實，其味如李而無核，名曰沙棠，可以禦水，食之使人不溺。有草焉，名曰蘋草，其狀如葵，其味如蔥，食之已勞㉟。河水出焉，而南流東注于無達。赤水出焉，而東南流注于氾天之水。洋水出焉，而西南流注于醜塗之水。黑水出焉，而西流注于大杅。是多怪鳥獸。

又西三百七十里，曰樂遊之山。桃水出焉，西流注于稷澤，是多白玉。其中多鮹魚，其狀如蛇而四足，是食魚。

西水行四百里，曰流沙，二百里至于蠃母之山，神長乘司之，是天之九德也。其神狀如人而犳尾。其上多玉，其下多青石而無水。

又西三百五十里，曰玉山，是西王母所居也。西王母其狀如人，豹尾虎齒而善嘯，蓬髮[36]戴勝[37]，是司天之厲[38]及五殘[39]。有獸焉，其狀如犬而豹文，其角如牛，其名曰狡，其音如吠犬，見則其國大穰。有鳥焉，其狀如翟而赤，名曰勝遇，是食魚，其音如錄[40]，見則其國大水。

又西四百八十里，曰軒轅之丘，無草木。洵水出焉，南流注于黑水，其中多丹粟，多青雄黃。

又西三百里，曰積石之山，其下有石門，河水冒[41]以西流。是山也，萬物無不有焉。

又西二百里，曰長留之山，其神白帝少昊居之，其獸皆文尾，其鳥皆文首。是多文玉石。實惟員神磈氏之宮。是神也，主司反景[42]。

又西二百八十里，曰章莪之山，無草木，多瑤碧。所為甚怪㊸。有獸焉，其狀如赤豹，五尾一角，其音如擊石，其名曰猙。有鳥焉，其狀如鶴，一足，赤文青質㊹而白喙，名曰畢方，其鳴自叫也，見則其邑有譌火㊺。

又西三百里，曰陰山。濁浴之水出焉，而南流注于蕃澤，其中多文貝。有獸焉，其狀如貍而白首，名曰天狗，其音如榴榴㊻，可以禦凶。

又西二百里，曰符惕之山。其上多椶柟，下多金玉，神江疑居之。是山也，多怪雨，風雲之所出也。

又西二百二十里，曰三危之山，三青鳥居之。是山也，廣員百里，其上有獸焉，其狀如牛，白身四角，其豪如披蓑，其名曰獓㺐，是食人。有鳥焉，一首而三身，其狀如鸈，其名曰鴟。

又西一百九十里，曰騩山，其上多玉而無石。神耆童居之，其音常如鍾磬，其下多積蛇㊼。

又西三百五十里，曰天山，多金玉，有青雄黃。英水出焉，而西南流注于湯谷。有神焉，其狀如黃囊，赤如丹火，六足四翼，渾敦[48]無面目，是識歌舞，實為帝江也。

又西二百九十里，曰泑山，神蓐收居之。其上多嬰垣之玉[49]，其陽多瑾瑜之玉，其陰多青雄黃。是山也，西望日之所入，其氣員，神紅光之所司也。

西水行百里，至于翼望之山，無草木，多金玉。有獸焉，其狀如貍，一目而三尾，名曰讙，其音如奪百聲，是可以禦凶，服之已癉[50]。有鳥焉，其狀如烏，三首六尾而善笑，名曰鵸鵌，服之使人不厭[51]，又可以禦凶。

凡西次三經之首，崇吾之山至于翼望之山，凡二十三山[52]，六千七百四十四里。其神狀皆羊身人面。其祠之禮，用一吉玉瘞，糈用稷米。

【章旨】本節介紹了西方山系第三條山脈，計有崇吾山、長沙山、不周山、峚山、鍾山、泰器山、槐江山、昆侖丘、樂遊山、蠃母山、玉山、軒轅丘、積石山、長留山、章莪山、陰山、符惕山、三危山、騩山、天山、泑山、翼望山，一共二十二座山，綿延六千七百四十四里。

崇吾山蠻蠻鳥比翼雙飛引發大水，峚山丹木五色鮮豔具備五味，泰器山鰩魚海上夜遊振翅高飛，神英招馬身人面聲如軲轆抽水，神長乘樣子像人長著狗尾，天狗狀如貍貓養著可防凶邪，帝江神狀如口袋沒有面目舞姿翩翩，鵸鵌鳥喜歡嬉笑三首六尾……

本節對西王母的記述與一般人的印象大相逕庭，西王母的樣子像人，長著豹子尾巴、老虎牙齒，善於嘯叫，蓬亂的頭髮上戴著玉勝，主管著天災和五刑殘殺之氣。其形其狀，其行其止，令人訝異。

峚山一段，「其中多白玉，是有玉膏」句，今人指玉膏實為食鹽，「其原沸沸湯湯」則為熬鹽之場景，是當時人們生產活動的真實記載。

【注釋】❶冢遂　山名。❷柎　花萼。❸豹虎　一說當為豹尾。❹鳧　野鴨。❺渾渾泡泡　水噴湧激盪的聲音。❻勞　憂愁。❼沸沸湯湯　沸沸，沸騰的樣子。湯湯，水流大而急。❽饗　享用。❾玉榮　玉花。❿堅栗精密　像堅硬的栗肉那樣精細緊密。⓫濁澤有而光　意思是光澤深沉渾厚。⓬服　佩帶。⓭晨鵠　鸇鶚類的一種猛禽名。⓮文鰩魚　有斑紋的鰩魚。⓯穰　穀物豐收。⓰蠃母　即蟦螺、蝸牛之類。⓱琅玕　一種似珠的美石。⓲采黃金銀　有符彩的黃金和白銀。⓳平圃　當為「玄圃」。園圃名。⓴徇　巡行。㉑榣　未詳。一說軲轆抽水的聲音。㉒槐木　大樹名。㉓若　一種神樹。㉔鸇　一種猛禽。㉕四成　四重。㉖摶　郭璞云：「摶猶脅也。」邊側義。㉗洛洛　水清澈蕩漾的樣子。㉘勃皇　未詳。㉙下都　下方的都邑。㉚司天句　九部，九域的部界。帝之囿時，天帝園圃的時節。㉛蠭　即「蜂」字。㉜蠚　有毒腺的動物刺毒別的生物。㉝鶉鳥　鳳凰一類的鳥。㉞百服　當為各種生活用品。服，郭璞云：「一曰『服』，事也。或作藏。」㉟已勞　消除憂愁。㊱蓬髮　蓬頭亂髮。㊲勝　玉製的婦女首飾。㊳厲　災厲。㊴五殘　五種酷刑。㊵錄　未詳。一說鹿。㊶冒　漫過。㊷反景　反影。指太陽西落時反射到東方的光影。㊸所為甚怪　意指常有奇異事物。㊹青質　青色身體。㊺譌火　怪火。譌，同「訛」。錯誤義。㊻榴榴　一說貓貓。㊼積蛇　成堆的蛇。㊽渾敦　即「混沌」。渾然一體義。一說無敦字。㊾嬰垣之玉　頸飾之玉。㊿癉　黃疸病。(51)厭　不受夢魘。(52)凡二十三山　實為二十二座山。

【語　譯】西方山系第三條山脈，開頭第一座山是崇吾山，崇吾山位於河水的南岸，北邊可以望見冢遂山，南邊可以望見䍃澤，西邊可以望見天帝的搏獸丘，東邊可以望見䗡淵。有一種樹，圓圓的葉子，白色的花萼，開紅色的花，花瓣上的紋理是黑色的，果實像枳實，吃了有利於生育。有一種野獸，樣子像長尾猴，臂膀上有斑紋，長著豹子的尾巴，善於投擲，名字叫舉父。有一種鳥，樣子像野鴨，只有一隻翅膀、一隻眼睛，兩隻鳥配合起來才能飛翔，這種鳥名字叫蠻蠻，牠一出現就會發大水。

往西北三百里，就是長沙山。泚水從這裡發源，向北流入泑水。山上不生草木，多產青色雄黃。

再往西北三百七十里，就是不周山。北邊可以望見諸毗山高聳在嶽崇山的上頭，東邊可以望見泑澤，那是河水所流聚的地方，原野上轟鳴著渾渾泡泡的水聲。長著嘉美的果樹，結出的果實像桃子，葉子像棗樹的葉子，開黃色的花，紅色的花萼，吃了可以忘掉憂愁。

再往西北四百二十里，就是峚山。山上有許多丹木，圓圓的葉子，紅色的莖幹，黃色的花，紅色的果實，味道像飴糖，吃了可以不餓。丹水從這裡發源，向西流入稷澤，水中有許多白玉，這種白玉上有玉膏湧出，原野上一片沸騰奔湧的景象。黃帝就拿這些玉膏服食享用。玉膏又生出黑玉，黑玉產生的玉膏灌溉了丹木。丹木生長了五年以後，五色鮮豔分明，結出的果子五味俱全，馨香無比。黃帝就採擷了峚山上的玉花，投種在鍾山的南坡。在這些玉中，以瑾和瑜為優，像堅硬的粟肉那樣精細緊密，光澤深沉渾厚。五彩的顏色相互輝映，剛柔相濟而諧和。天地間的鬼神服食、享用著這些瑾、瑜；君子佩帶這種玉石，可以抵禦鬼祟之氣。從峚山到鍾山共有四百六十里，其間都是些水澤。水澤中有許多奇鳥、怪獸、奇魚，都是奇異之物。

再往西北四百二十里，就是鍾山。鍾山神的兒子名字叫鼓，臉像人臉，卻長著龍的身子。他與欽䲹合謀，在昆侖山的南面殺了天神葆江，天帝於是把他們處死在鍾山東面一個叫嵱崖的地方。欽䲹便變成大鶚，樣子像雕，卻有黑色斑紋、白色的頭、紅色嘴殼、老虎的爪子，發出晨鵠一樣的聲音，牠一出現天下就會發生大的戰爭。鼓也變成鵕鳥，樣子像鴟，紅色的足爪，直直的嘴殼，黃色斑紋，白色的頭，聲音像鴻鵠，牠一出現，那裡就會發生大旱。

再往西一百八十里，就是泰器山。觀水從這裡發源，向西流入流沙水。水中有許多有斑紋的鰩魚，樣子像鯉魚，長著魚的身子、鳥的翅膀，蒼色的斑紋，白色的頭，紅色嘴殼，常從西海遊到東海，在夜裡飛行。牠的聲音如同鸞雞，牠的味道酸中帶甜，吃了可以治療癲狂病，牠一出現天下就會五穀豐登。

再往西三百二十里，就是槐江山。丘時水從這裡發源，向北流入泑水。水中多產蠃螺。槐江山上多產青雄黃，藏有很多琅玕一類的美石，還有許多黃金和玉石。山南多產粟粒一樣的細丹沙，山北多產有文彩的黃金和白銀。這座山其實就是天帝的園圃，由神英招主管，他的樣子是馬的身子、人的面孔，有著老虎一樣的斑紋和鳥的翅膀。他巡行四海，聲音像軲轆抽水。槐江山的南面可以望見昆侖山，昆侖山上光焰熊熊，氣象恢弘。槐江山的西邊可以望見大澤，那是后稷隱伏的地方；大澤中有許多玉，大澤的南面有許多高大的榣樹，榣樹叢中有神奇靈驗的若木。北邊可以望見諸毗山，那是槐鬼離侖居住的地方，也是鷹和鸇鳥的住所。東邊可以望見恒山，恒山有四重，那是有窮鬼居住的地方，他們各住在山的一邊。那裡還有淫水，淫水清澈，碧波蕩漾。還有一個天神，天神的樣子像牛，卻有八隻腳、兩個頭、馬的尾巴，聲音像勃皇，這個天神出現在哪裡，哪裡就會有戰爭發生。

再往西南四百里，就是昆侖山，這是天帝在下方的都邑，由神陸吾掌管。神陸吾的樣子是老虎的身子，有九條尾巴，長著人的面孔，老虎的爪子；這個神掌管著天上九域的部界和天帝園圃的時節。有一種獸，樣子像羊，卻有四隻角，名字叫土螻，吃人。有一種鳥，樣子像蜂，有鴛鴦那麼大，名字叫欽原，鳥獸一旦被牠螫了就會死，樹木一旦被牠螫了就會枯萎。有一種鳥，名字叫鶉鳥，牠主管著天帝的各種生活用品。有一種樹，樣子像棠梨樹，開黃花，結紅色果實，味道像李子，沒有果核，名字叫沙棠，可以防禦水災，吃了使人不會溺水。有一種草，名字叫薲草，樣子像葵，味道像蔥，吃了可以消除憂愁。河水從這裡發源，向南流往東注入無達水。赤水從這裡發源，流向東南方向的汜天水。洋水也從這裡發源，流向西南方向的醜塗水。黑水從這裡發源，向西流入大杅水。那裡有許多怪鳥、怪獸。

再往西三百七十里，就是樂遊山。桃水從這裡發源，向西流入稷澤，澤中多產白玉，還有許多鮹魚，魚的樣子像蛇，有四隻腳，這種魚吃魚。

往西水行四百里，就是一片流沙，通過二百里的流沙就到了嬴母山，神長乘掌管著這座山，他是天之九德之氣所生。山神的樣子像人，卻有豹的尾巴。山上多產玉，山下多產青石，沒有水。

再往西三百五十里，就是玉山，那是西王母的住所。西王母的樣子像人，長著豹子尾巴、老虎牙齒，善於嘯叫。蓬亂的頭髮上戴著玉勝，主管著天災和五刑殘殺之氣。有一種獸，樣子像狗，有著豹子的斑紋，長著牛一樣的角，牠的名字叫狡，聲音像狗叫，牠一出現那個國家就會五穀豐登。有一種鳥，樣子像長尾野雞，卻是紅色的，名字叫勝遇，牠吃魚，聲音像鹿的鳴叫，牠一出現那個國家就會發大水。

再往西四百八十里，就是軒轅丘，山上草木不生。洵水從這裡發源，向南流入黑水，水中多產丹粟，多產青雄黃。

再往西三百里，就是積石山，山下有石門，河水漫溢而過向西流去。這座山，天下萬物樣樣都有。

再往西二百里，就是長留山。這山是神白帝少昊的住所，山上的獸尾巴上都有斑紋，鳥都是有花紋的頭。山上多產帶花斑紋的玉石。這座山就是員神磈氏的宮室。此神主管日落西方後反射到東方的光影。

再往西二百八十里，就是章莪山，山上不生草木，多產瑤、碧一類的美玉。山上常常出現奇怪的現象。有一種獸，樣子像赤豹，長著五條尾巴，一隻角，牠的聲音像敲打石頭的聲音，名字叫猙。有一種鳥，樣子像鶴，一隻腳，紅色斑紋，青身子，白嘴殼，名字叫畢方，牠的名字就是模擬牠鳴叫的聲音來命名的。牠一出現那個地方就會發生怪火。

再往西三百里，就是陰山，濁浴水從這裡發源，向南流入蕃澤，澤中多產花斑貝。有一種獸，樣子像貍貓，白色的頭，名字叫天狗，牠的聲音像榴榴，養了這種獸可以防禦凶邪。

再往西二百里，就是符惕山，山上有許多棕樹和楠樹，山下多產金子和玉，神江疑居住在這個地方。這座山常常發生怪雨，是風和雲發生的地方。

再往西二百二十里，就是三危山，三青鳥居住在這裡。這座山方圓百里。山上有一種獸，樣子像牛，白身子，四隻角，身上的豪毛像披著蓑衣，牠的名字叫傲佪，這種獸吃人。有一種鳥，一個頭，三個身子，樣子像鸈鳥，牠的名字叫鴟。

再往西一百九十里，就是騩山，山上多產玉，但沒有石頭。神耆童居住在這裡，他的聲音常常像敲擊鐘磬一樣。山下多見一堆一堆的蛇。

再往西三百五十里，就是天山，山上多產金、玉，還有青雄黃。英水從這裡發源，向西南方向流入湯谷。有一個神，樣子像黃色的口袋，紅得像一團紅火，有六隻腳、四隻翅膀，渾渾沌沌，沒有面目，卻知道唱歌跳舞，他就是帝江神。

再往西二百九十里，就是泑山，神蓐收居住在這裡。山上多產頸飾之玉，山南多產瑾、瑜一類的美玉，山北多產青雄黃。這座山西邊可以望見太陽進去的地方，氣象圓潤闊大，那是神紅光管轄的地方。

往西水行一百里，就到了翼望山，山上不生草木，多產金、玉。有一種獸，樣子像貍，一隻眼睛，三條尾巴，名字叫讙，牠的聲音超過百種動物齊聲共鳴。這種動物可以抵禦凶邪，吃了可以治療黃疸病。有一種鳥，樣子像烏，三個頭，六條尾巴，喜歡嬉笑，名字叫鵸鵌，吃了可以使人不受魘厭，還可以抵禦凶邪。

總括西方第三條山脈，從崇吾山到翼望山，共有二十二座山，綿延六千七百四十四里。山神的樣子都是羊的身子、人的面孔。祭祀他們的典禮，要用一塊吉玉埋在地裡，祭祀用的精米要用稷米。

西次四經之首，曰陰山，上多穀，無石，其草多茆蕃❶。陰水出焉，西流注于洛。

北五十里，曰勞山，多茈草❷。弱水出焉，而西流注于洛。

西五十里，曰罷父之山。洱水出焉，而西南流注于洛，其中多茈❸、碧。

北百七十里，曰申山，其上多穀柞，其下多杻橿，其陽多金玉。區水出焉，而東流注于河。

北二百里，曰鳥山。其上多桑，其下多楮；其陰多鐵，其陽多玉。辱水出焉，而東流注于河。

又北二十里，曰上申之山，上無草木，而多硌石❹，下多榛楛，獸多白鹿。其鳥多當扈，其狀如雉，以其髯飛，食之不眴目❺。湯水出焉，東流注于河。

又北八十里，曰諸次之山，諸次之水出焉，而東流注于河。是山也，多木無草，鳥獸莫居，是多眾蛇。

又北百八十里，曰號山，其木多漆、椶，其草多葯虈芎藭❻。多汵石❼。端水出焉，而東流注于河。

又北二百二十里，曰盂山，其陰多鐵，其陽多銅，其獸多白狼白虎，其鳥多白雉白翟❽。生水出焉，而東流注于河。

西二百五十里，曰白於之山，上多松柏，下多櫟❾檀，其獸多㸲牛、羬羊，其鳥多鴞❿。洛水出于其陽，而東流注于渭；夾水出于其陰，東流注于生水。

西北三百里，曰申首之山，無草木，冬夏有雪。申水出于其上，潛于其下，是多白玉。

又西五十五里，曰涇谷之山，涇水出焉，東南流注于渭，是多白金白玉。

又西百二十里，曰剛山，多柒⓫木，多㻬琈之玉。剛水出焉，北流注于渭。是多神䰠⓬，其狀人面獸身，一足一手，其音如欽⓭。

又西二百里，至剛山之尾，洛水出焉，而北流注于河。其中多蠻蠻⓮，其狀鼠身而鼈首，其音如吠犬。

又西三百五十里，曰英鞮之山，上多漆木，下多金玉，鳥獸盡白。涴水出焉，而北流注于陵羊之澤。是多冉遺之魚，魚身蛇首六足，其目如馬耳，食之使人不眯⓯，可以禦凶。

又西三百里，曰中曲之山，其陽多玉，其陰多雄黃、白玉及金。有獸焉，其狀如馬而白身黑尾，一角，虎牙爪，音如鼓音，其名曰駮，是食虎豹，可以禦兵。有木焉，其狀如棠，而員葉赤實，實大如木瓜，名曰櫰木，食之多力。

又西二百六十里，曰邽山，其上有獸焉，其狀如牛，蝟毛，名曰窮奇，音如獋狗，是食人。濛水出焉，南流注于洋水，其中多黃貝⑯，蠃魚，魚身而鳥翼，音如鴛鴦，見則其邑大水。

又西二百二十里，曰鳥鼠同穴之山，其上多白虎、白玉。渭水出焉，而東流注于河。其中多鰠魚，其狀如鱣魚，動則其邑有大兵。濫水出于其西，西流注于漢水。多𩸁魮之魚，其狀如覆銚⑰，鳥首而魚翼魚尾，音如磬石之聲，是生珠玉。

西南三百六十里，曰崦嵫之山⑱，其上多丹木，其葉如穀，其實大如瓜，赤符而黑理，食之已癉，可以禦火。其陽多龜，其陰多玉。苕水出焉，而西流注于海，其中多砥礪⑲。有獸焉，其狀馬身而鳥翼，人面蛇尾，是好舉人，名曰孰湖。有鳥焉，其狀如鴞而人面，蜼⑳身犬尾，其名自號也，見則其邑大旱。

凡西次四經自陰山以下，至于崦嵫之山，凡十九山，三千六百八十里。其神祠禮，皆用一白雞祈。糈以稻米，白菅為席。

右西經之山，凡七十七山，一萬七千五百一十七里。

【章　旨】本節介紹了西方山系第四條山脈，計有陰山、勞山、罷父山、申山、鳥山、上申山、諸次山、號山、盂山、白於山、申首山、涇谷山、剛山、英鞮山、中曲山、邽山、鳥鼠同穴山、崦嵫山，實有十八座山，綿延三千六百八十里。

陰山樹多草多沒有石頭，盂山鳥獸皆白生水東流，剛山蠻蠻獸鼠身鼈頭聲音像狗，陵羊澤冉遺魚蛇頭魚身眼睛像馬耳，邽山窮奇渾身是刺樣子像牛，崦嵫山孰湖獸馬身人面尾巴像蛇……

本節中的水獸蠻蠻，與上節中比翼雙飛的蠻蠻鳥同名異實。

本節中的崦嵫山，傳說是日入之處。

【注　釋】❶葞蕃　葞，鼠葵。蕃，青蘋。❷茈草　即紫草。❸茈　指茈石。❹硌石　巨石。❺眴目　瞬目；

眊眼睛。❻葯虈芎藭　葯，白芷，根稱白芷，葉稱葯，統稱白芷。虈，香草名，即白芷。芎藭，即川芎，多年生草本植物，根莖可入藥，有調經、活血、止痛等作用。❼泠石　一種石質柔軟如泥的石頭。❽白翟　當為白翠。白色翠鳥。❾櫟　即柞樹。❿鴞　鴟鴞。鳥類的一科。鵂鶹、貓頭鷹等都屬於這一科。⓫柒　即漆。⓬神䰠　魑魅之類。⓭欽　同「吟」。⓮蠻蠻　水獸。⓯眯　夢魘。⓰貝　一種甲蟲，似蝌蚪，有頭尾耳。⓱覆銚　覆，反轉。銚，有柄有流的小型燒器。⓲崦嵫之山　在今甘肅天水市西。傳說是日入之處。⓳砥礪　砂石；磨石。細者為砥，粗者為礪。⓴蜼　長尾猴。

【語譯】西方山系第四條山脈，開頭第一座山是陰山，山上多構樹，沒有石頭，山上的草大多是鳧葵和青薠。陰水從這裡發源，向西流入洛水。

往北五十里，就是勞山，山上多產紫草。弱水從這裡發源，向西流入洛水。

往西五十里，就是罷父山。洱水從這裡發源，流向西南方向的洛水。水中多產茈石、碧玉。

往北一百七十里，就是申山，山上有許多構樹、柞樹，山下有許多杻樹和橿樹。山南多產金子和玉。區水從這裡發源，向東流入河水。

往北二百里，就是鳥山。山上有許多桑樹，山下有許多楮樹。山北多產鐵，山南多產玉。辱水從這裡發源，向東流入河水。

再往北二十里，就是上申山，山上草木不生，卻有許多硌石；山下有許多榛樹和楛樹。山中的野獸大多是白鹿，鳥大多是當扈鳥，這種鳥的樣子像雉，用脖頸下的毛當翅膀飛翔，吃了可以使人眼睛不昏花。湯水從這裡發源，向東流入河水。

再往北八十里，就是諸次山，諸次水從這裡發源，向東流入河水。這座山有很多樹木，卻不長草，鳥和獸都不能在這裡居住，有很多蛇群。

再往北一百八十里，就是號山，山上的樹木大多是漆樹、棕樹，草大多是白芷和川芎。有許多石質柔軟如泥的汵石。端水從這裡發源，向東流入河水。

再往北二百二十里，就是盂山，山北多產鐵，山南多產銅，山中的野獸大多是白狼、白虎，鳥大多是白野雞和白翠鳥。生水從這裡發源，向東流入河水。

再往西二百五十里，就是白於山，山上有許多松樹、柏樹，山下有許多柞樹和檀樹，山中的野獸大多是牸牛、羬羊，鳥大多是鴞鴟。洛水從山的南面發源，向東流入渭水；夾水從山北發源，向東流入生水。

往西北三百里，就是申首山，山上草木不生，冬天、夏天都有雪。申水從山上發源，潛流到山下，這裡多產白玉。

再往西五十五里，就是涇谷山，涇水從這裡發源，流向東南方向的渭水，水中多產白金、白玉。

再往西一百二十里，就是剛山，山上多產漆木，多產㻬琈玉。剛水從這裡發源，向北流入渭水。山中有很多魑魅一類的鬼物，樣子是人的面孔、獸的身子，一隻腳，一隻手，聲音像人的呻吟。

往西二百里，就到了剛山的尾部。洛水從這裡發源，向北流入河水。水中有許多蠻蠻，牠的樣子是老鼠的身子、鼈的頭，聲音像狗叫。

再往西三百五十里，就是英鞮山，山上多產漆樹，山下多產金子和玉，鳥、獸都是白色的。

洈水從這裡發源，向北流入陵羊澤。澤中多產冉遺魚，這種魚是魚的身子、蛇的頭，有六隻腳，牠的眼睛像馬的耳朵，吃了這種魚使人不受夢魘，還可以抵禦凶邪。

再往西三百里，就是中曲山，山南多產玉，山北多產雄黃、白玉和金。有一種獸，樣子像馬，白身子、黑尾巴，有一隻角，還有老虎的牙齒和爪子，聲音像打鼓的聲音，名字叫駮。這種獸吃老虎和豹子，可以防禦戰爭。有一種樹，樣子像棠梨樹，圓圓的葉子，紅色的果實，果實像木瓜那樣大，名字叫櫰木，這種果實吃了可以增加力氣。

再往西二百六十里，就是邽山。山上有一種獸，樣子像牛，渾身長著刺蝟的毛刺，名字叫窮奇，聲音像獆狗，吃人。濛水從這裡發源，向南流入洋水，水中多產黃色的甲蟲貝和蠃魚。蠃魚的樣子是魚的身子，卻長著鳥的翅膀，聲音像鴛鴦，牠一出現那個地方就要發大水。

再往西二百二十里，就是鳥鼠同穴山，山上有許多白虎、白玉。渭水從這裡發源，向東流入河水。水中多產鰠魚，樣子像鱣魚，牠一出動那個地方就會發生大的戰亂。濫水發源於山的西面，向西流入漢水。水中多產鴽魮魚，這種魚的樣子像翻覆的銚，長著鳥的頭、魚的鰭和尾巴，聲音像敲擊磬石發出的聲音，當這種魚發出聲音的時候，就會生出珍珠和玉石。

往西南三百六十里，就是崦嵫山，山上多產丹木，丹木的葉子像構樹的葉子，果實像瓜一樣大，有紅中泛黑的斑紋，吃了可以治療黃疸病，還可以防禦火災。山南有許多龜，山北多產玉。苕水從這裡發源，向西流入大海，水中有許多砥石和礪石。有一種獸，是馬的身子，鳥的翅膀，人的面孔，蛇的尾巴，喜歡把人舉起來，名字叫孰湖。有一種鳥，樣子像鴞鳥，卻長著人的面孔，長尾獼猴的身子，狗的尾巴，牠的名字就是以牠號叫的聲音來命名的，牠一出現那個地方就會有大的旱災。

總括西方山系第四條山脈，從陰山開始到崦嵫山，共有十九座山，綿延三千六百八十里。祭祀山神的典禮，都是用一隻白雞來祭奠。祭祀用的米是稻米，還要用白菅作為席墊。

以上西方經歷的山，共有七十七座山，行經一萬七千五百一十七里。

卷三　北山經

北山經之首，曰單狐之山，多机木❶，其上多華草❷。逢水出焉，而西流注于泑水，其中多茈石❸文石。

又北二百五十里，曰求如之山，其上多銅，其下多玉，無草木。滑水出焉，而西流注于諸毗之水，其中多滑魚，其狀如鱓❹，赤背，其音如梧❺，食之已疣❻。其中多水馬，其狀如馬，文臂❼牛尾，其音如呼❽。

又北三百里，曰帶山，其上多玉，其下多青碧。有獸焉，其狀如馬，一角有錯❾，其名曰䑏疏，可以辟火。有鳥焉，其狀如烏，五采而赤文，名曰鵸䳜❿，是自為牝牡，食之不疽⓫。彭水出焉，而西流注于芘湖之水，其中多儵魚，其狀如雞而赤毛，三尾六足四首，其音如鵲，食之可以已憂。

又北四百里，曰譙明之山，譙水出焉，西流注于河。其中多何羅之魚，一首而十身，其音如吠犬，食之已癰⑫。有獸焉，其狀如貆⑬而赤豪，其音如榴榴，名曰孟槐，可以禦凶。是山也，無草木，多青雄黃。

又北三百五十里，曰涿光之山，嚻水出焉，而西流注于河。其中多鰼鰼之魚，其狀如鵲而十翼，鱗皆在羽端，其音如鵲，可以禦火，食之不癉。其上多松柏，其下多椶橿，其獸多麢羊，其鳥多蕃⑭。

又北三百八十里，曰虢山，其上多漆，其下多桐椐，其陽多玉，其陰多鐵。伊水出焉，西流注于河。其獸多橐駝⑮，其鳥多寓⑯，狀如鼠而鳥翼，其音如羊，可以禦兵。

又北四百里，至于虢山之尾，其上多玉而無石。魚水出焉，西流注于河。其中多文貝。

又北二百里，曰丹熏之山，其上多樗柏，其草多韭䪥⑰，多丹雘。

熏水出焉，而西流注于棠水。有獸焉，其狀如鼠，而菟⑱首麋身，其音如獋犬，以其尾飛，名曰耳鼠，食之不䐆⑲，又可以禦百毒。

又北二百八十里，曰石者之山，其上無草木，多瑤碧。泚水出焉，西流注于河。有獸焉，其狀如豹，而文題白身，名曰孟極，是善伏，其鳴自呼。

又北百一十里，曰邊春之山，多葱、葵、韭、桃、李。杠水出焉，而西流注于泑澤。有獸焉，其狀如禺而文身，善笑，見人則臥，名曰幽鴳，其鳴自呼。

又北二百里，曰蔓聯之山，其上無草木。有獸焉，其狀如禺而有鬣，牛尾、文臂、馬蹏。見人則呼，名曰足訾，其鳴自呼。有鳥焉，群居而朋飛，其毛如雌雉，名曰鵁，其鳴自呼，食之已風⑳。

又北百八十里，曰單張之山，其上無草木。有獸焉，其狀如豹而長尾，人首而牛耳，一目，名曰諸犍，善吒㉑，行則銜其尾，居則蟠㉒其尾。有鳥焉，其狀如雉，而文首、白翼、黃足，名曰白鵺，食之已嗌痛㉓，可以已痸㉔。櫟水出焉，而南流注于杠水。

又北三百二十里，曰灌題之山，其上多樗柘，其下多流沙，多砥。有獸焉，其狀如牛而白尾，其音如訆㉕。名曰那父。有鳥焉，其狀如雌雉而人面，見人則躍，名曰竦斯，其鳴自呼也。匠韓之水出焉，而西流注于泑澤，其中多磁石。

又北二百里，曰潘侯之山，其上多松柏，其下多榛楛，其陽多玉，其陰多鐵。有獸焉，其狀如牛，而四節生毛，名曰旄牛。邊水出焉，而南流注于櫟澤。

又北二百三十里，曰小咸之山，無草木，冬夏有雪。

北二百八十里，曰大咸之山，無草木，其下多玉。是山也，四方，不可以上。有蛇名曰長蛇，其毛如彘豪，其音如鼓柝㉖。

又北三百二十里，曰敦薨之山，其上多椶枏，其下多茈草。敦薨之水出焉，而西流注于泑澤。出于昆侖之東北隅，實惟河原。其中多赤鮭，其獸多兕、旄牛，其鳥多鳲鳩㉗。

又北二百里，曰少咸之山，無草木，多青碧。有獸焉，其狀如牛，而赤身、人面、馬足，名曰窫窳，其音如嬰兒，是食人。敦水出焉，東流注于鴈門之水，其中多魳魳之魚㉘，食之殺人。

又北二百里，曰獄法之山。瀤澤之水出焉，而東北流注于泰澤，其中多鱳魚，其狀如鯉而雞足，食之已疣。有獸焉，其狀如犬而人面，善投，見人則笑，其名山𤟤，其行如風，見則天下大風。

又北二百里，曰北嶽之山，多枳棘剛木㉙。有獸焉，其狀如牛，而四角、人目、彘耳，其名曰諸懷，其音如鳴鴈，是食人。諸懷之水出焉，而西流注于嚻水，其中多鮨魚，魚身而犬首，其音如嬰兒，食之已狂。

又北百八十里，曰渾夕之山，無草木，多銅玉。嚻水出焉，而西北流注于海，有蛇一首兩身，名曰肥遺，見則其國大旱。

又北五十里，曰北單之山，無草木，多蔥韭。

又北百里，曰罷差之山，無草木，多馬。

又北百八十里，曰北鮮之山，是多馬。鮮水出焉，而西北流注于涂吾之水。

又北百七十里，曰隄山，多馬。有獸焉，其狀如豹而文首，名曰狕。隄水出焉，而東流注于泰澤，其中多龍龜。

凡北山經之首，自單狐之山至于隄山，凡二十五山，五千四百九十里，其神皆人面蛇身。其祠之，毛用一雄雞彘瘞，吉玉用一珪，瘞而不糈，其山北人，皆生食不火之物。

【章旨】北方山系共有八十七座山，綿延二萬三千二百三十里。

本節介紹了北方山系第一條山脈，計有單狐山、求如山、帶山、譙明山、涿光山、虢山、虢山尾、丹熏山、石者山、邊春山、蔓聯山、單張山、灌題山、潘侯山、小咸山、大咸山、敦薨山、少咸山、嶽法山、北嶽山、渾夕山、北單山、罷差山、北鮮山、隄山，一共二十五座山，綿延五千四百九十里。

譙明山何羅魚一首十身聲音像狗叫，丹熏山耳鼠兔頭麋身用尾巴飛翔，邊春山幽鴳獸喜歡嬉笑見人就臥倒，蔓聯山足訾獸牛尾馬蹄身有鬣毛，單張山白鵺吃了治療癡呆病，灌題山的竦斯野雞有人的面孔，大咸山長蛇聲如敲梆毛像豬毛，獄法山山獋行走如風善於投擲見人就笑，北嶽山諸懷獸人眼豬耳卻有四隻角……

本節中有一首兩身肥遺蛇，與〈西山經〉中六腳四翅肥遺蛇（太華山）和樣子像鶉鳥的肥遺鳥（英山）同名異實。

【注　釋】❶机木　即榿樹，一種落葉喬木，木質堅韌，生長甚速，易於成林。❷華草　未詳。❸茈石　紫石。❹鱓　即鱔魚，俗稱黃鱔。❺梧　同「吾」。支吾。❻已疣　消除皮膚上的贅生物。❼臂　前腳。❽呼　人的呼喊。❾有錯　意思是表面像磨刀石一樣粗礪。錯，磨刀石。❿鵁鶄　已見於西次三經翼望之山，與此異。⓫疽　癰疽。⓬癰　癰腫。⓭貆　即豪豬。⓮蕃　不詳。一說即鴞。⓯橐駝　即駱駝。⓰寓　寓鳥，蝙蝠之類。⓱䪥　同「薤」。多年生草本植物，其鱗莖也叫藠頭，可吃。⓲菟　同「兔」。⓳䐜　大腹，鼓脹病之類。⓴風　風痹病，風濕性關節炎一類的病。㉑吒　怒吼。㉒蟠　蟠曲；曲折環繞。㉓嗌痛　咽喉疼痛。㉔已痸　治療癡病。㉕訆　叫；人的呼喚。㉖柝　木梆。㉗鳲鳩　即「布穀鳥」。㉘鯑鯑之魚　即江豚。㉙剛木　檀樹、枳樹之類的樹。

【語　譯】北方山系的第一條山脈，開頭第一座山是單狐山，山中有許多榿樹、華草。逢水從這裡發源，向西流入泑水，水中多產茈石和文石。

再往北二百五十里，就是求如山。山上多產銅，山下多產玉，卻草木不生。滑水從這裡發源，向西流入諸毗水，水中多產滑魚。這種魚的樣子像鱔魚，紅色的背，聲音像人說話時支支吾吾，吃了可以消除贅疣。水中有許多水馬，樣子像馬，臂膊上有斑紋，還有牛的尾巴，聲音像人的叫喊。

再往北三百里，就是帶山，山上多產玉，山下多產青色碧玉。有一種獸，樣子像馬，一隻分叉的角上粗礪得像磨刀石，牠的名字叫䑏疏，可以用來避開火災。有一種鳥，樣子像烏鴉，五彩羽毛，紅色斑紋，名字叫䳜鵌，合雌雄為一體，吃了可以不生癰疽。彭水從這裡發源，向西流入芘湖水，水中多產儵魚。這種魚的樣子像雞，卻長著紅毛，有三條尾巴、六隻腳、四個頭，牠的聲音像喜鵲，吃了可以解除憂愁。

再往北四百里，就是譙明山，譙水從這裡發源，向西流入河水。水中多產何羅魚，這種魚有一個頭、十個身子，聲音像狗的嗥叫，吃了可以消除癰腫。有一種獸，樣子像豪豬，長著紅色的豪毛，牠的聲音是「榴榴」，名字叫孟槐，可以防禦凶邪。這座山草木不生，多產青雄黃。

再往北三百五十里，就是涿光山，𤃨水從這裡發源，向西流入河水。水中多產鰼鰼魚，牠的樣子像喜鵲，卻有十隻翅膀，羽毛的尖端有鱗，牠的聲音像喜鵲，可以防禦火災，吃了可以不患黃疸病。山上有許多松樹、柏樹，山下有許多棕樹和橿樹，野獸大多是羚羊，鳥大多是鴞。

再往北三百八十里，就是虢山。山上多產漆樹，山下多產桐樹和椐樹；山南多產玉，山北多產鐵。伊水從這裡發源，向西流入河水。野獸大多是駱駝，鳥大多是蝙蝠，這種鳥的樣子像老鼠，卻有鳥的翅膀，聲音像羊叫，可以用來防禦戰爭。

再往北四百里，就到了虢山尾，山上多產玉，卻沒有石頭。魚水從這裡發源，向西流入河水。水中多產花斑貝。

再往北二百里，就是丹熏山，山上多產臭椿樹和柏樹，草大多是山韭和山䪥，還有許多丹雘。熏水從這裡發源，向西流入棠水。有一種獸，樣子像老鼠，卻長著兔子的頭和麋鹿的身子，牠的聲音像狗的嗥叫，牠用尾巴來飛翔，名字叫耳鼠，吃了可以不害鼓脹病，還可以防禦百毒的侵害。

再往北二百八十里，就是石者山，山上草木不生，多產瑤、碧一類的美玉。泚水從這裡發源，向西流入河水。有一種獸，樣子像豹子，額頭上有花紋，白色身子，名字叫孟極，善於潛伏隱藏，牠的名字就是模仿牠呼喊的聲音來命名的。

再往北一百一十里，就是邊春山，山中多產蔥、葵、韭、桃樹和李樹。杠水從這裡發源，向西流入泑澤。有一種獸，樣子像長尾巴獼猴，身上有花紋，喜歡嬉笑，一見到人就臥倒，名字叫幽鴳，牠的名字就是模仿牠呼喊的聲音來命名的。

再往北二百里，就是蔓聯山，山上沒有草木。有一種獸，樣子像長尾巴獼猴，卻有鬣毛，還有牛的尾巴、花臂膊、馬蹄子，見了人就呼喚，牠的名字叫足訾。牠呼叫的聲音就成了牠的名字。有一種鳥，喜歡群居和結伴飛翔，牠的羽毛像雌野雞，名字叫鵁，牠呼叫的聲音就成了牠的名字，人吃了牠可以消除風痹病。

再往北一百八十里，就是單張山，山上不生草木。有一種獸，樣子像豹子，長長的尾巴，人的頭，牛的耳朵，一隻眼睛，牠的名字叫諸犍，喜歡怒吼，行走的時候嘴裡銜著自己的尾巴，睡覺的時候就把尾巴蟠曲起來。有一種鳥，樣子像野雞，花斑紋的頭，白翅膀，黃色的腳，名字叫白鵺，吃了可以消除咽喉痛，還可以治療癡呆病。櫟水從這裡發源，向南流入杠水。

再往北三百二十里，就是灌題山，山上多產臭椿樹和柘樹，山下有許多流沙，多產粗礪的磨刀石。有一種獸，樣子像牛，白尾巴，牠的聲音像人的呼喊，名字叫那父。有一種鳥，樣子像雌野雞，卻長著人的面孔，見了人就跳躍，名字叫竦斯，牠呼叫的聲音就成了牠的名字。匠韓水從這裡發源，向西流入泑澤，水中多產磁石。

再往北二百里，就是潘侯山。山上有許多松樹、柏樹，山下有許多榛樹、楛樹；山南多產玉，山北多產鐵。有一種獸，樣子像牛，四條腿的關節上都長著毛，名字叫旄牛。邊水從這裡發源，向南流入櫟澤。

再往北二百三十里，就是小咸山，山上草木不生，冬天、夏天都有雪。

往北二百八十里，就是大咸山，山上草木不生，山下多產玉。這座山，四四方方的，不可以攀登。有一種蛇，名字叫長蛇，牠的毛像豬毛，聲音如同敲梆子。

再往北三百二十里，就是敦薨山。山上有許多棕樹、楠樹，山下有許多茈草。敦薨水從這裡發源，向西流入泑澤。此水發源於昆侖山的東北角，其實就是河水的源頭。水中多產紅色鮭魚。山中的獸大多是兕、旄牛，鳥大多是布穀鳥。

再往北二百里，就是少咸山，山上草木不生，多產青色碧玉。有一種獸，樣子像牛，紅色身子、人的面孔、馬的四足，名字叫窫窳，牠的聲音像嬰兒啼哭，會吃人。敦水從這裡發源，向東流入鴈門水，水中多產魳魳魚，吃了牠就會中毒死亡。

再往北二百里，就是嶽法山。瀤澤水從這裡發源，流向東北方向的泰澤，水中多產鱳魚，魚的樣子像鯉魚，卻有雞的足爪，吃了可以消除贅瘤。有一種獸，樣子像狗，卻有人的面孔，善於投擲，見了人就笑，名字叫山𤟤，行走如風；牠一出現，天下就要颳起大風。

再往北二百里，就是北嶽山，此山有很多枳樹、刺棘樹和質地很硬的檀樹、枳樹之類的樹。有一種獸，樣子像牛，卻有四隻角、人的眼睛、豬的耳朵，牠的名字叫諸懷。這種獸的聲音像大雁的鳴叫，會吃人。諸懷水從這裡發源，向西流入囂水，水中多產鮨魚。這種魚是魚的身子、狗的頭，聲音像嬰兒啼哭，吃了可以治療癲狂症。

再往北一百八十里，就是渾夕山，山上不生草木，多產銅和玉。囂水從這裡發源，流向西北匯入大海。有一種蛇，一個頭，兩個身子，名字叫肥遺，牠一出現那個國家就要有大旱災。

再往北五十里，就是北單山，山上草木不生，多產山蔥和山韭。

再往北一百里，就是羆差山，山上草木不生，有許多野馬。

再往北一百八十里，就是北鮮山，山上有許多野馬。鮮水從這裡發源，流入西北方向的涂吾水。

再往北一百七十里，就是隄山，山中有許多野馬。有一種獸，樣子像豹子，卻有花斑紋的頭，名字叫狕。隄水從這裡發源，向東流入泰澤，澤中多產龍龜。

總括北方山系第一條山脈，從單狐山到隄山，共有二十五座山，綿延五千四百九十里。山神都是人的面孔、蛇的身子。祭祀山神的典禮，要用一隻雄雞、一隻豬等毛物埋在地裡，祭祀山神的吉玉要用一塊珪，只是埋在地裡；不用精米祭神。住在山北的人，都生吃沒有經過燒煮的食物。

北次二經之首，在河之東，其首枕❶汾，其名曰管涔之山，其上無木而多草，其下多玉。汾水出焉，而西流注于河。

又西二百五十里，曰少陽之山，其上多玉，其下多赤銀❷。酸水出焉，而東南流注于汾水，其中多美赭❸。

又北五十里，曰縣雍之山，其上多玉，其下多銅，其獸多閭❹麋，其鳥多白翟、白鵺❺。晉水出焉，而東南流注于汾水。其中多鮆魚，其狀如儵❻而赤鱗，其音如叱❼，食之不騷❽。

又北二百里，曰狐岐之山，無草木，多青碧。勝水出焉，而東北流注于汾水，其中多蒼玉。

又北三百五十里，曰白沙山，廣員三百里，盡沙也，無草木鳥獸。鮪水出于其上，潛于其下，是多白玉。

又北四百里，曰爾是之山，無草木，無水。

又北三百八十里，曰狂山，無草木。是山也，冬夏有雪。狂水出焉，而西流注于浮水，其中多美玉。

又北三百八十里，曰諸餘之山，其上多銅玉，其下多松柏。諸餘之水出焉，而東流注于旄水。

又北三百五十里，曰敦頭之山，其上多金玉，無草木。旄水出焉，而東流注于印澤，其中多騂馬，牛尾而白身，一角，其音如呼。

又北三百五十里，曰鉤吾之山，其上多玉，其下多銅。有獸焉，其狀如羊身人面，其目在腋下，虎齒人爪，其音如嬰兒，名曰狍鴞，是食人。

又北三百里，曰北嚻之山，無石，其陽多碧，其陰多玉。有獸焉，其狀如虎，而白身犬首，馬尾彘鬣，名曰獨狢。有鳥焉，其狀如烏，人面，名曰鷥鶥，宵飛而晝伏，食之已暍⑨。涔水出焉，而東流注于邛澤。

又北三百五十里，曰梁渠之山，無草木，多金玉。脩水出焉，而東流注于鴈門，其獸多居暨，其狀如彙⑩而赤毛，其音如豚。有鳥焉，其狀如夸父，四翼、一目、犬尾，名曰嚻，其音如鵲，食之已腹痛，可以止衕⑪。

又北四百里，曰姑灌之山，無草木。是山也，冬夏有雪。

又北三百八十里，曰湖灌之山，其陽多玉，其陰多碧，多馬。湖灌之水出焉，而東流注于海，其中多䱡⑫。有木焉，其葉如柳而赤理。

又北水行五百里，流沙三百里，至于洹山，其上多金玉。三桑生之，其樹皆無枝，其高百仞，百果樹生之。其下多怪蛇。

又北三百里，曰敦題之山，無草木，多金玉。是錞⑬于北海。

凡北次二經之首，自管涔之山至于敦題之山，凡十七山⑭，五千六百九十里。其神皆蛇身人面。其祠，毛用一雄雞彘瘞，用一璧一珪，投⑮而不糈。

【章　旨】本節介紹了北方山系第二條山脈，計有管涔山、少陽山、縣雍山、狐岐山、白沙山、爾是山、狂山、諸餘山、敦頭山、鉤吾山、北嚻山、梁渠山、姑灌山、湖灌山、洹山、敦題山，共有十六座山，綿延五千六百九十里。

　縣雍山鮆魚吃了可以消除狐臭，鉤吾山狍鴞獸羊身人面眼睛長在腋下，北嚻山獨狢獸狗頭虎身馬尾，梁渠山嚻鳥四翅獨眼吃了可以止腹瀉，湖灌水有許多鱔魚，敦題山草木不生多產金玉……

【注　釋】❶枕　以……為枕。這裡為瀕臨義。❷赤銀　純銀。❸美赭　優質赭土。❹閭　山驢。❺白翟白鵺　白翟，白翠鳥。白鵺，即白翰，白色的山雞，又名白雉，古人以為祥瑞。❻儵　即「儵魚」。小白魚。❼叱　大聲叱責。❽騷　騷臭。❾暍　中暑；傷於暴熱。❿彙　「蝟」的本字，刺蝟。⓫衕　腹瀉。⓬鮰　即「鱓」，鱔魚，俗稱黃鱔。⓭錞　依附。⓮凡十七山　郝懿行云：「今才十六山。」⓯投　拋擲。

【語　譯】北方山系第二條山脈，開頭第一座山在河水的東面，瀕臨汾水，名字叫管涔山。山上沒有樹木，卻有許多草，山下多產玉。汾水從這裡發源，向西流入河水。

　再往西二百五十里，就是少陽山，山上多產玉，山下多產純銀。酸水從這裡發源，流入東南方向的汾水，水中多產優質赭土。

　再往北五十里，就是縣雍山，山上多產玉，山下多產銅，山中的野獸大多是野驢和麋鹿，鳥大多是白翠鳥和白雉。晉水從這裡發源，流入東南方向的汾水。水中多產鮆魚，這種魚的樣子像儵魚，卻有紅色的魚鱗，牠的聲音像人的大聲呵斥，吃了這種魚可以使人沒有狐騷臭。

　再往北二百里，就是狐岐山，山上不生草木，多產青色碧玉。勝水從這裡發源，流入東北方向的汾水，水中多產蒼玉。

再往北三百五十里，就是白沙山。白沙山方圓三百里，全都是沙，沒有草木和鳥獸。鮪水從山上發源，潛流到山下，水中多產白玉。

再往北四百里，就是爾是山，山上不生草木，也沒有水。

再往北三百八十里，就是狂山，山上不生草木。這座山，冬天、夏天都有雪。狂水從這裡發源，向西流入浮水，水中多產美玉。

再往北三百八十里，就是諸餘山，山上多產銅和玉，山下有許多松樹和柏樹。諸餘水從這裡發源，向東流入旄水。

再往北三百五十里，就是敦頭山，山上多產金、玉，卻沒有草木。旄水從這裡發源，向東流入印澤，水中有許多騂馬，這種馬有牛的尾巴，身子是白的，還有一隻角，牠的聲音像人的呼喊。

再往北三百五十里，就是鉤吾山，山上多產玉，山下多產銅。有一種獸，樣子是羊的身子、人的面孔，眼睛長在腋下，還有老虎的牙齒、人的趾甲，聲音好像嬰兒啼哭，名字叫狍鴞。這種野獸吃人。

再往北三百里，就是北囂山，山上沒有石頭，山南多產碧玉，山北多產玉石。有一種獸，樣子像老虎，身子是白色的，有狗的頭、馬的尾巴、豬的鬣毛，名字叫獨狢。有一種鳥，樣子像烏鴉，卻有人的面孔，名字叫鷩鶋，夜裡飛翔，白天隱伏，吃了可以消除暑熱。涔水從這裡發源，向東流入邛澤。

再往北三百五十里，就是梁渠山，山上不生草木，多產金、玉。脩水從這裡發源，向東流入鴈門水。山中的野獸大多是居暨，這種獸樣子像刺蝟，卻長著紅毛，牠的聲音像小豬。有一種鳥，樣子像猿猴模樣的夸父，有四隻翅膀、一隻眼睛，還有狗尾巴，名字叫囂，牠的聲音像喜鵲，吃了可以解除肚子痛，還可以止腹瀉。

再往北四百里，就是姑灌山，山上沒有草木。這座山，冬天、夏天都有雪。

再往北三百八十里，就是湖灌山，山南多產玉，山北多產碧玉，還多產馬。湖灌水從這裡發源，向東流入大海，水中多產鱔魚。有一種樹，葉子像柳葉，卻有紅色的紋理。

再往北水行五百里，再通過流沙三百里，就到了洹山。山上多產金、玉。三桑生長在這裡，這些樹都沒有樹枝，高約百仞。各種果樹都生長在這裡。山下有許多怪蛇。

再往北三百里，就是敦題山，山上不生草木，多產金、玉。這座山座落在北海的岸邊。

總括北方山系第二條山脈，從管涔山到敦題山，共有十七座山，綿延五千六百九十里。山神都是蛇的身子、人的面孔。祭祀山神的典禮，要用一隻雄雞、一隻豬作為毛物埋在地裡，還要用一塊璧和一塊珪拋擲在山中，祭祀不用精米。

北次三經之首，曰太行之山。其首曰歸山，其上有金玉，其下有碧。

有獸焉，其狀如麢羊而四角，馬尾而有距❶，其名曰驒，善還，其名自訆。有鳥焉，其狀如鵲，白身、赤尾、六足，其名曰鷶，是善驚，其鳴自詨❷。

又東北二百里，曰龍侯之山，無草木，多金玉。決決之水出焉，而東流注于河。其中多人魚，其狀如鯑魚❸，四足。其音如嬰兒，食之無癡疾。

又東北二百里，曰馬成之山，其上多文石，其陰多金玉。有獸焉，其狀如白犬而黑頭，見人則飛，其名曰天馬，其鳴自訆。有鳥焉，其狀如烏，首白而身青、足黃，是名曰鶌鶋，其鳴自詨，食之不饑，可以已寓❹。

又東北七十里，曰咸山，其上有玉，其下多銅，是多松柏，草多茈草。條菅之水出焉，而西南流注于長澤。其中多器酸❺，三歲一成，食之已癘❻。

又東北二百里，曰天池之山，其上無草木，多文石。有獸焉，其狀如兔而鼠首，以其背飛，其名曰飛鼠。澠水出焉，潛于其下，其中多黃堊。

又東三百里，曰陽山，其上多玉，其下多金銅。有獸焉，其狀如牛而赤尾，其頸腎❼，其狀如句瞿❽，其名曰領胡，其鳴自詨，食之已狂。有鳥焉，其狀如雌雉，而五采以文，是自為牝牡，名曰象蛇，其名自詨。留水出焉，而南流注于河，其中有䱻父之魚，其狀如鮒❾魚，魚首而彘身，食之已嘔。

又東三百五十里，曰賁聞之山，其上多蒼玉，其下多黃堊，多涅石❿。

又北百里，曰王屋之山，是多石。𤄷水出焉，而西北流注于泰澤。

又東北三百里，曰教山，其上多玉而無石。教水出焉，西流注于河，是水冬乾而夏流，實惟乾河。其中有兩山。是山也，廣員三百步，其名曰發丸之山，其上有金玉。

又南三百里，曰景山，南望鹽販之澤，北望少澤，其上多草、藷藇⓫，其草多秦椒⓬。其陰多赭，其陽多玉。有鳥焉，其狀如蛇，而四翼、六目、三足，名曰酸與，其鳴自詨，見則其邑有恐。

又東南三百二十里，曰孟門之山，其上多蒼玉，多金，其下多黃堊，多涅石。

又東南三百二十里，曰平山。平水出于其上，潛于其下，是多美玉。

又東二百里，曰京山，有美玉，多漆木，多竹，其陽有赤銅[13]，其陰有玄礵[14]。高水出焉，南流注于河。

又東二百里，曰虫尾之山，其上多金玉，其下多竹，多青碧。丹水出焉，南流注于河；薄水出焉，而東南流注于黃澤。

又東三百里，曰彭毗之山，其上無草木，多金玉，其下多水。蚤林之水出焉，東南流注于河。肥水出焉，而南流注于牀水，其中多肥遺之蛇。

又東百八十里，曰小侯之山。明漳之水出焉，南流注于黃澤。有鳥焉，其狀如烏而白文，名曰鴣鸐，食之不灂[15]。

又東三百七十里，曰泰頭之山。共水出焉，南流注于虖池。其上多金玉，其下多竹箭。

又東北二百里，曰軒轅之山，其上多銅，其下多竹。有鳥焉，其狀如梟而白首，其名曰黃鳥，其鳴自詨，食之不妒。

又北二百里，曰謁戾之山，其上多松柏，有金玉。沁水出焉，南流注于河。其東有林焉，名曰丹林。丹林之水出焉，南流注于河。嬰侯之水出焉，北流注于汜水。

東三百里，曰沮洳之山，無草木，有金玉，濝水出焉，南流注于河。

又北三百里，曰神囷之山，其上有文石，其下有白蛇，有飛蟲。黃水出焉，而東流注于洹，滏水出焉，而東流注于歐水。

又北二百里，曰發鳩之山，其上多柘木。有鳥焉，其狀如烏，文首、白喙、赤足，名曰精衛，其鳴自詨。是炎帝之少女，名曰女娃。女娃遊于東海，溺而不返，故為精衛，常銜西山之木石，以堙[16]于東海。漳水出焉，東流注于河。

又東北百二十里，曰少山，其上有金玉，其下有銅。清漳之水出焉，東流于濁漳之水。

又東北二百里，曰錫山，其上多玉，其下有砥。牛首之水出焉，而東流注于滏水。

又北二百里，曰景山，有美玉。景水出焉，東南流注于海澤。

又北百里，曰題首之山，有玉焉，多石，無水。

又北百里，曰繡山，其上有玉、青碧，其木多栒，其草多芍藥、芎藭。洧水出焉，而東流注于河。其中有鱯、黽[17]。

又北百二十里，曰松山，陽水出焉，東北流注于河。

又北百二十里，曰敦與之山，其上無草木，有金玉。溹水出于其陽，而東流注于泰陸之水；泜水出于其陰，而東流注于彭水。槐水出焉，而東流注于泜澤。

又北百七十里，曰柘山，其陽有金玉，其陰有鐵。歷聚之水出焉，而北流注于洧水。

又北三百里，曰維龍之山，其上有碧玉，其陽有金，其陰有鐵。肥水出焉，而東流注于皐澤，其中多礨石⑱。敞鐵之水出焉，而北流注于大澤。

又北百八十里，曰白馬之山，其陽多石玉，其陰多鐵，多赤銅。木馬之水出焉，而東北流注于虖沱。

又北二百里，曰空桑之山，無草木，冬夏有雪。空桑之水出焉，東流注于虖沱。

又北三百里，曰泰戲之山，無草木，多金玉。有獸焉，其狀如羊，一角一目，目在耳後，其名曰辣辣，其鳴自訆。虖沱之水出焉，而東流注于漊水。液女之水出于其陽，南流注于沁水。

又北三百里，曰石山，多藏金玉。濩濩之水出焉，而東流注于虖沱；

鮮于之水出焉，而南流注于虖沱。

又北二百里，曰童戎之山，皋涂之水出焉，而東流注于漊液水。

又北三百里，曰高是之山。滋水出焉，而南流注于虖沱，其木多椶，其草多條。滱水出焉，東流注于河。

又北三百里，曰陸山，多美玉。鄴水出焉，而東流注于河。

又北二百里，曰沂山，般水出焉，而東流注于河。

北百二十里，曰燕山，多嬰石⑲。燕水出焉，東流注于河。

又北山行五百里，水行五百里，至于饒山。是無草木，多瑤碧，其獸多橐駝⑳，其鳥多鶹㉑。歷虢之水出焉，而東流注于河。其中有師魚㉒，食之殺人。

又北四百里，曰乾山，無草木，其陽有金玉，其陰有鐵而無水。有獸焉，其狀如牛而三足，其名曰獂，其鳴自詨。

又北五百里，曰倫山。倫水出焉，而東流注于河。有獸焉，其狀如麋，其州㉓在尾上，其名曰羆。

又北五百里，曰碣石之山。繩水出焉，而東流注于河。其中多蒲夷之魚。其上有玉，其下多青碧。

又北水行五百里，至于鴈門之山，無草木。

又北水行四百里，至于泰澤。其中有山焉，曰帝都之山，廣員百里，無草木，有金玉。

又北五百里，曰錞于毋逢之山，北望雞號之山，其風如颲㉔。西望幽都之山，浴水出焉。是有大蛇，赤首白身，其音如牛，見則其邑大旱。

凡北次三經之首，自太行之山以至于無逢之山，凡四十六山，萬二千三百五十里。其神狀皆馬身而人面者廿神。其祠之，皆用一藻珪㉕瘞之。其十四神狀皆彘身而載㉖玉。其祠之，皆玉，不瘞。其十神狀皆彘身而八足蛇尾，其祠之，皆用一璧瘞之。大凡四十四神，皆用稌糈米祠之，此皆不火食。

右北經之山志，凡八十七山，二萬三千二百三十里。

【章　旨】本節介紹了北方山系第三條山脈，計有太行山（歸山）、龍侯山、馬成山、咸山、天池山、陽山、賁聞山、王屋山、教山、景山、孟門山、平山、京山、虫尾山、彭毗山、小侯山、泰頭山、軒轅山、謁戾山、沮洳山、神囷山、發鳩山、少山、錫山、景山、題首山、繡山、松山、敦與山、柘山、維龍山、白馬山、空桑山、泰戲山、石山、童戎山、高是山、陸山、沂山、燕山、饒山、乾山、倫山、碣石山、鴈門山、帝都山、無逢山，一共四十六座山（實為四十七座山，有同名景山兩座），綿延一萬二千三百五十里。

龍侯山人魚吃了不癡呆，馬成山天馬見人就飛起來，陽山䱻父魚吃了止嘔吐，賁聞山多產涅石和黃堊土，景山酸與鳥樣子像蛇，軒轅山黃鳥吃了使人不嫉妒……

「精衛填海」的傳說出自本節。

【注　釋】❶距　雞爪。❷詨　呼。❸鯑魚　鯢魚。一說即「鮎魚」。❹寓　即「㾓」，贅疣。❺器酸　不詳。一說是水止而不流，積久成酸的一種可食之物。❻癘　惡疾，惡瘡之類。❼腎　肉瘤之類。❽句瞿　斗一類的器具。❾鮒　即鯽魚。❿涅石　即礬石。可以用來製作黑色染料。⓫藷藇　即山藥。⓬秦椒　草名，籽實似椒，細葉。⓭赤銅　純銅。⓮玄𥖳　黑色磨刀石。⓯灂　或作「𥌿」，眼睛昏花。⓰堙　填塞。⓱黽　青蛙。⓲礨石　巨石。一說石名。⓳嬰石　一種似玉的花石，又稱燕石。⓴橐駞　即橐駝，駱駝。㉑鶹　鵂鶹，屬梟類猛禽。㉒師魚　鯢魚一類的人魚。㉓州　即「竅」，此處指肛門。㉔颰　急風。㉕藻珪　帶有彩紋的珪。㉖載戴。

【語　譯】北方山系第三條山脈開頭第一座山是太行山。太行山脈的第一座山是歸山，山上有金、玉石，山下有碧玉。有一種獸，樣子像羚羊，卻有四隻角，還有馬的尾巴、雞的足爪，牠的名字叫驒，善於盤旋舞蹈，牠的名字就是以牠呼喊的聲音來命名的。有一種鳥，樣子像鵲，白身子、紅尾巴、六隻足，名字叫鷾，生性警醒，牠的名字就是模擬牠的鳴叫聲來命名的。

再往東北二百里，就是龍侯山，山上不生草木，多產金、玉。決決水從這裡發源，向東流入河水。水中多產人魚，樣子像鯑魚，有四隻足。牠的聲音像嬰兒啼哭，吃了可以不癡呆。

再往東北二百里，就是馬成山，山上多產有花紋的石頭，山北多產金、玉。有一種獸，樣子像白狗，卻是黑色的頭，見人就飛起來，名字叫天馬，牠的鳴叫聲就成了自己的名字。有一種鳥，樣子像烏鴉，白色的頭，青身子，黃色的足，名字叫鶌鶋，牠的鳴叫聲就成了自己的名字，吃了可以不饑餓，還可以消除贅疣。

再往東北七十里，就是咸山，山上有玉，山下多銅。有許多松樹、柏樹，草大多是茈草。條菅水從這裡發源，流向西南方向的長澤。水中多產器酸，這種東西三年成熟一次，吃了可以消除毒瘡。

再往東北二百里，就是天池山，山上不生草木，多產有花紋的石頭。有一種獸，樣子像兔子，卻長著老鼠的頭，牠用背上的毛來飛行，名字叫飛鼠。澠水從這裡發源，潛流到山下，水中多產黃堊土。

再往東三百里，就是陽山，山上多產玉，山下多產金、銅。有一種獸，樣子像牛，卻有紅色尾巴，頸脖子上有肉瘤，像個斗，這種獸的名字叫領胡，牠的名字就是模擬牠的鳴叫聲來命名的，吃了可以治療狂癲病。有一種鳥，樣子像雌野雞，卻長著五彩羽毛，合雌雄為一體，名字叫象蛇，牠的名字就是以牠的鳴叫聲來命名的。留水從這裡發源，向南流入河水，水中有䱻父魚，樣子像鯽魚，卻是魚的頭、豬的身子，吃了可以治嘔吐。

再往東三百五十里，就是賁聞山，山上多產蒼玉，山下多產黃堊土和可以用作黑色染料的涅石。

再往北一百里，就是王屋山，山上大多是石頭。𤃩水從這裡發源，流向西北方向的泰澤。

再往東北三百里，就是教山，山上多產玉，卻沒有石頭。教水從這裡發源，向西流入河水。這條水冬天乾涸、夏天才有流水，實際上僅僅是一條乾河。教水一帶有兩座山，各方圓三百步，名字叫發丸山，山上有金、玉。

再往南三百里，就是景山，南邊可以望見鹽販澤，北邊可以望見少澤。山上長滿了草和山藥，草大多是秦椒草。山北多產赭土，山南多產玉。有一種鳥，樣子像蛇，卻有四隻翅膀、六隻眼睛、三隻足，名字叫酸與，牠的名字就是以牠的鳴叫聲來命名的，牠一出現那個地方就會發生恐慌。

再往東南三百二十里，就是孟門山，山上多產蒼玉，還多產金，山下多產黃堊土和涅石。

再往東南三百二十里，就是平山。平水從山上發源，潛流到山下，水中多產美玉。

再往東二百里，就是京山，山中有美玉，多產漆木和竹子。山南有純銅，山北有黑色砥石。高水從這裡發源，向南流入河水。

再往東二百里，就是虫尾山，山上多產金、玉，山下有許多竹子，還多產青色碧玉。丹水從這裡發源，向南流入河水。薄水從這裡發源，流向東南方向的黃澤。

再往東三百里，就是彭毗山，山上不生草木，多產金、玉，山下多水。蚤林水從這裡發源，流向東南方向的河水。肥水也從這裡發源，向南流入牀水，水中有許多肥遺蛇。

再往東一百八十里，就是小侯山。明漳水從這裡發源，向南流入黃澤。有一種鳥，樣子像烏鴉，身上有白斑紋，名字叫鴣鸐，吃了可以明目。

再往東三百七十里，就是泰頭山。共水從這裡發源，向南流入虖池。山上多產金、玉，山下有許多箭竹。

再往東北二百里，就是軒轅山，山上多產銅，山下多產竹。有一種鳥，樣子像梟鳥，白色的頭，名字叫黃鳥，牠的名字就是以牠的鳴叫聲來命名的，吃了使人不會嫉妒。

再往北二百里，就是謁戾山，山上有許多松樹、柏樹，還有金、玉。沁水從這裡發源，向南流入河水。山的東面有一片樹林，名字叫丹林。丹林水從這裡發源，向南流入河水。嬰侯水也從這裡發源，向北流入汜水。

往東三百里，就是沮洳山，山上不生草木，有金、玉。濝水從這裡發源，向南流入河水。

再往北三百里，就是神囷山，山上有花紋石，山下有白蛇，還有飛蟲。黃水從這裡發源，向東流入洹水；滏水也從這裡發源，向東流入歐水。

再往北二百里，就是發鳩山，山上多產柘樹。有一種鳥，樣子像烏鴉，花斑紋的頭、白嘴殼、紅色的足，名字叫精衛，牠的名字就是以牠呼叫的聲音來命名的。精衛本是炎帝的小女兒，名字叫女娃。女娃到東海遊玩，淹死在大海裡，沒有回來，所以變作精衛鳥，常常用嘴銜了西山的樹枝、石子投在東海裡，想把東海填平。漳水從這裡發源，向東流入河水。

再往東北一百二十里，就是少山，山上有金、玉，山下有銅。清漳水從這裡發源，向東流入濁漳水。

再往東北二百里，就是錫山，山上多產玉，山下有砥石。牛首水從這裡發源，向東流入滏水。

再往北二百里，就是景山，山中有美玉。景水從這裡發源，流入東南方向的海澤。

再往北一百里，就是題首山，山中有玉，石頭很多，沒有水。

再往北一百里，就是繡山，山上有玉石、青色碧玉，山中的樹木大多是栒樹，草大多是芍藥、川芎。洧水從這裡發源，向東流入河水。水中有鱯魚和青蛙。

再往北一百二十里，就是松山，陽水從這裡發源，流入東北方向的河水。

再往北一百二十里，就是敦與山，山上不生草木，有金和玉。溹水從山南發源，向東流入泰陸水；泜水從山北發源，向東流入彭水。槐水也從這裡發源，向東流入泜澤。

再往北一百七十里，就是柘山，山南有金、玉，山北有鐵。歷聚水從這裡發源，向北流入洧水。

再往北三百里，就是維龍山，山上有碧玉，山南有金，山北有鐵。肥水從這裡發源，向東流入皐澤，水中有許多礨石。敞鐵水也從這裡發源，向北流入大澤。

再往北一百八十里，就是白馬山，山南多產石頭和玉，山北多產鐵，多產純銅。木馬水從這裡發源，流入東北方向的虖沱水。

再往北二百里，就是空桑山，山上不生草木，冬天、夏天都有雪。空桑水從這裡發源，向東流入虖沱水。

再往北三百里，就是泰戲山，山中不生草木，多產金、玉。有一種獸，樣子像羊，有一隻角、一隻眼睛，眼睛長在耳朵後面，名字叫𤟤𤟤，牠呼叫的聲音就成了牠的名字。虖沱水從這裡發源，向東流入漊水。液女水從山南發源，向南流入沁水。

再往北三百里，就是石山，多產金、玉。濩濩水從這裡發源，向東流入虖沱水；鮮于水也從這裡發源，向南流入虖沱水。

再往北二百里，就是童戎山，皋涂水從這裡發源，向東流入漊液水。

再往北三百里，就是高是山。滋水從這裡發源，向南流入虖沱水。山中的樹木大多是棕樹，草大多是條草。滱水從這裡發源，向東流入河水。

再往北三百里，就是陸山，山中多產美玉。鄞水從這裡發源，向東流入河水。

再往北二百里，就是沂山，般水從這裡發源，向東流入河水。

再往北一百二十里，就是燕山，山中多產嬰石。燕水從這裡發源，向東流入河水。

再往北在山中走五百里，在水上行船五百里，就到了饒山。此山草木不生，多產瑤玉和碧玉，獸大多是駱駝，鳥大多是鶹鶹。歷號水從這裡發源，向東流入河水。水中有䱻魚一類的人魚，名叫師魚，人吃了就會中毒死亡。

再往北四百里，就是乾山，山上不生草木，山南有金、玉，山北有鐵而無水。有一種獸，樣子像牛卻只有三隻足，名字叫獂，牠的名字就是模擬牠的鳴叫聲來命名的。

再往北五百里，就是倫山。倫水從這裡發源，向東流入河水。有一種獸，樣子像麋，牠的肛門生在尾巴上，牠的名字叫羆。

再往北五百里，就是碣石山。繩水從這裡發源，向東流入河水。水中多產蒲夷魚。山上有玉，山下多產青色碧玉。

再往北在水上行船五百里，就到了鴈門山，此山草木不生。

再往北在水上行船四百里，就到了泰澤。路上有一座山，叫帝都山，方圓百里，草木不生，卻有金和玉。

再往北五百里，就是錞于毋逢山，北邊可以望見雞號山，那裡的風很急。西邊可以望見幽都山，浴水從那裡發源。山中有大蛇，紅頭、白身子，聲音像牛，牠一出現那個地方就會有大旱災。

總括北方第三條山脈，從太行山直到無逢山，共有四十六座山，綿延一萬二千三百五十里。樣子是馬的身子、人的面孔的山神有二十位。祭祀這些山神的典禮，是用一塊藻珪埋在地裡。還有十四個神的樣子都是豬的身子，卻戴著玉，對這些山神的祭祀都要用玉，但不把玉埋起來。還有十個神的樣子都是豬的身子，有八隻足，還有蛇的尾巴，祭祀他們都要用一塊璧埋在地裡。以上四十四個神，都要用稌米這樣的精米祭祀，而且都是不經過燒煮等加工的食物。

以上所記北方經歷的山，共有八十七座山，行經二萬三千二百三十里。

卷四　東山經

東山經之首，曰樕螽之山，北臨乾昧。食水出焉，而東北流注于海。其中多鱅鱅之魚，其狀如犂牛❶，其音如彘鳴。

又南三百里，曰藟山，其上有玉，其下有金。湖水出焉，東流注于食水，其中多活師❷。

又南三百里，曰栒狀之山，其上多金玉，其下多青碧石。有獸焉，其狀如犬，六足，其名曰從從，其鳴自詨。有鳥焉，其狀如雞而鼠毛，其名曰蚩鼠，見則其邑大旱。沢水出焉，而北流注于湖水，其中多箴魚，其狀如儵❸，其喙如箴❹，食之無疫疾。

又南三百里，曰勃亝之山，無草木，無水。

又南三百里，曰番條之山，無草木，多沙。減水出焉，北流注于海，其中多鱤魚❺。

又南四百里，曰姑兒之山，其上多漆，其下多桑柘。姑兒之水出焉，北流注于海，其中多鱤魚。

又南四百里，曰高氏之山，其上多玉，其下多箴石❻。諸繩之水出焉，東流注于澤，其中多金玉。

又南三百里，曰嶽山，其上多桑，其下多樗。濼水出焉，東流注于澤，其中多金玉。

又南三百里，曰犲山，其上無草木，其下多水，其中多堪㐨之魚❼。有獸焉，其狀如夸父而彘毛，其音如呼，見則天下大水。

又南三百里，曰獨山，其上多金玉，其下多美石。末塗之水出焉，而東南流注于沔，其中多偹蟰，其狀如黃蛇，魚翼，出入有光，見則其邑大旱。

又南三百里，曰泰山❽，其上多玉，其下多金。有獸焉，其狀如豚而有珠，名曰狪狪，其鳴自訆。環水出焉，東流注于江，其中多水玉。

又南三百里，曰竹山，錞于江，無草木，多瑤碧。激水出焉，而東南流注于娶檀之水，其中多茈蠃❾。

凡東山經之首，自樕螽之山以至于竹山，凡十二山，三千六百里。其神狀皆人身龍首。祠，毛❿用一犬祈，衈⓫用魚。

【章旨】東方山系共有四十六座山，綿延一萬八千八百六十里。

本節介紹了東方山系第一條山脈，計有樕螽山、藟山、栒狀山、勃亝山、番條山、姑兒山、高氏山、嶽山、犲山、獨山、泰山、竹山，一共十二座山，綿延三千六百里。

樕螽山鱅鱅魚樣子像犂牛，藟山有金玉湖水有蝌蚪，栒狀山從從獸六隻足樣子像狗，獨山偹蟰有魚鰭樣子像黃蛇，泰山產金玉狪狪獸像豬，竹山無草木激水東南流……

【注釋】❶犂牛　雜色牛。❷活師　即蝌蚪。❸偹　同「倏」。一種小白魚。❹箴　同「針」。❺鱤魚　又名「黃頰魚」。❻箴石　可以用來製作砭針治療癰腫的石頭。❼堪孖之魚　不詳。❽泰山　即東嶽泰山。在今山東泰安北。❾茈蠃　紫色螺。❿毛　毛物，用作祭祀的牛羊雞犬等有毛的牲畜。⓫衈　以血塗祭。

【語譯】東方山系的第一座山是樕𧐐山，北邊靠近乾昧山。食水從這裡發源，流入東北方向的大海。水中多產鱅鱅魚，這種魚的樣子像犂牛，聲音如同豬叫。

再往南三百里，就是藟山，山上有玉，山下有金。湖水從這裡發源，向東流入食水，水中有許多蝌蚪。

再往南三百里，就是栒狀山，山上多產金、玉，山下多產青色碧玉石。有一種獸，樣子像狗，六隻足，名字叫從從，牠的名字就是模擬牠的鳴叫聲來命名的。有一種鳥，樣子像雞，長著老鼠毛，名字叫蚩鼠，牠一出現那個地方就要大旱。沢水從這裡發源，向北流入湖水，水中多產箴魚，這種魚的樣子像儵魚，嘴殼像針，吃了可以不被傳染瘟疫。

再往南三百里，就是勃亝山，山上不生草木，沒有水。

再往南三百里，就是番條山，此山不生草木，多的是沙子。減水從這裡發源，向北流入大海，水中多產鱤魚。

再往南四百里，就是姑兒山，山上多產漆樹，山下多產桑樹和柘樹。姑兒水從這裡發源，向北流入大海，水中多產鱤魚。

再往南四百里，就是高氏山，山上多產玉，山下多產箴石。諸繩水從這裡發源，向東流入大澤，水中多產金、玉。

再往南三百里，就是嶽山，山上有許多桑樹，山下有許多臭椿樹。濼水從這裡發源，向東流入大澤，水中多產金、玉。

再往南三百里，就是犲山，山上草木不生，山下多水，水中有許多堪孖魚。有一種獸，樣子像夸父，卻長著豬的毛，聲音好像人的呼喊，牠一出現天下就要發大水。

再往南三百里，就是獨山，山上多產金、玉，山下多產美石。末塗水從這裡發源，向東南流入沔水，水中多產偹蟰，牠的樣子像黃蛇，卻有魚鰭，出入水中時身體發光，牠一出現那個地方就要有大旱。

再往南三百里，就是泰山，山上多產玉，山下多產金。有一種獸，樣子像豬，身體內有珠子，名字叫狪狪，牠的名字就是模擬牠的鳴叫聲來命名的。環水從這裡發源，向東流入大江，水中多產水晶。

再往南三百里，就是竹山，它座落在大江岸邊，沒有草木，多產瑤玉和碧玉。激水從這裡發源，流向東南的娶檀水，水中多產紫色螺。

總括東方第一條山脈，從樕螽山到竹山，共有十二座山，行經三千六百里。山神的樣子都是人的身子、龍的頭。祭祀他們要用一隻狗作為毛物，以血塗祭要用魚。

東次二經之首，曰空桑之山，北臨食水，東望沮吳，南望沙陵，西望湣澤。有獸焉，其狀如牛而虎文，其音如欽❶，其名曰軨軨，其鳴自訆，見則天下大水。

又南六百里，曰曹夕之山，其下多穀❷而無水，多鳥獸。

又西南四百里，曰嶧皋之山，其上多金玉，其下多白堊，嶧皋之水出焉，東流注于激女之水，其中多蜃珧❸。

又南水行五百里，流沙三百里，至于葛山之尾，無草木，多砥礪。

又南三百八十里，曰葛山之首，無草木。澧水出焉，東流注于余澤，其中多珠蟞魚，其狀如胏❹而有目，六足有珠，其味酸甘，食之無癘❺。

又南三百八十里，曰餘峩之山，其上多梓枏，其下多荊芑❻。雜余之水出焉，東流注于黃水。有獸焉，其狀如菟而鳥喙，鴟目蛇尾，見人則眠❼，名曰犰狳，其鳴自訆，見則螽蝗為敗❽。

又南三百里，曰杜父之山，無草木，多水。

又南三百里，曰耿山，無草木，多水碧❾，多大蛇。有獸焉，其狀如狐而魚翼，其名曰朱獳。其鳴自訆，見則其國有恐。

又南三百里，曰盧其之山，無草木，多沙石，沙水出焉，南流注于涔水，其中多鵹鶘，其狀如鴛鴦而人足，其鳴自訆，見則其國多土功。

又南三百八十里，曰姑射之山，無草木，多水。

又南水行三百里，流沙百里，曰北姑射之山，無草木，多石。

又南三百里，曰南姑射之山，無草木，多水。

又南三百里，曰碧山，無草木，多大蛇，多碧、水玉。

又南五百里，曰緱氏之山，無草木，多金玉。原水出焉，東流注于沙澤。

又南三百里，曰姑逢之山，無草木，多金玉。有獸焉，其狀如狐而有翼，其音如鴻鴈，其名曰獙獙，見則天下大旱。

又南五百里，曰鳧麗之山，其上多金玉，其下多箴石。有獸焉，其狀如狐而九尾、九首、虎爪，名曰蠪姪，其音如嬰兒，是食人。

又南五百里，曰䃌山，南臨䃌水，東望湖澤。有獸焉，其狀如馬，而羊目、四角、牛尾，其音如獋狗，其名曰峳峳，見則其國多狡[10]客。有鳥焉，其狀如鳧而鼠尾，善登木，其名曰絜鉤，見則其國多疫。

凡東次二經之首，自空桑之山至于䃌山，凡十七山，六千六百四十里。其神狀皆獸身人面載觡⓫。其祠，毛用一雞祈，嬰用一璧瘞。

【章　旨】本節介紹了東方山系第二條山脈，計有空桑山、曹夕山、嶧皋山、葛山之尾、葛山之首、餘峩山、杜父山、耿山、盧其山、姑射山、北姑射山、南姑射山、碧山、緱氏山、姑逢山、鳧麗山、䃌山，一共十七座山，綿延六千六百四十里。

餘峩山犰狳長著鳥嘴蛇尾見人就裝死，葛山之首珠蟞魚樣子像肺葉六隻足上滲珠子，耿山朱獳長著魚鰭樣子像狐狸，䃌山峳峳有四隻角聲音像獆狗……

【注　釋】❶欽　同「吟」。呻吟。❷穀　同「構」。構樹。❸蜃珧　蜃，蚌。珧，小蚌。❹胇　當為肺。❺癘疫病。❻芑　同「杞」。❼眠　裝死。❽螽蝗為敗　蝗蟲傷害莊稼。螽、蝗實為一物，即蝗蟲。❾水碧　水玉一類。❿狡　狡猾。⓫觡　麋鹿的角。

【語　譯】東方山系第二條山脈的開頭是空桑山，空桑山北邊靠近食水，東邊可以望見沮吳，南邊可以望見沙陵，西邊可以望見湣澤。有一種獸，樣子像牛卻有老虎的斑紋，聲音好像人的呻吟，名字叫軨軨，牠的名字是模擬牠的鳴叫聲來命名的，牠一出現天下就要發大水。

再往南六百里，就是曹夕山，山下有很多構樹，卻沒有水，鳥、獸很多。

再往西南四百里，就是嶧皋山，山上多產金、玉，山下多產白堊。嶧皋水從這裡發源，向東流入激女水，水中多產大大小小的蚌。

再往南水行五百里，然後通過三百里的流沙地，就到了葛山尾，那裡草木不生，有很多砥石和礪石。

再往南三百八十里，就是葛山頭，那裡草木不生。澧水從這裡發源，向東流入余澤，水中多產珠蟞魚。這種魚的樣子像一片肺葉，卻有眼睛，還有六隻足，從足上滲出珠子來，味道酸中帶甜，吃了可以不怕瘟疫。

再往南三百八十里，就是餘峩山，山上有許多梓樹、楠樹，山下多產牡荊草和枸杞。雜余水從這裡發源，向東流入黃水。有一種獸，樣子像兔子，卻長著鳥的嘴殼、貓頭鷹的眼睛和蛇的尾巴，見了人就裝死，名字叫犰狳，牠的鳴叫聲就成了牠的名字。牠一出現各種飛蝗就會出來敗壞田裡的莊稼。

再往南三百里，就是杜父山，山中草木不生，有很多水。

再往南三百里，就是耿山，山中無草木，多產青碧色的水晶，有很多大蛇。有一種獸，樣子像狐狸卻有魚鰭，名字叫朱獳。牠的鳴叫聲就成了牠的名字，牠一出現那個國家就會鬧恐慌。

再往南三百里，就是盧其山，山中草木不生，沙石很多。沙水從這裡發源，向南流入涔水，水中有許多鵹鶘，樣子像鴛鴦卻有人的腳，牠的鳴叫聲就成了牠的名字，牠一出現那個國家就會大興水土工程。

再往南三百八十里，就是姑射山，山中草木不生，水很多。

再往南在水上行船三百里，然後通過一百里的流沙，就是北姑射山，那裡沒有草木，石頭很多。

再往南三百里，就是南姑射山，那裡沒有草木，有很多水。

再往南三百里，就是碧山，山中沒有草木，有很多大蛇，還有很多碧玉、水晶。

再往南五百里，就是緱氏山，那裡草木不生，多產金、玉。原水從那裡發源，向東流入沙澤。

再往南三百里，就是姑逢山，那裡草木不生，多產金、玉。有一種獸，樣子像狐狸，卻有翅膀，聲音像鴻雁，名字叫獙獙，牠一出現天下就要大旱。

再往南五百里，就是鳧麗山，山上多產金、玉，山下多產箴石。有一種獸，樣子像狐狸，卻有九條尾巴、九個頭、老虎的爪子，名字叫蠪姪，聲音像嬰兒的啼哭，會吃人。

再往南五百里，就是䃌山，南邊靠近䃌水，東邊可以望見湖澤。有一種獸，樣子像馬，卻有羊的眼睛和四隻角，還有牛的尾巴，聲音像獆狗，名字叫峳峳，牠一出現那個國家就會有很多狡詐之徒。有一種鳥，樣子像野鴨，卻有老鼠的尾巴，善於爬樹，名字叫絜鉤，牠一出現那個國家就會常鬧瘟疫。

總括東方山系第二條山脈，從空桑山到䃌山，共有十七座山，綿延六千六百四十里。山神的樣子都是獸的身子、人的面孔，頭上都長著麋鹿的角。祭祀他們的典禮，要用一隻雞作為毛物來祈禱，還要用一塊璧埋在地裡。

又東次三經之首，曰尸胡之山，北望⿰歹羊山，其上多金玉，其下多棘❶。

有獸焉，其狀如麋而魚目，名曰妴胡，其鳴自訆。

又南水行八百里，曰岐山，其木多桃李，其獸多虎。

又南水行五百里，曰諸鉤之山，無草木，多沙石。是山也，廣員百里，多寐魚❷。

又南水行七百里，曰中父之山，無草木，多沙。

又東水行千里，曰胡射之山，無草木，多沙石。

又南水行七百里，曰孟子之山，其木多梓桐，多桃李，其草多菌蒲❸，其獸多麋鹿。是山也，廣員百里，其上有水出焉，名曰碧陽，其中多鱣鮪❹。

又南水行五百里，曰流沙，行五百里，有山焉，曰岐踵之山，廣員二百里，無草木，有大蛇，其上多玉。有水焉，廣員四十里皆湧，其名曰深澤，其中多蠵龜❺。有魚焉，其狀如鯉，而六足鳥尾，名曰鮯鮯之魚，其名自叫。

又南水行九百里，曰踇隅之山，其上多草木，多金玉，多赭。有獸焉，其狀如牛而馬尾，名曰精精，其鳴自叫。

又南水行五百里，流沙三百里，至于無皋之山，南望幼海，東望榑木❻，無草木，多風。是山也，廣員百里。

凡東次三經之首，自尸胡之山至于無皋之山，凡九山，六千九百里。其神狀皆人身而羊角。其祠，用一牡羊，米用黍。是神也，見則風雨水為敗❼。

【章旨】本節介紹了東方山系第三條山脈，計有尸胡山、岐山、諸鉤山、中父山、胡射山、孟子山、岐踵山、踇隅山、無皋山，一共九座山，綿延六千九百里。

尸胡山妴胡長著魚眼樣子像麋鹿，岐山野獸大多是老虎，岐踵山深澤鮯鮯魚長著鳥尾六隻足，無皋山東望可見扶桑樹……

【注釋】❶棘　酸棗樹。❷寐魚　鮇魚。❸菌蒲　不詳。一說為紫菜、石花菜、海帶、海苔之類的海菜。❹鱣鮪　鱣，鱘鰉魚。鮪，鱘魚。❺蠵龜　一種大龜，甲似玳瑁，有文彩。❻榑木　又名「扶木」，即扶桑樹，傳說中的神樹，為日出之處。❼風雨水為敗　大風、大雨、洪水傷害莊稼。

【語　譯】東方山系第三條山脈的開頭是尸胡山，北邊可以望見殀山，山上多產金、玉，山下多是小酸棗樹。有一種獸，樣子像麋鹿，卻長著魚的眼睛，名字叫妴胡，牠的名字就是以牠的鳴叫聲來命名的。

再往南在水上行船八百里，就是岐山，山上樹木大多是桃樹和李樹，獸大多是老虎。

再往南在水上行船五百里，就是諸鉤山，那裡草木不生，沙石很多。這座山方圓有百里，多產鮇魚。

再往南在水上行船七百里，就是中父山，山中無草木，沙子很多。

再往東在水上行船一千里，就是胡射山，那裡草木不生，沙石很多。

再往南在水上行船七百里，就是孟子山。山上的樹木大多是梓樹、桐樹，桃樹、李樹也很多，草大多是菌蒲草，獸大多是麋鹿。這座山方圓有百里，有一條水從山上發源，名字叫碧陽，水中多產鱘鰉魚和鱘魚。

再往南在水上行船五百里，就是流沙，再走五百里，有一座山，名字叫岐踵山，方圓有二百里，沒有草木，卻有大蛇，山上多產玉。有一條水，方圓四十里左右都像在湧噴，名字叫深澤，澤中多產蠵龜。有一種魚，樣子像鯉魚，卻有六隻足和鳥的尾巴，名字叫鮯鮯魚，牠的名字就是以牠的鳴叫聲來命名的。

再往南在水上行船九百里，就是踇隅山，山上草木茂盛，多產金、玉和赭石。有一種獸，樣子像牛卻有馬的尾巴，名字叫精精，牠的名字就是以牠的鳴叫聲來命名的。

再往南水行五百里，通過流沙三百里，就到了無皋山，那裡南邊可以望見幼海，東邊可以望見扶桑樹。山中草木不生，常常颳風。這座山方圓有一百里。

總括東方山系第三條山脈，從尸胡山到無皋山，共有九座山，行經六千九百里。山神的樣子都是人的身子、羊的角。祭祀山神的典禮，要用一隻公羊，精米要用黍。這些神一出現就會有大雨、大風、洪水損害莊稼。

又東次四經之首，曰北號之山，臨于北海。有木焉，其狀如楊，赤華，其實如棗而無核，其味酸甘，食之不瘧。食水出焉，而東北流注于海。有獸焉，其狀如狼，赤首鼠目，其音如豚，名曰猲狙，是食人。有鳥焉，其狀如雞而白首，鼠足而虎爪，其名曰鬿雀，亦食人。

又南三百里，曰旄山，無草木。蒼體之水出焉，而西流注于展水。其中多鱃魚，其狀如鯉而大首，食者不疣❶。

又南三百二十里，曰東始之山，上多蒼玉。有木焉，其狀如楊而赤理，其汁如血，不實，其名曰芑，可以服馬❷。泚水出焉，而東北流注于海，其中多美貝，多茈魚，其狀如鮒。一首而十身，其臭如蘪蕪，食之不䊧❸。

又東南三百里，曰女烝之山，其上無草木。石膏水出焉，而西流注于鬲水，其中多薄魚，其狀如鱣魚而一目，其音如歐❹，見則天下大旱。

又東南二百里，曰欽山，多金而無石。師水出焉，而北流注于皋澤，其中多鱃魚，多文貝，有獸焉，其狀如豚而有牙，其名曰當康，其鳴自叫，見則天下大穰❺。

又東南二百里，曰子桐之山，子桐之水出焉，而西流注于餘如之澤。其中多䱻魚，其狀如魚而鳥翼，出入有光，其音如鴛鴦，見則天下大旱。

又東北二百里，曰剡山，多金玉。有獸焉，其狀如彘而人面，黃身而赤尾，其名曰合窳，其音如嬰兒。是獸也，食人，亦食蟲蛇，見則天下大水。

又東二百里，曰太山，上多金玉、楨木❻。有獸焉，其狀如牛而白首，一目而蛇尾，其名曰蜚，行水則竭，行草則死，見則天下大疫。鉤水出焉，而北流注于勞水，其中多鱃魚。

凡東次四經之首，自北號之山至于太山，凡八山，一千七百二十里。

右東經之山志，凡四十六山，萬八千八百六十里。

【章旨】本節介紹了東方山系第四條山脈，計有北號山、旄山、東始山、女烝山、欽山、子桐山、剡山、太山，一共八座山，綿延一千七百二十里。

北號山鬿雀鼠足虎爪樣子像雞會吃人，東始山泚水茈魚一首十身氣味像蘼蕪，女烝山薄魚一隻眼聲音像嘔吐，子桐山鯖魚長著鳥翅膀，剡山合窳樣子像豬長著人臉聲音像嬰兒啼哭……

【注釋】❶疣　贅疣。❷服馬　使馬馴服。❸糞　同「屁」。從肛門排出臭氣。❹歐　同「嘔」。嘔吐。❺穰　五穀豐登。❻楨木　即「女貞」，常綠喬木。

【語譯】東方山系第四條山脈的開頭是北號山，這座山瀕臨北海。有一種樹，樣子像楊樹，開紅花，果實像棗子，沒有核，味道酸中帶甜，吃了可以不患瘧疾。食水從這裡發源，流入東北方向的大海。有一種獸，樣子像狼，紅腦袋，老鼠眼睛，聲音像豬，名字叫猲狙，會吃人。有一種鳥，樣子像雞，卻是白色的頭、老鼠的足、老虎的爪子，名字叫鬿雀，也會吃人。

再往南三百里，就是旄山，山中草木不生。蒼體水從這裡發源，向西流入展水。水中多產鱃魚，這種魚樣子像鯉魚，卻有很大的頭，吃了可以不生贅疣。

再往南三百里，就是東始山，山上多產蒼玉。有一種樹，樣子像楊樹，卻有紅色紋理，樹汁像血一樣，不結果實，名字叫芑，把這種樹的汁水塗在馬身上可以使馬馴服。泚水從這裡發源，流入東北方向的大海，水中多產美麗的貝類，還多產茈魚。這種魚的樣子像鯽魚，卻有一個頭、十個身子，牠的氣味像蘼蕪，吃了可以不放屁。

再往東南三百里，就是女烝山，山上草木不生。石膏水從這裡發源，向西流入鬲水，水中多產薄魚，這種魚的樣子像鱣魚，卻只有一隻眼睛，聲音像人在嘔吐，牠一出現天下就會大旱。

再往東南二百里，就是欽山，山中多產金子卻沒有石頭。師水從這裡發源，向北流入皋澤，水中多產鱃魚，多產花斑貝。有一種獸，樣子像豬，有牙齒，名字叫當康，牠的名字就是以牠的鳴叫聲來命名，牠一出現天下就會五穀豐登。

再往東南二百里，就是子桐山。子桐水從這裡發源，向西流入餘如澤。水中多產鰨魚，這種魚的樣子像魚卻有鳥翅膀，出入水面時閃閃發光，聲音像鴛鴦，牠一出現就會天下大旱。

再往東北二百里，就是剡山，山中多產金、玉。有一種獸，樣子像豬卻長著人的面孔，身子是黃的，尾巴是紅色的，名字叫合窳，牠的聲音像嬰兒啼哭。這種獸吃人，也吃各種蟲蛇，牠一出現天下就會發大水。

再往東二百里，就是太山，山上多產金、玉和女貞樹。有一種獸，樣子像牛，卻是白色的頭，長著一隻眼睛，還有蛇的尾巴，名字叫蜚，牠出現在水裡水就枯乾，出現在草叢裡草就要枯死，牠一出現天下就會發生大瘟疫。鉤水從這裡發源，向北流入勞水，水中多產鱃魚。

總括東方山系第四條山脈，從北號山到太山，共有八座山，行經一千七百二十里。
以上所記東方山系，共有四十六座山，行經一萬八千八百六十里。

卷五 中山經

中山經薄山之首，曰甘棗之山。共水出焉，而西流注于河。其上多杻木，其下有草焉，葵本而杏葉，黃華而莢實，名曰籜，可以已瞢❶。有獸焉，其狀如鼣鼠❷而文題，其名曰難，食之已癭❸。

又東二十里，曰歷兒之山，其上多橿，多櫔木。是木也，方莖而員葉，黃華而毛，其實如楝，服之不忘。

又東十五里，曰渠豬之山，其上多竹。渠豬之水出焉，而南流注于河。其中是多豪魚，狀如鮪，而赤喙赤尾赤羽，食之可以已白癬。

又東三十五里，曰蔥聾之山，其中多大谷，是多白堊，黑、青、黃堊。

又東十五里，曰涹山，其上多赤銅，其陰多鐵。

又東七十里，曰脫扈之山。有草焉，其狀如葵葉而赤華，莢實，實如椶莢，名曰植楮，可以已癙❹，食之不眯❺。

又東二十里，曰金星之山，多天嬰，其狀如龍骨，可以已痤❻。

又東七十里，曰泰威之山，其中有谷，曰梟谷，其中多鐵。

又東十五里，曰橿谷之山，其中多赤銅。

又東百二十里，曰吳林之山，其中多葌草❼。

又北三十里，曰牛首之山。有草焉，名曰鬼草，其葉如葵而赤莖，其秀如禾，服之不憂。勞水出焉，而西流注于潏水。是多飛魚，其狀如鮒魚，食之已痔衕❽。

又北四十里，曰霍山，其木多穀。有獸焉，其狀如貍而白尾有鬣，名曰朏朏，養之可以已憂。

又北五十二里，曰合谷之山，是多薝棘❾。

又北三十五里，曰陰山，多礪石、文石。少水出焉，其中多彫棠，其葉如榆葉而方，其實如赤菽⑩，食之已聾。

又東北四百里，曰鼓鐙之山，多赤銅。有草焉，名曰榮草，其葉如柳，其本如雞卵，食之已風。

凡薄山之首，自甘棗之山至于鼓鐙之山，凡十五山，六千六百七十里。歷兒，冢也，其祠禮：毛，太牢之具；縣嬰⑪以吉玉。其餘十三山者，毛用一羊，縣嬰用藻珪，瘞而不糈。藻珪者，藻玉也，方其下而銳其上，而中穿之加金。

【章　旨】中部山系共有一百九十七座山，綿延二萬一千三百七十一里。

本節介紹了中部山系第一條山脈薄山，計有甘棗山、歷兒山、渠豬山、葱聾山、涹山、脫扈山、金星山、泰威山、橿谷山、吳林山、牛首山、霍山、合谷山、陰山、鼓鐙山，一共十五座山，綿延六千六百七十里。

甘棗山籜草治療眼睛昏花，歷兒山櫔樹果實使人不健忘，渠豬山豪魚吃了治白癬，金星山天嬰可消痤瘡，牛首山飛魚能止瀉痢，鼓鐙山榮草治療風痹……祭祀山神用太牢吉玉，祭祀完畢祭物埋在地裡……

【注　釋】❶瞢　眼睛昏花，視力不清。❷鼣鼠　同「朏鼠」。未詳。❸瘻　脖頸上的肉瘤。❹癙　病，一說為憂恐。❺眯　夢魘。❻痤　皮膚上的小紅疙瘩，俗稱粉刺。❼蔿草　蘭草之類的香草。❽衕　腹瀉。❾蘠棘　草名。形態不詳。一說就是天門冬。❿菽　豆。⓫縣嬰　縣，祭山典禮的名稱。嬰，環繞陳列。一說嬰為以玉祭獻神之專稱。

【語　譯】中部山系薄山山脈開頭第一座山是甘棗山。共水從這裡發源，向西流入河水。山上有許多杻樹，山下有一種草，這種草有葵的莖，杏的葉子，開黃花，結莢果，名叫籜，可以用來治療眼睛昏花。有一種獸，樣子像鼣鼠，額頭上有花紋，名叫難，吃了可以消除脖頸上的肉瘤。

往東二十里，就是歷兒山，山上有許多橿樹，還有許多櫔樹。這種櫔樹是方方的樹幹、圓圓的葉子，開黃花，花上有絨毛，果實像楝樹的果實，吃了可以使人不健忘。

往東十五里，就是渠豬山，山上多產竹子。渠豬水從這裡發源，往南流入河水。水中多產豪魚，這種魚的樣子像鮪魚，有紅嘴殼、紅尾巴、紅羽毛，吃了這種魚可以治療白癬。

往東三十五里，就是蔥聾山，山中有許多大谷，大谷中多產白堊、黑堊、青堊和黃堊。

往東十五里，就是涹山，山上多產純銅，山北多產鐵。

往東七十里，就是脫扈山。有一種草，樣子像葵葉，開紅花，結莢果，果實像棕樹的莢，名字叫植楮，可以用來消除心中的憂恐，吃了可以沒有夢魘。

往東二十里，就是金星山，山中多產名叫天嬰的植物，這種植物的樣子像龍骨，可以用來消除痤瘡。

往東七十里，就是泰威山，山中有一條山谷叫梟谷，梟谷中多產鐵。

往東十五里，就是橿谷山，山中多產純銅。

往東一百二十里，就是吳林山，山中多產蘭草之類的香草。

往北三十里，就是牛首山。有一種草，名字叫鬼草，葉子像葵，卻是紅色的莖幹，花像禾苗開的花，吃了可以使人不憂愁。勞水從這裡發源，向西流入潏水。水中多產飛魚，這種魚的樣子像鯽魚，吃了可以消除痔瘡，還可以止瀉痢。

往北四十里，就是霍山，山中的樹大多是構樹。有一種獸，樣子像貍貓，白尾巴，還有鬣毛，名字叫朏朏，蓄養這種獸可以解除憂愁。

往北五十二里，就是合谷山，山上有許多薝棘。

往北三十五里，就是陰山，山中有許多磨刀石和有花紋的石頭。少水從這裡發源，水中多產彫棠樹，這種樹的葉子像榆樹的葉子，卻是方的，果實像紅豆，吃了可以治療耳聾。

往東北四百里，就是鼓鐙山，山中多產純銅。有一種草叫榮草，葉子像柳葉，根像雞蛋，吃了可以消除風痺病。

總計薄山山脈，從甘棗山到鼓鐙山，共有十五座山，歷經六千六百七十里。歷兒山是眾山的宗主，祭祀這座山的典禮，毛物要用豬、羊、牛具備的太牢，要用吉玉環繞陳列來祭祀。其餘十三座山的山神，祭祀用的毛物要用一隻羊，要把藻珪一類的玉環繞陳列，祭祀完畢把這些祭物埋在地裡，祭祀不用精米。所謂藻珪就是藻玉，下面是方的，上面是尖尖的，中間穿孔，用金屬薄片貼在上面作裝飾。

中次二經濟山之首，曰煇諸之山。其上多桑，其獸多閭麋，其鳥多鶡❶。

又西南二百里，曰發視之山，其上多金玉，其下多砥礪。即魚之水出焉，而西流注于伊水。

又西三百里，曰豪山，其上多金玉而無草木。

又西三百里，曰鮮山，多金玉，無草木。鮮水出焉，而北流注于伊水。其中多鳴蛇，其狀如蛇而四翼，其音如磬，見則其邑大旱。

又西三百里，曰陽山，多石，無草木。陽水出焉，而北流注于伊水。其中多化蛇，其狀如人面而豺身，鳥翼而蛇行；其音如叱呼，見則其邑大水。

又西二百里，曰昆吾之山，其上多赤銅。有獸焉，其狀如彘而有角，其音如號❷，名曰蠪蚳，食之不眯。

又西百二十里，曰葌山。葌水出焉，而北流注于伊水。其上多金玉，其下多青雄黃。有木焉，其狀如棠而赤葉，名曰芒草，可以毒魚。

又西一百五十里，曰獨蘇之山，無草木而多水。

又西二百里，曰蔓渠之山，其上多金玉，其下多竹箭。伊水出焉，而東流注于洛。有獸焉，其名曰馬腹，其狀如人面虎身，其音如嬰兒，是食人。

凡濟山之首，自煇諸之山至于蔓渠之山，凡九山，一千六百七十里。其神皆人面而鳥身。祠用毛❸，用一吉玉，投而不糈。

【章旨】本節介紹了中部山系第二條山脈濟山，計有煇諸山、發視山、豪山、鮮山、陽山、昆吾山、葌山、獨蘇山、蔓渠山，一共九座山，綿延一千六百七十里。

煇諸山鶡鳥尚勇好鬥，鮮山鳴蛇有四隻翅膀，陽山化蛇人面豺身，昆吾山蠪蚳能驅夢魘，蔹山多產金、玉、青雄黃，蔓渠山馬腹虎身人面……山神都是鳥身人面，祭祀要把吉玉投在山間……

【注釋】❶鴒 鳥名。形似野雞，青色羽毛，尚勇好鬥，鬥死而止。❷號 人的號哭。❸祠用毛 用毛物祭神。

【語譯】中部山系第二條山脈濟山的開頭是煇諸山。山上有許多桑樹，獸大多是山驢和麋鹿，鳥大多是形似野雞、尚勇好鬥的鴒鳥。

再往西南二百里，就是發視山，山上多產金、玉，山下有許多砥石和礪石。即魚水從這裡發源，向西流入伊水。

再往西三百里，就是豪山，山上多產金、玉，卻草木不生。

再往西三百里，就是鮮山，山中多產金、玉，沒有草木。鮮水從這裡發源，向北流入伊水。水中有許多鳴蛇，鳴蛇的樣子像蛇，卻有四隻翅膀，聲音好像敲擊磬石發出的聲音，這種蛇一出現那個地方就要大旱。

再往西三百里，就是陽山，山上石頭很多，草木不生。陽水從這裡發源，向北流入伊水。水中有許多化蛇，化蛇的樣子是人的面孔、豺的身子、鳥的翅膀，可以像蛇一樣蜿蜒爬行，聲音像人的大聲叱責。這種蛇一出現那個地方就會發大水。

再往西二百里，就是昆吾山，山上多產純銅。有一種獸，樣子像野豬卻長著角，聲音像人的號哭，名字叫蠪蛭，人吃了這種獸可以沒有夢魘。

再往西一百二十里，就是葌山。葌水從這裡發源，向北流入伊水。山上多產金、玉，山下多產青雄黃。有一種樹，樣子像棠梨樹，葉子是紅的，名叫芒草，可以用來毒魚。

再往西一百五十里，就是獨蘇山，山中沒有草木，卻有很多水。

再往西二百里，就是蔓渠山，山上多產金、玉，山下有許多箭竹。伊水從這裡發源，向東流入洛水。有一種獸，名叫馬腹，樣子是人的面孔、老虎的身子，聲音像嬰兒啼哭，會吃人。

總計濟山山脈，從煇諸山到蔓渠山，共有九座山，歷經一千六百七十里。山神的樣子都是人的面孔、鳥的身子。祭祀山神要用毛物，還要用一塊吉玉投在山間，祭祀不用精米。

中次三經萯山之首，曰敖岸之山，其陽多㻬琈之玉，其陰多赭、黃金。神熏池居之。是常出美玉。北望河林，其狀如蒨❶如舉❷。有獸焉，其狀如白鹿而四角，名曰夫諸，見則其邑大水。

又東十里，曰青要之山，實惟帝之密都❸，是多駕鳥。南望墠渚，禹父之所化，是多僕累、蒲盧❹，䰠武羅❺司之，其狀人面而豹文，小要而白齒，而穿耳以鐻❻，其鳴如鳴玉。是山也，宜女子。畛水出焉，而北流注于河。其中有鳥焉，名曰鴢，其狀如鳧，青身而朱目赤尾，食之宜子。有草焉，其狀如葌❼，而方莖黃華赤實，其本如藁本❽，名曰荀草，服之美人色。

又東十里，曰騩山，其上多美棗，其陰有㻬琈之玉。正回之水出焉，而北流注于河。其中多飛魚，其狀如豚而赤文，服之不畏雷，可以禦兵。

又東四十里，曰宜蘇之山，其上多金玉，其下多蔓居❾之木。滽滽之水出焉，而北流注于河，是多黃貝。

又東二十里，曰和山，其上無草木而多瑤碧，實惟河之九都❿。是山也五曲，九水出焉，合而北流注于河，其中多蒼玉。吉神泰逢司之，其狀如人而虎尾，是好居于萯山之陽，出入有光。泰逢神動天地氣也。

凡萯山之首，自敖岸之山至于和山，凡五山，四百四十里。其祠：泰逢、熏池、武羅皆一牡羊副⓫，嬰用吉玉。其二神用一雄雞瘞之，糈用稌。

【章　旨】本節介紹了中部山系第三條山脈萯山，計有敖岸山、青要山、騩山、宜蘇山、和山，一共五座山，綿延四百四十里。

　　敖岸山多產赭土、黃金、瑻琈玉，青要山有曲折深邃天帝都邑，騩山飛魚吃了不怕打雷，和山吉神泰逢能驚動天地大氣……祭祀山神要用吉玉雄雞，祭祀用的精米必須是稌米。

【注　釋】❶茜　草名。❷舉　櫸柳樹。❸密都　隱祕的都邑。❹僕累蒲盧　僕累，蝸牛。蒲盧，螺螄之類。❺䰠武羅　䰠，即「神」。武羅，神名。❻小要二句　要，即「腰」。鐻，金銀器之名，形態未詳。❼葌　香草名，一種蘭草。❽藁本　香草名。❾蔓居　牡荊，一種灌木。❿河之九都　河水的九條支流匯聚之處。⓫副　同「疈」。意思是用剖開的牲畜作祭物。

【語　譯】中部山系第三條山脈萯山的開頭是敖岸山，山南多產瑻琈玉，山北多產赭土和黃金。神熏池居住在這裡。這裡常有美玉出產。北邊可以望見河邊的林木，好像是茜草和櫸柳樹。有一種獸，樣子像白鹿，卻有四隻角，名叫夫諸，牠一出現那個地方就要發大水。

　　再往東十里，就是青要山，那裡就是天帝之曲折深邃的都邑，有許多駕鳥。南邊可以望見墠渚，那是大禹的父親化作異物的地方，有許多蝸牛和螺螄，神武羅主管著這個地方，他有人的面孔、豹的花紋、小腰身、潔白的牙齒，耳朵上掛著金環，聲音像玉器叮噹作響的聲音。這座山適宜女子居住。畛水從這裡發源，向北流入河水。水中有一種鳥，名叫鴢，樣子像野鴨，青色身子、紅眼睛、紅尾巴，吃了有利於生育。有一種草，樣子像葌草，卻是方的莖，開黃花，結紅果，根像藁本的根，名叫荀草，吃了可以美容。

再往東十里，就是騩山，山上多產美味的棗子，山北有㻬琈玉。正回水從這裡發源，向北流入河水，水中多產飛魚，這種魚的樣子像小豬，有紅色斑紋，吃了不怕打雷，還可以抵禦戰爭。

再往東四十里，就是宜蘇山，山上多產金、玉，山下有許多牡荊一類的灌木。滽滽水從這裡發源，向北流入河水，水中多產黃色的貝。

再往東二十里，就是和山，山上沒有草木，卻有許多瑤玉和碧玉，這裡就是九條水會合之處。這座山五曲回環，有九條水從這裡發源，匯合以後向北流入河水，水中多產蒼玉。吉神泰逢主管著這裡，他的樣子像人卻有老虎的尾巴，他喜歡居住在萯山的南面，出入時光輝閃耀。泰逢神能驚動天地大氣。

總計萯山山脈，從敖岸山到和山，共有五座山，綿延四百四十里。祭祀泰逢、熏池、武羅的方法都是用一隻剖開肚子的牡羊，祭祀用的玉是吉玉。其餘二神的祭祀都是用一隻雄雞埋在地裡，祭祀用的精米是稌米。

中次四經釐山之首，曰鹿蹄之山，其上多玉，其下多金。甘水出焉，而北流注于洛，其中多泠石❶。

西五十里，曰扶豬之山，其上多礝石❷。有獸焉，其狀如貉而人目，其名曰麐。虢水出焉，而北流注于洛，其中多瓀石。

又西一百二十里，曰釐山，其陽多玉，其陰多蒐❸。有獸焉，其狀如牛，蒼身，其音如嬰兒，是食人，其名曰犀渠❹。滽滽之水出焉，而南流注于伊水。有獸焉，名曰獺，其狀如獳犬而有鱗，其毛如彘鬣。

又西二百里，曰箕尾之山，多穀，多涂石❺，其上多㻬琈之玉。

又西二百五十里，曰柄山，其上多玉，其下多銅。滔雕之水出焉，而北流注于洛。其中多羬羊。有木焉，其狀如樗，其葉如桐而莢實，其名曰茇，可以毒魚。

又西二百里，曰白邊之山，其上多金玉，其下多青雄黃。

又西二百里，曰熊耳之山，其上多漆，其下多椶。浮濠之水出焉，而西流注于洛。其中多水玉，多人魚。有草焉，其狀如蘇❻而赤華，名曰葶薴，可以毒魚。

又西三百里，曰牡山，其上多文石，其下多竹箭竹䉋，其獸多㸲牛、羬羊，鳥多赤鷩。

又西三百五十里，曰讙舉之山。雒水出焉，而東北流注于玄扈之水，其中多馬腸之物❼。此二山也，洛間也。

凡釐山之首，自鹿蹄之山至于玄扈之山，凡九山，千六百七十里。其神狀皆人面獸身。其祠之，毛用一白雞，祈❽而不糈，以采衣之❾。

【章旨】本節介紹了中部山系第四條山脈釐山，計有鹿蹄山、扶豬山、釐山、箕尾山、柄山、白邊山、熊耳山、牡山、讙舉山，一共九座山，綿延一千六百七十里。

鹿蹄山甘水中泠石柔軟如泥，扶豬山麐獸長著人的眼睛，釐山獺獸毛像豬鬃身有魚鱗還有吃人獸名叫犀渠，柄山羬羊很多茇樹可以毒魚，牡山多產文石飛鳥多為赤鷩……山神都是人面獸身，祭祀要用白雞取血塗祭……

【注釋】❶泠石　一種石質柔軟如泥的石頭。❷礝石　一種似玉的石頭。礝當為「碝」。❸蒐　草名，即今之茜草。❹犀渠　屬犀牛之類的獸。❺涂石　即上文礝石。❻蘓　同「蘇」。草名，又名紫蘇。❼馬腸之物　即上文中次二經「蔓渠之山」所言「馬腹」。❽祈　當為「禨」，取血塗祭。❾以采衣之　用彩帛包起來。

【語譯】中部山系第四條山脈釐山的開頭是鹿蹄山，山上多產玉，山下多產金。甘水從這裡發源，向北流入洛水，水中多產一種石質柔軟如泥的泠石。

往西五十里，就是扶豬山，山上多產一種像玉的碝石。有一種獸，樣子像貉，卻有人的眼睛，名字叫麐。虢水從這裡發源，向北流入洛水，水中多產瓀石。

再往西一百二十里，就是釐山，山南多產玉，山北多產茜草。有一種獸，樣子像牛，蒼色的身子，聲音像嬰兒啼哭，會吃人，名字叫犀渠。滽滽水從這裡發源，向南流入伊水。有一種獸，名字叫獺，樣子像獳犬卻有魚鱗，牠的毛像豬鬣。

再往西二百里，就是箕尾山，山中有許多構樹，多產涂石，山上還多產㻬琈玉。

再往西二百五十里，就是柄山，山上多產玉，山下多產銅。滔雕水從這裡發源，向北流入洛水。那裡有許多羬羊。有一種樹，樣子像臭椿樹，葉子像桐葉，結莢果，名字叫茇，可以用來毒魚。

再往西二百里，就是白邊山，山上多產金、玉，山下多產青雄黃。

再往西二百里，就是熊耳山，山上多產漆樹，山下多產棕樹。浮濠水從這裡發源，向西流入洛水。水中多產水晶，有許多人魚。有一種草，樣子像蘇草，開紅花，名叫葶薴，可以用來毒魚。

再往西三百里，就是牡山，山上多產文石，山下多產箭竹、䉋竹，獸大多是牸牛、羬羊，鳥大多是赤鷩。

再往西三百五十里，就是讙舉山，雒水從這裡發源，流入東北方向的玄扈水，水中有許多馬腸這樣的怪物。這兩座山之間有一條洛水。

總計釐山山脈，從鹿蹄山到玄扈山，共有九座山，歷經一千六百七十里。山神都是人的面孔、獸的身子。祭祀他們的典禮，毛物要用一隻白雞取血塗祭，不用精米，毛物要用彩帛包起來。

中次五經薄山之首，曰苟牀之山，無草木，多怪石。

東三百里，曰首山，其陰多穀柞，其草多荒芫❶，其陽多㻬琈之玉，木多槐。其陰有谷，曰机谷，多䲃鳥，其狀如梟而三目，有耳，其音如錄❷，食之已墊❸。

又東三百里，曰縣斸之山，無草木，多文石。

又東三百里，曰蔥聾之山，無草木，多摩石❹。

東北五百里，曰條谷之山，其木多槐桐，其草多芍藥、虋冬❺。

又北十里，曰超山，其陰多蒼玉，其陽有井，冬有水而夏竭。

又東五百里，曰成侯之山，其上多櫄木❻，其草多艽❼。

又東五百里，曰朝歌之山，谷多美堊。

又東五百里，曰槐山❽，谷多金錫。

又東十里，曰歷山，其木多槐，其陽多玉。

又東十里，曰尸山，多蒼玉，其獸多麖❾。尸水出焉，南流注于洛水，其中多美玉。

又東十里，曰良餘之山，其上多穀柞，無石。餘水出于其陰，而北流注于河。乳水出于其陽，而東南流注于洛。

又東南十里，曰蠱尾之山，多礪石、赤銅。龍餘之水出焉，而東南流注于洛。

又東北二十里，曰升山，其木多穀柞棘，其草多藷藇蕙⑩，多寇脫⑪。黃酸之水出焉，而北流注于河，其中多璇玉⑫。

又東十二里，曰陽虛之山，多金，臨于玄扈之水。

凡薄山之首，自苟林之山至于陽虛之山，凡十六山，二千九百八十二里。升山，冢也，其祠禮：太牢，嬰用吉玉。首山，魋也，其祠用稌、黑犧、太牢之具，糵釀⑬；干儛⑭，置鼓⑮；嬰用一璧。尸水，合天⑯也，肥牲祠之，用一黑犬于上，用一雌雞于下，刉⑰一牝羊⑱，獻血。嬰用吉玉，采之⑲，饗之⑳。

【章　旨】本節介紹了中部山系第五條山脈薄山，計有苟牀山、首山、縣斸山、蔥聾山、條谷山、超山、成侯山、朝歌山、槐山、歷山、尸山、良餘山、蠱尾山、升山、陽虛山，實有十六座山，綿延二千九百八十二里。

首山机谷有許多䴅鳥樣子像梟，條谷山樹多草多有門冬芍藥，超山有井夏天枯竭冬天有水，升山草木茂盛有許多通草……祭祀山神要用吉玉陳列環繞，稌米、麴釀、太牢必不可少……

【注　釋】❶茱芫　茱，草名，根莖可入藥。有白朮、蒼朮等數種。芫，草名，即「芫花」，其根可以毒魚。❷錄　「鹿」的假借字。❸已墊　治療腳氣。❹摩石　即「玤石」，一種似玉之石。❺虋冬　即「門冬」。草名，有天門冬、麥門冬。❻櫄木　即椿樹。❼芃　當為「芁」，即藥草秦艽。❽槐山　一說為稷山。❾麈　大鹿。❿藷藇　藷藇，即「山藥」。蕙，香草名。⓫寇脫　俗名通草。⓬璇玉　比玉稍次一些的玉石。⓭蘖釀　用麴蘖釀造的酒。蘖，麴蘖，即「酒母」，釀酒時引起發酵作用的塊狀物質。⓮干儛　即「萬儛」，一種祭神的舞蹈，拿著盾斧和羽籥的舞蹈。⓯置鼓　擊鼓作為舞蹈伴奏。⓰合天　意思是上通到天。⓱刏　本作「㓤」，殺牛羊等取血用於祭祀神靈。⓲牝羊　母羊。⓳采之　用繒彩裝飾祭品。⓴饗之　供神享用。

【語　譯】中部山系第五條山脈薄山的開頭是苟牀山，山中草木不生，有許多怪石。

往東三百里，就是首山，山北有許多構樹和柞樹，草大多是茱和芫花。山南多產㻬琈玉，樹大多是槐樹。山北有山谷名叫机谷，山谷中有許多䴅鳥，䴅鳥的樣子像梟，有三隻眼睛，還有耳朵，聲音像鹿鳴，吃了可以治療腳濕氣。

再往東三百里，就是縣斸山，山中草木不生，多產有花紋的石頭。

再往東三百里，就是蔥聾山，山中草木不生，多產一種像玉的玤石。

再往東北五百里，就是條谷山，樹大多是槐樹和桐樹，草大多是芍藥和門冬。

再往北十里，就是超山，山北多產蒼玉，山南有一口井，冬天有水，夏天反而枯竭。

再往東五百里，就是成侯山，山上有許多椿樹，草大多是艽草。

再往東五百里，就是朝歌山，山谷中多產優質堊土。

再往東五百里，就是槐山，山谷中多產金和錫。

再往東十里，就是歷山，樹大多是槐樹，山南多產玉。

再往東十里，就是尸山，山中多產蒼玉，獸大多是大鹿。尸水從這裡發源，向南流入洛水，水中多產美玉。

再往東十里，就是良餘山，山上有許多構樹、柞樹，沒有石頭。餘水從山北發源，向北流入河水。乳水從山南發源，流入東南方向的洛水。

再往東南十里，就是蠱尾山，山中多產礪石和純銅。龍餘水從這裡發源，流入東南方向的洛水。

再往東北二十里，就是升山，樹大多是構樹、柞樹和小棗樹，草大多是山藥和蕙草，還有許多俗名叫做通草的寇脫草。黃酸水從這裡發源，向北流入河水，水中多產質地次於玉的璇玉石。

再往東十二里，就是陽虛山，此山多產金，靠近玄扈水。

總計薄山山脈，從苟林山到陽虛山，共有十六座山，綿延二千九百八十二里。升山是這些山的宗主，祭祀山神的典禮，要用豬、羊、牛具備的太牢，用吉玉環繞陳列。首山是精靈顯應的神山，祭祀的典禮要用稌米、黑色牲畜的太牢、麴櫱釀造的酒，還要用莊嚴的干儛來祭奠，舞蹈時用擊鼓來伴奏；祭祀用的玉要用一塊璧。尸水，是通往上天的，要用肥壯的牲畜來祭祀，放一隻黑狗在上面，放一隻母雞在下面，再刉一隻母羊，獻出血來。環陳的玉要用吉玉，並且用繒彩來裝飾，供神享用。

中次六經縞羝山之首，曰平逢之山，南望伊洛，東望穀城之山，無草木，無水，多沙石。有神焉，其狀如人而二首，名曰驕蟲，是為螫蟲，實惟蜂蜜之廬❶。其祠之，用一雄雞，禳❷而勿殺。

西十里，曰縞羝之山，無草木，多金玉。

又西十里，曰廆山，多㻬琈之玉。其陰有谷焉，名曰雚谷，其木多柳楮。其中有鳥焉，狀如山雞而長尾，赤如丹火而青喙，名曰鴒鷚，其鳴自呼，服之不眯。交觴之水出于其陽，而南流注于洛；俞隨之水出于其陰，而北流注于穀水。

又西三十里，曰瞻諸之山，其陽多金，其陰多文石。謝水出焉，而東南流注于洛；少水出于其陰，而東流注于穀水。

又西三十里，曰婁涿之山，無草木，多金玉。瞻水出于其陽，而東流注于洛；陂水出于其陰，而北流注于穀水，其中多茈石、文石。

又西四十里，曰白石之山。惠水出于其陽，而南流注于洛，其中多水玉。澗水出于其陰，西北流注于穀水，其中多麋石、櫨丹❸。

又西五十里，曰穀山。其上多穀，其下多桑。爽水出焉，而西北流注于穀水，其中多碧綠❹。

又西七十二里，曰密山，其陽多玉，其陰多鐵。豪水出焉，而南流注于洛，其中多旋龜❺，其狀鳥首而鼈尾，其音如判木。無草木。

又西百里，曰長石之山，無草木，多金玉。其西有谷焉，名曰共谷，多竹。共水出焉，西南流注于洛，其中多鳴石❻。

又西一百四十里，曰傅山。無草木，多瑤碧。厭染之水出于其陽，而南流注于洛，其中多人魚。其西有林焉，名曰墦冢，穀水出焉，而東流注于洛，其中多瑉玉❼。

又西五十里，曰橐山。其木多樗，多𦳋木，其陽多金玉，其陰多鐵，多蕭❽。橐水出焉，而北流注于河。其中多脩辟之魚，狀如黽❾而白喙，其音如鴟，食之已白癬。

又西九十里，曰常烝之山，無草木，多堊。潐水出焉，而東北流注于河，其中多蒼玉。菑水出焉，而北流注于河。

又西九十里，曰夸父之山，其木多椶柟，多竹箭，其獸多㸲牛、羬羊，其鳥多鷩。其陽多玉，其陰多鐵。其北有林焉，名曰桃林，是廣員三百里，其中多馬。湖水出焉，而北流注于河，其中多珚玉。

又西九十里，曰陽華之山，其陽多金玉，其陰多青雄黃，其草多藷藇，多苦辛，其狀如櫹❿，其實如瓜，其味酸甘，食之已瘧。楊水出焉，而西南流注于洛，其中多人魚。門水出焉，而東北流注于河，其中多玄䃜⓫。䌌姑之水出于其陰，而東流注于門水，其上多銅。門水出于河，七百九十里入雒水。

凡縞羝山之首，自平逢之山至于陽華之山，凡十四山，七百九十里。嶽在其中，以六月祭之。如諸嶽之祠法，則天下安寧。

【章　旨】本節介紹了中部山系第六條山脈縞羝山，計有平逢山、縞羝山、廆山、瞻諸山、婁涿山、白石山、穀山、密山、長石山、傅山、橐山、常烝山、夸父山、陽華山，一共十四座山，綿延七百九十里。

平逢山有神樣子像人有兩個頭，廆山鴒鸚渾身通紅吃了沒有夢魘，橐山脩辟魚樣子像蛙吃了可以消除白癬，陽華山苦辛果實像瓜酸中帶甜……山嶽高大，六月必須祭祀，典禮隆重天下才會平安……

【注　釋】❶蜂蜜之廬　群蜂包括蜜蜂所棲止的廬舍。蜜，蜜蜂。❷禳　祈禱以消除災難和罪惡。❸麋石櫨丹　麋石，畫眉石。櫨丹，黑丹。❹碧綠　一說即「石綠」，也就是孔雀石。❺旋龜　已見〈南山經〉「杻陽之山」。❻鳴石　磬石之類，似玉，青色，撞擊後產生的聲音可以傳得很遠。❼珚玉　形態未詳。❽蕭　草名，即「蒿」。❾黽　蛙。❿樠　楸樹。⓫玄䃜　黑色砥石。

【語　譯】中部山系第六條山脈縞羝山的開頭是平逢山，南邊可以望見伊水和洛水，東邊可以望見穀城山。山中草木不生，也沒有水，沙石卻很多。有一個神，樣子像人，卻有兩個頭，名叫驕蟲，屬於螫蟲一類。這裡是群蜂所棲息的場所。祭祀山神時要用一隻雄雞，祈禱後放生不殺。

往西十里，就是縞羝山，山中草木不生，多產金、玉。

再往西十里，就是廆山，山中多產瑻玗玉。山北有一條山谷，名叫雚谷，山谷中的樹大多是柳樹和楮樹。山谷中有一種鳥，樣子像山雞，長尾巴，通身紅得像一團丹火，嘴殼是青色的，名叫鴒鸚，牠的名字就是模擬牠的鳴叫聲來命名的，吃了這種山雞可以沒有夢魘。交觴水從山南發源，向南流入洛水；俞隨水從山北發源，向北流入穀水。

再往西三十里，就是瞻諸山，山南多產金，山北多產有花紋的石頭。谢水從這裡發源，流入東南方向的洛水；少水從山北發源，向東流入穀水。

再往西三十里，就是婁涿山，山中沒有草木，多產金、玉。瞻水從山南發源，向東流入洛水；陂水從山北發源，向北流入穀水，水中多產茈石和文石。

再往西四十里，就是白石山。惠水從山南發源，向南流入洛水，水中多產水晶。澗水從山北發源，流入西北方向的穀水，水中多產畫眉石和黑丹。

再往西五十里，就是穀山。山上多產構樹，山下多產桑樹。爽水從這裡發源，流入西北方向的穀水，水中多產孔雀石。

再往西七十二里，就是密山，山南多產玉，山北多產鐵。豪水從這裡發源，向南流入洛水，水中多產旋龜，旋龜的樣子是鳥的頭、鼈的尾巴，聲音好像劈木頭的聲音。此山草木不生。

再往西一百里，就是長石山，山中草木不生，多產金、玉。山的西面有一條山谷，名叫共谷，多產竹子。共水從這裡發源，流入西南方向的洛水，水中多產磬石一類的鳴石。

再往西一百四十里，就是傅山。山中草木不生，多產瑤玉和碧玉。厭染水從山南發源，向南流入洛水，水中多產人魚。山的西面有一片樹林，名叫墦冢，穀水從這裡發源，向東流入洛水，水中多產珚玉。

再往西五十里，就是橐山。樹大多是臭椿樹，還有許多構樹。山南多產金、玉，山北多產鐵和蕭草。橐水從這裡發源，向北流入河水。水中多產脩辟魚，樣子像蛙卻長著白色的尖嘴，聲音像鴟鳥，吃了可以消除白癬。

再往西九十里，就是常烝山，此山草木不生，多產堊土。潐水從這裡發源，流入東北方向的河水，水中多產蒼玉。菑水從這裡發源，向北流入河水。

再往西九十里，就是夸父山，樹大多是棕樹和楠樹，有許多箭竹，獸大多是牸牛和羬羊，鳥大多是赤鷩。山南多產玉，山北多產鐵。山北有一片樹林，名叫桃林，方圓有三百里，樹林中有許多馬。湖水從這裡發源，向北流入河水，水中多產珚玉。

再往西九十里，就是陽華山，山南多產金、玉，山北多產青雄黃，有許多山藥，還有很多苦辛，苦辛的樣子像楸木，結的果實像瓜，味道酸中帶甜，吃了可以治療瘧疾。楊水從這裡發源，流入西南方向的洛水，水中多產人魚。門水從這裡發源，流入東北方向的河水，水中多產黑色砥石。緒姑水從山北發源，向東流入門水，兩岸多產銅。門水發源於河水，流經七百九十里入雒水。

總計縞羝山山脈，從平逢山到陽華山，共有十四座山，歷經七百九十里。高大的山嶽在這其中，每年六月必須祭祀這些山嶽，像祭祀其他高大山嶽的典禮一樣，這樣天下就會安寧。

中次七經苦山之首，曰休與之山。其上有石焉，名曰帝臺之棋，五色而文，其狀如鶉卵。帝臺之石，所以禱百神者也❶，服之不蠱。有草焉，其狀如蓍❷，赤葉而本叢生，名曰夙條，可以為簳❸。

東三百里，曰鼓鍾之山，帝臺之所以觴❹百神也。有草焉，方莖而黃華，員葉而三成❺，其名曰焉酸，可以為毒❻。其上多礪，其下多砥。

又東二百里，曰姑媱之山，帝女死焉，其名曰女尸，化為䔄草，其葉胥成，其華黃，其實如菟丘❼，服之媚于人❽。

又東二十里，曰苦山。有獸焉，名曰山膏，其狀如逐❾，赤如丹火，善詈❿。其上有木焉，名曰黃棘，黃華而員葉，其實如蘭，服之不字⓫。有草焉，員葉而無莖，赤華而不實，名曰無條⓬，服之不癭。

又東二十七里，曰堵山，神天愚居之，是多怪風雨。其上有木焉，名曰天楄，方莖而葵狀，服之不噎⓭。

又東五十二里，曰放皋之山，明水出焉，南流注于伊水，其中多蒼玉。有木焉，其葉如槐，黃華而不實，其名曰蒙木，服之不惑。有獸焉，其狀如蜂，枝尾而反舌，善呼⑭，其名曰文文。

又東五十七里，曰大苦⑮之山，多㻬琈之玉，多麋玉⑯。有草焉，其狀葉如榆，方莖而蒼傷⑰，其名曰牛傷⑱，其根蒼文，服之不厥⑲，可以禦兵。其陽狂水出焉，西南流注于伊水，其中多三足龜，食之無大疾，可以已腫。

又東七十里，曰半石之山，其上有草焉，生而秀⑳，其高丈餘，赤葉黃華，華而不實，其名曰嘉榮，服之者不霆㉑。來需之水出于其陽，而西流注于伊水，其中多鯩魚，黑文，其狀如鮒㉒，食者不睡㉓。合水出于其陰，而北流注于洛，多螣魚，狀如鱖，居逵㉔，蒼文赤尾，食之不癰，可以為瘻㉕。

又東五十里，曰少室之山，百草木成囷㉖。其上有木焉，其名曰帝休，葉狀如楊，其枝五衢㉗，黃華黑實，服之不怒。其上多玉，其下多鐵。休水出焉，而北流注于洛，其中多鯑魚，狀如盩蜼㉘而長距㉙，足白而對㉚，食者無蠱㉛疾，可以禦兵。

又東三十里，曰泰室之山，其上有木焉，葉狀如梨而赤理，其名曰栯木，服者不妒。有草焉，其狀如荣，白華黑實，澤如蘡薁㉜，其名曰䔄草㉝，服之不眯㉞，上多美石。

又北三十里，曰講山，其上多玉，多柘，多柏。有木焉，名曰帝屋，葉狀如椒，反傷㉟赤實，可以禦凶。

又北三十里，曰嬰梁之山，上多蒼玉，錞㊱于玄石。

又東三十里，曰浮戲之山。有木焉，葉狀如樗而赤實，名曰亢木，食之不蠱。汜水出焉，而北流注于河。其東有谷，因名曰蛇谷，上多少辛㊲。

又東四十里，曰少陘之山，有草焉，名曰萮草，葉狀如葵，而赤莖白華，實如蘡薁，食之不愚。器難之水出焉，而北流注于役水。

又東南十里，曰太山。有草焉，名曰梨，其葉狀如荻[38]而赤華，可以已疽。太水出于其陽，而東南流注于役水；承水出于其陰，而東北流注于役。

又東二十里，曰末山，上多赤金。末水出焉，北流注于役。

又東二十五里，曰役山，上多白金，多鐵。役水出焉，北[39]注于河。

又東三十五里，曰敏山。上有木焉，其狀如荊，白華而赤實，名曰葪柏，服之不寒。其陽多㻬琈之玉。

又東三十里，曰大騩之山，其陰多鐵、美玉、青堊。有草焉，其狀如耆而毛，青華而白實，其名曰䓘。服之不夭，可以為腹病。

凡苦山之首，自休與之山至于大騩之山，凡十有九山，千一百八十四里。其十六神者，皆豕身而人面。其祠：毛牷用一羊羞[40]，嬰用一藻玉瘞。苦山、少室、太室皆冢也，其祠之，太牢之具，嬰以吉玉。其神狀皆人面而三首，其餘屬皆豕身人面也。

【章　旨】本節介紹了中部山系第七條山脈苦山，計有休與山、鼓鍾山、姑媱山、苦山、堵山、放皋山、大苦山、半石山、少室山、泰室山、講山、嬰梁山、浮戲山、少陘山、太山、末山、役山、敏山、大騩山，一共十九座山，綿延一千一百八十四里。

休與山有石五色斑斕，鼓鍾山焉酸草可以解毒，姑媱山帝女死後變成䔄草，苦山山膏喜歡罵人樣子像豬，放皋山有獸尾巴分岔舌頭倒反，大苦山牛傷草吃了可以防禦戰亂，少室山帝休果吃了不怒，浮戲山亢木吃了可以防範蠱惑……苦山、少室、太室都是眾山宗主，其他山神長著人面身子像豬……

【注　釋】❶帝臺之石二句　祭祀百神時用此石。❷著　一種蒿草，古人取其莖用來占卜。❸簳　箭桿。❹觴　古代喝酒的器具。此處指宴請。❺三成　重疊三層。❻為毒　解毒。為，治，引申為解除。❼菟丘　菟絲。❽媚于人　受到別人的寵愛。❾逐　即「豚」字。❿善詈　好罵人。⓫字　生育。⓬無條　〈西山經〉「皋塗之山」有「無條」，與此同名異物。⓭𡃖　同「噎」。食物塞住嗓子。⓮善呼　好呼喚。⓯苦　原作「[illegible]」，袁珂從王念孫、郝懿行校改為「苦」。從袁氏校改。⓰麋玉　未詳。一說即「瑂玉」，一種似玉的石頭。⓱蒼傷　青色的刺。⓲牛傷　猶言牛棘。⓳厥　打嗝。⓴生而秀　剛生就抽穗開花。㉑不霆　不懼怕雷霆。㉒鮒　即今之鯽魚。㉓食者不睡　亦作「食之不腄」。㉔逵　水中有穴道潛通的地方。㉕為瘻　治療痔瘻。㉖百草木成囷　意思是草木屯聚如同倉囷。㉗其枝五衢　意思是樹枝交錯，向五方伸展。㉘蟄蜼　一種像長尾巴獼猴的獸。㉙距　雞的足爪。㉚對　足趾相對。㉛蠱　疑惑。㉜蘡薁　山葡萄。㉝䔄草　與上文「姑媱之山」中䔄草同名異實。㉞不眯　不受夢魘。㉟反傷　倒生的刺。㊱錞　蹲，引申為依附。㊲少辛　即「細辛」，草名，可入藥。又名「小辛」。㊳荻　蒿草的一種。㊴北　當脫「流」字。㊵毛牷用一羊羞　用一隻純色的羊作為供神享用的美食。

【語 譯】中部山系第七條山脈苦山的開頭是休輿山。山上有一種石頭，名叫帝臺棋，五色斑斕，還有斑紋，樣子像鵪鶉蛋。帝臺的石頭是用來祈禱天神的，把它佩帶在身上可以不受毒蟲的侵害。有一種草，樣子像蓍草，紅色的葉子，莖幹是一叢叢地長在一起的，名叫夙條，可以用來做箭桿。

往東三百里，就是鼓鍾山，是帝臺大宴百神的地方。有一種草，方方的莖幹，開黃花，圓圓的葉子，分三層重疊，名叫焉酸，可以用來解毒。山上多產礪石，山下多產砥石。

再往東二百里，就是姑媱山，天帝的女兒死在這裡，她的名字叫女尸。女尸死後變成䔄草，這種草的葉子層層重疊，開的花是黃的，結的果實像菟絲的果實，吃了可以取媚於人。

再往東二十里，就是苦山。有一種獸，名叫山膏，樣子像小豬，紅得像丹火，喜歡罵人。山上有一種樹，名叫黃棘，開黃花，圓圓的葉子，果實像蘭草的果實，吃了就不會生育。有一種草，圓圓的葉子，沒有莖幹，開紅花，不結果，名叫無條，吃了可以不長癭瘤。

再往東二十七里，就是堵山，神天愚居住在這裡。這裡常有怪風怪雨。山上有一種樹，名叫天楄，方的莖幹，樣子像葵，吃了可以不被食物噎住。

再往東五十二里，就是放皋山，明水從這裡發源，向南流入伊水，水中多產蒼玉。有一種樹，葉子像槐樹的葉子，開黃花，不結果，名字叫蒙木，吃了可以不受蠱惑。有一種獸，樣子像蜂，尾巴分岔，舌頭倒反，喜歡呼喊，名叫文文。

再往東五十七里，就是大苦山，山中多產㻬琈玉，還多產一種似玉的石頭琩玉。有一種草，葉子像榆樹的葉子，方方的莖，有青色的刺，名叫牛傷，這種草的根有青色的斑紋，吃了可以不打嗝，還可以防禦戰亂。狂水發源於山南，流入西南方向的伊水，水中多產三足龜，吃了這種龜就不會生大病，還可以消腫。

再往東七十里，就是半石山，山上有一種草，剛生長出來就吐穗開花，高達一丈多，紅葉子，黃色的花，只開花不結果，名叫嘉榮，吃了可以不怕打雷。來需水從山南發源，向西流入伊水，水中多產鯩魚，這種魚身上有黑色斑紋，樣子像鯽魚，吃了這種魚就不覺得睏。合水從山北發源，向北流入洛水，水中多產鰧魚，這種魚樣子像鱖魚，居住在水中有洞穴暗通的地方，身上有青色斑紋，尾巴是紅色的，吃了可以不患癰腫，還可以治療痔瘻。

再往東五十里，就是少室山，山中草木茂盛得像個倉囷。山上有一種樹，名叫帝休，葉子像楊樹的葉子，樹枝交錯四處伸展，開黃花，結黑果，吃了可以不發怒。山上多產玉，山下多產鐵。休水從這裡發源，向北流入洛水，水中多產鯑魚，這種魚的樣子像盩蜼，卻有長長的雞爪，足爪是白色的，足趾相對，吃了可以不受妖邪之氣的蠱惑，還可以防禦戰亂。

再往東三十里，就是泰室山，山上有一種樹，葉子像梨樹的葉子，葉子上有紅色的葉脈，名叫栯木，吃了可以不嫉妒。有一種草，樣子像荣，開白花，結黑果，色澤像山葡萄，名叫䔄草，吃了可以沒有夢魘。山上多產美麗的石頭。

再往北三十里，就是講山，山上多產玉，還多產柘樹、柏樹。有一種樹，名叫帝屋，葉子像花椒葉，長著倒刺，結紅色果實，可以用來防禦凶邪。

再往北三十里，就是嬰梁山，山上多產蒼玉，附著在黑色的石頭上。

再往東三十里，就是浮戲山。有一種樹，葉子像臭椿樹，果實是紅的，名叫亢木，吃了不受蠱惑。汜水從這裡發源，向北流入河水。山的東面有一條山谷，因為山谷裡有很多蛇，所以名叫蛇谷。山上多產名叫少辛的藥材。

再往東四十里，就是少陘山，有一種草，名叫䔄草，葉子像葵，莖幹是紅色的，開白花，果實像山葡萄，吃了可以不愚蠢。器難水從這裡發源，向北流入役水。

再往東南十里，就是太山。有一種草，名叫梨，葉子像荻草，開紅花，可以治療癰疽。太水從山南發源，流入東南方向的役水；承水從山北發源，流入東北方向的役水。

再往東二十里，就是末山，山上多產純金。末水從這裡發源，向北流入役水。

再往東二十五里，就是役山，山上多產白金，多產鐵。役水從這裡發源，向北流入河水。

再往東三十五里，就是敏山。山上有一種樹，樣子像牡荊，開白花，結紅果，名叫葪柏，吃了可以不怕寒冷。山南多產㻬琈玉。

再往東三十里，就是大騩山，山北多產鐵、美玉和青堊。有一種草，樣子像蓍草，卻長著毛，開青色的花，結白色的果，名叫蒗。吃了可以長壽，還可以治療腸胃病。

總計苦山山脈，從休與山到大騩山，共有十九座山，綿延一千一百八十四里。這當中有十六個神，都是豬的身子、人的面孔。祭祀他們的典禮，毛物要用一隻羊來獻祭，祭祀用的玉要用一塊藻玉，埋在地裡。苦山、少室、太室這三座山都是眾山的宗主，祭祀要用豬、羊、牛具備的太牢之禮，還要用吉玉環繞陳列。這三個山神都是人的面孔、三個頭，其他山神都是豬的身子、人的面孔。

中次八經荊山之首，曰景山，其上多金玉，其木多杼、檀，雎水出焉，東南流注于江，其中多丹粟，多文魚。

東北百里，曰荊山。其陰多鐵，其陽多赤金；其中多犛牛❶，多豹虎；其木多松柏，其草多竹，多橘櫾❷。漳水出焉，而東南流注于雎，其中多黃金，多鮫魚❸；其獸多閭麋。

又東北百五十里，曰驕山，其上多玉，其下多青雘，其木多松柏，多桃枝鉤端❹。神鼉圍處之，其狀如人面，羊角虎爪，恆遊于雎漳之淵，出入有光。

又東北百二十里，曰女几之山。其上多玉，其下多黃金，其獸多豹虎，多閭麋麖麂，其鳥多白鷮，多翟，多鴆❺。

又東北二百里，曰宜諸之山，其上多金玉，其下多青雘。洈水出焉，而南流注于漳，其中多白玉。

又東北二百里，曰綸山，其木多梓柟，多桃枝，多柤❻栗橘櫾，其獸多閭麈麢㚟❼。

又東二百里，曰陸郈之山，其上多㻬琈之玉，其下多堊，其木多杻橿。

又東百三十里，曰光山，其上多碧，其下多水。神計蒙處之，其狀人身而龍首，恒遊于漳淵，出入必有飄風暴雨。

又東百五十里，曰岐山。其陽多赤金，其陰多白瑉❽；其上多金玉，其下多青雘，其木多樗。神涉䖶處之，其狀人身而方面三足。

又東百三十里，曰銅山，其上多金銀鐵，其木多穀柞柤栗橘櫾，其獸多犳❾。

又東北一百里，曰美山，其獸多兕牛，多閭麈，多豕鹿；其上多金，其下多青雘。

又東北百里，曰大堯之山，其木多松柏，多梓桑，多机❿，其草多竹，其獸多豹虎麢㚟。

又東北三百里，曰靈山，其上多金玉，其下多青雘。其木多桃李梅杏。

又東北七十里，曰龍山，上多寓木，其上多碧，其下多赤錫，其草多桃枝鉤端。

又東南五十里，曰衡山，上多寓木⓫穀柞，多黃堊白堊。

又東南七十里，曰石山，其上多金，其下多青雘，多寓木。

又南百二十里，曰若山。其上多㻂琈之玉，多赭，多封石⓬，多寓木，多柘。

又東南一百二十里，曰彘山，多美石，多柘。

又東南一百五十里，曰玉山，其上多金玉，其下多碧、鐵，其木多柏。

又東南七十里，曰讙山，其木多檀，多封石，多白錫。郁水出于其上，潛于其下，其中多砥礪。

又東北百五十里，曰仁舉之山，其木多穀柞，其陽多赤金，其陰多赭。

又東五十里，曰師每之山。其陽多砥礪，其陰多青雘；其木多柏，多檀，多柘，其草多竹。

又東南二百里，曰琴鼓之山，其木多穀柞椒柘，其上多白珉，其下多洗石⑬。其獸多豕鹿，多白犀，其鳥多鴆。

凡荊山之首，自景山至琴鼓之山，凡二十三山，二千八百九十里。其神狀皆鳥身而人面。其祠：用一雄雞祈瘞，用一藻圭，糈用稌。驕山，冢也，其祠：用羞酒少牢祈瘞，嬰用一璧。

【章旨】本節介紹了中部山系第八條山脈荊山，計有景山、荊山、驕山、女几山、宜諸山、綸山、陸郈山、光山、岐山、銅山、美山、大堯山、靈山、龍山、衡山、石山、若山、彘山、玉山、讙山、仁舉山、師每山、琴鼓山，一共二十三座山，綿延二千八百九十里。

荊山有犛牛漳水有鯊魚，女几山多白鷮還有鴆鳥和野雞，宜諸山多金玉洈水多白玉，光山多碧玉計蒙神出入有風雨，美山多兕牛還有許多山驢，琴鼓山多白瑨還有許多白犀……山神都是鳥身人面祭祀要用雄雞，驕山是宗主祭祀用玉是一塊璧……

【注　釋】❶犛牛　一種牦牛。❷橪　即「柚」。❸鮫魚　即今之鯊魚。❹桃枝鉤端　參見〈西山經〉「嶓塚之山」。❺鴆　傳說中的一種毒鳥，把這種鳥的羽毛放在酒裡可以毒殺人。❻柤　山楂樹。❼閭麈麢臭　閭，山驢。麈，駝鹿。麢，羚羊。臭，一種獸，形似兔而足像鹿。❽瑨　同「珉」。像玉的石頭。❾犳　一種有豹子一樣的斑紋的獸。❿机　即「榿樹」。已見上文〈北山經〉「單狐之山」。⓫寓木　一種名叫「宛童」的寄生樹。⓬封石　一作「邽石」。一種可入藥的石頭。⓭洗石　可用作洗滌、去污垢的石頭。已見上文〈西山經〉「錢來之山」。

【語　譯】中部山系第八條山脈荊山的開頭是景山，山上多產金、玉，樹大多是杼樹和檀樹。雎水從這裡發源，流入東南方向的江水，水中多產粟粒一樣的細丹沙，還多產有斑紋的魚。

往東北一百里，就是荊山，山北多產鐵，山南多產純金，山中有許多犛牛，還有許多豹子和老虎，樹大多是松樹和柏樹，草大多是竹，還有許多橘樹和柚子樹。漳水從這裡發源，流入東南方向的雎水，水中多產黃金，還有許多鯊魚。獸大多是山驢和麋。

再往東北一百五十里，就是驕山，山上多產玉，山下多產青雘，樹大多是松樹和柏樹，還有許多桃枝竹、鉤端竹。神鼉圍居住在這裡，牠有人的面孔、羊的角和老虎的爪子，常常在雎水、漳水的深淵中遊玩，出入水面時閃閃有光。

再往東北一百二十里，就是女几山，山上多產玉，山下多產黃金，獸大多是豹子和老虎，還有許多山驢、麋、麖、麂子，鳥大多是白鷮，還有許多野雞和鴆鳥。

再往東北二百里，就是宜諸山，山上多產金、玉，山下多產青雘。洈水從這裡發源，向南流入漳水，水中多產白玉。

再往東北二百里，就是綸山，山上的樹大多是梓樹和楠樹，有許多桃枝竹，還有許多山楂樹、栗樹、橘樹和柚樹，獸大多是山驢、駝鹿、羚羊和一種形似兔而足像鹿的㚟。

再往東二百里，就是陸郈山，山上多產瑤琈玉，山下多產堊土，樹大多是杻樹和橿樹。

再往東一百三十里，就是光山，山上多產碧玉，山下有許多水。神計蒙居住在這裡，牠的樣子是人的身子、龍頭，常常在漳水的深淵中遊玩，出入水面時必有飄風和暴雨相伴隨。

再往東一百五十里，就是岐山，山南多產純金，山北多產像玉的石頭白珉，山上多產金和玉，山下多產青雘，樹大多是臭椿樹。神涉𧈅居住在這裡，牠的樣子是人的身子，臉是方方的，有三隻足。

再往東一百三十里，就是銅山，山上多產金、銀、鐵，樹大多是構樹、柞樹、山楂樹、栗樹、橘樹和柚樹，獸大多是一種有豹子一樣的斑紋的犳。

再往東北一百里，就是美山，獸大多是兕和野牛，還有許多山驢、駝鹿、野豬和鹿。山上多產金，山下多產青雘。

再往東北一百里，就是大堯山，樹大多是松樹和柏樹，還有許多梓樹、桑樹、榿樹。有許多竹子，獸大多是豹子、老虎、羚羊和一種形似兔而足像鹿的㚟。

再往東北三百里，就是靈山，山上多產金、玉，山下多產青雘。樹大多是桃樹、李樹、梅樹和杏樹。

再往東北七十里，就是龍山，山中有許多名叫宛童的寄生樹。山上多產碧玉，山下多產純錫；草大多是桃枝竹和鉤端竹。

再往東南五十里，就是衡山，山上有許多名叫宛童的寄生樹、構樹和柞樹，多產黃堊和白堊。

再往東南七十里，就是石山，山上多產金，山下多產青雘，有許多名叫宛童的寄生樹。

再往南一百二十里，就是若山，山上多產㻬琈玉，多產赭土和一種可入藥的封石，有許多名叫宛童的寄生樹，還有許多柘樹。

再往東南一百二十里，就是彘山，山中多產美石，有許多柘樹。

再往東南一百五十里，就是玉山，山上多產金、玉，山下多產碧玉和鐵，樹大多是柏樹。

再往東南七十里，就是讙山，樹大多是檀樹，有許多可入藥的封石，還多產白錫。郁水從山上發源，潛流到山下，水中多產砥石和礪石。

再往東北一百五十里，就是仁舉山，樹大多是構樹和柞樹，山南多產純金，山北多產赭土。

再往東五十里，就是師每山，山南多產砥石和礪石，山北多產青雘，樹大多是柏樹、檀樹、柘樹，有許多竹子。

再往東南二百里，就是琴鼓山，樹大多是構樹、柞樹、椒樹和柘樹，山上多產似玉的石頭白珉，山下有許多可用作洗滌、去污垢的洗石。獸大多是野豬和鹿，還有許多白犀，鳥大多是鴆鳥。

總計荊山山脈，從景山到琴鼓山，共有二十三座山，綿延二千八百九十里。山神的樣子都是鳥的身子、人的面孔。祭祀他們的典禮，要用一隻雄雞祈禱後埋在地裡，還要用一塊藻圭。祭神用的精米是稌米。驕山是眾山的宗主，祭祀時要用酒食進獻，還要用具有豬、羊的少牢，祈禱後埋在地裡，祭祀用的玉是一塊璧。

中次九經岷山之首，曰女几之山，其上多石涅，其木多杻橿，其草多菊荒。洛水出焉，東❶注于江，其中多雄黃，其獸多虎豹。

又東北三百里，曰岷山，江水出焉，東北流注于海，其中多良龜，多鼉❷。其上多金玉，其下多白珉，其木多梅棠，其獸多犀象，多夔牛❸，其鳥多翰鷩❹。

又東北一百四十里，曰崍山，江水出焉，東流注于大江。其陽多黃金，其陰多麋麈，其木多檀柘，其草多䪥韭，多葯❺、空奪❻。

又東一百五十里，曰崌山，江水出焉，東流注于大江，其中多怪蛇，多䲃魚；其木多楢杻，多梅梓；其獸多夔牛麢㚟犀兕。有鳥焉，狀如鴞而赤身白首，其名曰竊脂，可以禦火。

又東三百里，曰高梁之山，其上多堊，其下多砥礪，其木多桃枝鉤端。有草焉，狀如葵而赤華、莢實、白柎，可以走馬❼。

又東四百里，曰蛇山，其上多黃金，其下多堊；其木多栒，多橡章，其草多嘉榮、少辛。有獸焉，其狀如狐，而白尾長耳，名狏狼，見則國內有兵。

又東五百里，曰鬲山，其陽多金，其陰多白珉。蒲鸏之水出焉，而東流注于江，其中多白玉。其獸多犀象熊羆，多猨蜼❽。

又東北三百里，曰隅陽之山，其上多金玉，其下多青雘，其木多梓桑，其草多茈。徐之水出焉，東流注于江，其中多丹粟。

又東二百五十里，曰岐山，其上多白金，其下多鐵；其木多梅梓，多杻橿。減水出焉，東南流注于江。

又東三百里，曰勾檷之山，其上多玉，其下多黃金，其木多櫟柘，其草多芍藥。

又東一百五十里，曰風雨之山，其上多白金，其下多石涅；其木多棷樿，多楊。宣余之水出焉，東流注于江，其中多蛇。其獸多閭麋，多麈豹虎，其鳥多白鷮。

又東北二百里，曰玉山，其陽多銅，其陰多赤金，其木多豫章楢杻，其獸多豕鹿麢㚟，其鳥多鴆。

又東一百五十里，曰熊山。有穴焉，熊之穴，恒出神人，夏啓而冬閉。是穴也，冬啓乃必有兵。其上多白玉，其下多白金，其木多樗柳，其草多寇脫。

又東一百四十里，曰騩山，其陽多美玉赤金，其陰多鐵，其木多桃枝荊芑。

又東二百里，曰葛山，其上多赤金，其下多瑊石❾；其木多柤❿栗橘櫾楢杻，其獸多麢㚟，其草多嘉榮。

又東一百七十里，曰賈超之山，其陽多黃堊，其陰多美赭；其木多柤栗橘櫾，其中多龍脩⓫。

凡岷山之首，自女几山至于賈超之山，凡十六山，三千五百里。其神狀皆馬身而龍首。其祠：毛用一雄雞祈瘞，糈用稌。文山、勾檷、風雨、䮃之山，是皆冢也，其祠之：羞酒，少牢具，嬰用一吉玉。熊山，帝也，其祠：羞酒，太牢具，嬰用一璧。干儛，用兵以禳⑫；祈，璆冕舞⑬。

【章旨】本節介紹了中部山系第九條山脈岷山，計有女几山、岷山、崍山、崌山、高梁山、蛇山、鬲山、隅陽山、岐山、勾檷山、風雨山、玉山、熊山、䮃山、葛山、賈超山，一共十六座山，綿延三千五百里。

女几山多產石涅還有許多豹子和老虎，崍山有山薤、山韭還有白芷和寇脫，崌山有夔牛還有竊脂可防火，蛇山多黃金狏狼長著白尾巴長耳朵，風雨山有白鷮還有山驢和麋鹿，熊山熊洞有神人山草大多是寇脫……山神都是馬身龍頭祭祀要用毛物，熊山是首領禳災祈福須有干儛……

【注釋】❶東 此處脫「流」字。❷鼉 鼉龍，俗稱豬婆龍，即「揚子鱷」。❸夔牛 一種大牛，體重達數千斤。❹翰鷩 白翰、赤鷩。❺葯 白芷。❻空奪 寇脫。❼走馬 使馬快跑。❽猨蜼 猿猴、長尾猴。❾瑊

石　石質次於玉的一種石頭。❿柤　山楂樹。⓫龍脩　龍鬚草。⓬干儛二句　手持盾斧舞蹈以驅妖逐邪。禳，禳災。⓭祈二句　如果祈福，就穿袍戴帽，手持璆一類的美玉舞蹈。祈，祈福。璆，一種美玉。

【語　譯】中部山系第九條山脈岷山的開頭是女几山，山上多產石涅，樹大多是杻樹和橿樹，草大多是菊和茦。洛水從這裡發源，向東流入江水，水中多產雄黃，獸大多是老虎和豹子。

再往東北三百里，就是岷山，江水從這裡發源，流入東北方向的大海，水中有許多品種優良的龜，還有許多俗稱豬婆龍的揚子鱷。山上多產金、玉，山下多產白珉，樹大多是梅樹和棠梨樹，獸大多是犀牛和象，還有許多夔牛，鳥大多是白翰和赤鷩。

再往東北一百四十里，就是崍山，江水從這裡發源，向東流入大江。山南多產黃金，山北多產麋和駝鹿，樹大多是檀樹和柘樹，草大多是山薤和山韭，還有許多白芷和寇脫。

再往東一百五十里，就是崌山，江水從這裡發源，向東流入大江，水中有許多怪蛇，還有許多鰲魚。樹大多是楢樹和杻樹，還有許多梅樹和梓樹，獸大多是夔牛、羚羊、臭、犀和兕。有一種鳥，樣子像鴞，卻是紅身子，白色的頭，名叫竊脂，可以防禦火災。

再往東三百里，就是高梁山，山上多產堊土，山下有許多砥石和礪石，草木大多是桃枝竹和鉤端竹。有一種草，樣子像葵，開紅花，結莢果，花萼是白的，餵馬可以使馬快跑。

再往東四百里，就是蛇山，山上多產黃金，山下多產堊土，樹大多是栒樹，還有許多橡章樹，草大多是嘉榮草和少辛草。有一種獸，樣子像狐狸，白尾巴，長耳朵，名叫狏狼，牠一出現國內就有戰爭。

再往東五百里，就是鬲山，山南多產金，山北多產似玉的石頭白珉。蒲鸛水從這裡發源，向東流入江水，水中多產白玉。獸大多是犀牛、大象、熊和羆，還有許多猿猴和長尾巴獼猴。

再往東北三百里，就是隅陽山，山上多產金、玉，山下多產青雘，樹大多是梓樹和桑樹，草大多是茈草。徐水從這裡發源，向東流入江水，水中多產粟粒一樣的細丹沙。

再往東二百五十里，就是岐山，山上多產白金，山下多產鐵，樹大多是梅樹和梓樹，還有許多杻樹和楢樹。減水從這裡發源，流入東南方向的江水。

再往東三百里，就是勾檷山，山上多產玉，山下多產黃金，樹大多是櫟樹和柘樹，草大多是芍藥。

再往東一百五十里，就是風雨山，山上多產白金，山下多產石涅，樹大多是椒樹和樿樹，還有許多楊樹。宣余水從這裡發源，向東流入江水，水中有許多蛇。獸大多是山驢和麋，還有許多駝鹿、豹子和老虎，鳥大多是白鷮。

再往東北二百里，就是玉山，山南多產銅，山北多產純金，樹大多是豫章樹、楢樹和杻樹，獸大多是野豬、鹿、羚羊和臭，鳥大多是鴆鳥。

再往東一百五十里，就是熊山。山中有一個洞穴，那是熊的洞穴，常常有神人出現。這個洞穴夏天開啟，冬天關閉；這個洞穴，如果冬天開啟就一定會有戰爭。山上多產白玉，山下多產白金，樹大多是臭椿樹和柳樹，草大多是寇脫。

再往東一百四十里，就是騩山，山南多產美玉、純金，山北多產鐵，多產桃枝竹、牡荊和枸杞樹。

再往東二百里，就是葛山，山上多產赤金，山下多產石質次於玉的瑊石，樹大多是山楂樹、栗樹、橘樹、柚樹、楢樹和杻樹，獸大多是羚羊和㚟，草大多是嘉榮草。

再往東一百七十里，就是賈超山，山南多產黃堊，山北多產優質赭土，樹大多是山楂樹、栗樹、橘樹和柚樹，還有許多龍鬚草。

總括岷山山脈，從女几山到賈超山，共有十六座山，綿延三千五百里。山神都是馬的身子、龍的頭。祭祀他們的典禮，毛物要用一隻雄雞祈禱後埋在地裡，祭祀用的精米要用稌米。文山、勾檷、風雨、騩山，這些山都是眾山的宗主，祭祀時要用酒進獻，還要用豬、羊齊備的少牢祭禮，祭祀時還要用一塊吉玉。熊山是眾山的首領，祭祀時要用酒食進獻，還需用豬、牛、羊齊備的太牢祭禮，祭祀用的玉用一塊璧。如果想要禳災，就要用持盾斧的干儛來驅逐妖邪；如果想祈求福祉，就要穿袍戴帽，手持璆一類的美玉來舞蹈。

中次十經之首，曰首陽之山，其上多金玉，無草木。

又西五十里，曰虎尾之山，其木多椒椐，多封石；其陽多赤金，其陰多鐵。

又西南五十里，曰繁繢之山，其木多楢杻，其草多枝勾❶。

又西南二十里，曰勇石之山，無草木，多白金，多水。

又西二十里，曰復州之山，其木多檀，其陽多黃金。有鳥焉，其狀如鴞，而一足彘尾，其名曰跂踵，見則其國大疫。

又西三十里，曰楮山，多寓木，多椒椐，多柘，多堊。

又西二十里，曰又原之山，其陽多青雘，其陰多鐵，其鳥多鸜鵒❷。

又西五十里，曰涿山，其木多穀柞杻，其陽多㻬琈之玉。

又西七十里，曰丙山，其木多梓檀，多弞杻❸。

凡首陽山之首，自首山❹至于丙山，凡九山，二百六十七里。其神狀皆龍身而人面。其祠之：毛用一雄雞瘞，糈用五種之糈。堵山❺，冢也，其祠之：少牢具，羞酒祠，嬰用一璧瘞。騩山，帝也，其祠：羞酒，太牢具，合巫祝二人儛❻，嬰一璧。

【章旨】本節介紹了中部山系第十條山脈，計有首陽山、虎尾山、繁繢山、勇石山、復州山、楮山、又原山、涿山、丙山，一共九座山，綿延二百六十七里。

首陽山多產金玉沒有草木，虎尾山有封石還有花椒和椐樹，繁繢山有楢樹、杻樹還有桃枝竹、鉤端竹，復州山有獸名跂踵只有一隻足，楮山有花椒、椐樹、柘樹還多產堊土，丙山特產是一種長而直的弞杻樹……山神都是龍身人面祭祀要埋毛物，祭祀騩山巫師、祝師要跳舞……

【注釋】❶枝勾　桃枝竹、鉤端竹。❷鸜鵒　又作「鴝鵒」，俗稱八哥。❸弞杻　弞杻樹，與一般杻樹不同，一般的杻樹矮而彎曲。弞，不詳。一說是古矧字，「長」義。❹首山　即「首陽山」。❺堵山　即「楮山」。❻合巫祝二人儛　讓巫師和祝師二人在一起跳舞。

【語譯】中部山系第十條山脈的開頭是首陽山，山上多產金、玉，沒有草木。

再往西五十里，就是虎尾山，樹大多是花椒樹和椐樹，有許多封石，山南多產純金，山北多產鐵。

再往西南五十里，就是繁繢山，樹大多是楢樹和杻樹，草大多是桃枝竹和鉤端竹。

再往西南二十里，就是勇石山，山中草木不生，多產白金，有許多水。

再往西二十里，就是復州山，樹大多是檀樹，山南多產黃金。有一種鳥，樣子像鴞，只有一隻足，長著豬的尾巴，名叫跂踵，牠一出現那個國家就會發生大瘟疫。

再往西三十里，就是楮山，山中有許多名叫宛童的寄生樹，還有許多花椒樹和椐樹，柘樹也很多，還多產堊土。

再往西二十里，就是又原山，山南多產青雘，山北多產鐵，鳥大多是俗稱八哥的鸜鵒鳥。

再往西五十里，就是涿山，樹大多是構樹、柞樹和杻樹，山南多產瑤琈玉。

再往西七十里，就是丙山，樹大多是梓樹和檀樹，還特產一種長而直的弞杻樹。

總括首陽山山脈，從首陽山到丙山，共有九座山，綿延二百六十七里。山神的樣子都是龍的身子、人的面孔。祭祀他們的典禮，毛物要用一隻雄雞埋在地裡，祭祀用的精米要用黍、稷、稻、粱、麥五種穀米。堵山是眾山的宗主，祭祀時要用豬、羊齊備的少牢祭禮，獻上清酒，祭祀時要把一塊璧埋在地裡。騩山是眾山的首領，祭祀時要用酒食進獻，用豬、羊、牛齊備的太牢祭禮，讓巫師和祝師在神的面前跳舞，祭祀用的玉是一塊璧。

中次一十一經荊山之首，曰翼望之山。湍水出焉，東流注于濟；貺水出焉，東南流注于漢，其中多蛟❶。其上多松柏，其下多漆梓，其陽多赤金，其陰多珉。

又東北一百五十里，曰朝歌之山。潕水出焉，東南流注于滎，其中多人魚。其上多梓枏，其獸多麢麋。有草焉，名曰莽草，可以毒魚。

又東南二百里，曰帝囷之山，其陽多瑤琈之玉，其陰多鐵。帝囷之水出于其上，潛于其下，多鳴蛇❷。

又東南五十里，曰視山，其上多韭。有井焉，名曰天井，夏有水，冬竭。其上多桑，多美堊金玉。

又東南二百里，曰前山。其木多櫧，多柏；其陽多金，其陰多赭。

又東南三百里，曰豐山。有獸焉，其狀如猨，赤目、赤喙、黃身，名曰雍和，見則國有大恐。神耕父處之，常遊清泠之淵，出入有光，見則其國為敗。有九鍾焉，是知霜鳴。其上多金，其下多穀柞杻橿。

又東北八百里，曰兔牀之山，其陽多鐵，其木多櫧芧❸，其草多雞穀，其本如雞卵，其味酸甘，食者利于人。

又東六十里，曰皮山，多堊，多赭，其木多松柏。

又東六十里，曰瑤碧之山，其木多梓枏；其陰多青雘，其陽多白金。有鳥焉，其狀如雉，恒食蜚❹，名曰鴆❺。

又東四十里，曰支離之山。濟水出焉，南流注于漢。有鳥焉，其名曰嬰勺，其狀如鵲，赤目、赤喙、白身；其尾若勺❻，其鳴自呼。多柞牛，多羬羊。

又東北五十里，曰袟篙之山，其上多松柏机桓。

又西北一百里，曰堇理之山。其上多松柏，多美梓；其陰多丹雘，多金；其獸多豹虎。有鳥焉，其狀如鵲，青身白喙，白目白尾，名曰青耕，可以禦疫，其鳴自叫。

又東南三十里，曰依軲之山，其上多杻橿，多苴。有獸焉，其狀如犬，虎爪有甲，其名曰獜，善駚坌❼，食者不風❽。

又東南三十五里，曰即谷之山，多美玉，多玄豹，多閭麈，多麢臭，其陽多珉，其陰多青雘。

又東南四十里，曰雞山，其上多美梓，多桑，其草多韭。

又東南五十里，曰高前之山，其上多水焉，甚寒而清，帝臺之漿也，飲之者不心痛。其上有金，其下有赭。

又東南三十里，曰游戲之山，多杻橿穀，多玉，多封石。

又東南三十五里，曰從山，其上多松柏，其下多竹。從水出于其上，潛于其下，其中多三足鼈，枝尾❾，食之無蠱疾。

又東南三十里，曰嬰硜之山，其上多松柏，其下多梓櫄❿。

又東南三十里，曰畢山。帝苑之水出焉，東北流注于視，其中多水玉，多蛟。其上多㻬琈之玉。

又東南二十里，曰樂馬之山。有獸焉，其狀如彙⓫，赤如丹火，其名曰㺊，見則其國大疫。

又東南二十五里，曰葴山。視水出焉，東南流注于汝水，其中多人魚，多蛟，多頡⓬。

又東四十里，曰嬰山。其下多青雘，其上多金玉。

又東三十里，曰虎首之山。多苴椆椐⓭。

又東二十里，曰嬰侯之山。其上多封石，其下多赤錫。

又東五十里，曰大孰之山。殺水出焉，東北流注于視水，其中多白堊。

又東四十里，曰卑山。其上多桃李苴梓，多纍[14]。

又東三十里，曰倚帝之山。其上多玉，其下多金。有獸焉，狀如鼣鼠，白耳白喙，名曰狙如，見則其國有大兵。

又東三十里，曰鯢山。鯢水出于其上，潛于其下，其中多美堊。其上多金，其下多青雘。

又東三十里，曰雅山。澧水出焉，東流注于視水，其中多大魚。其上多美桑，其下多苴，多赤金。

又東五十五里，曰宣山。淪水出焉，東南流注于視水，其中多蛟。其上有桑焉，大五十尺，其枝四衢，其葉大尺餘，赤理黃華青柎，名曰帝女之桑。

又東四十五里，曰衡山。其上多青雘，多桑；其鳥多鸜鵒。

又東四十里，曰豐山。其上多封石，其木多桑，多羊桃，狀如桃而方莖，可以為皮張⑮。

又東七十里，曰嫗山，其上多美玉，其下多金，其草多雞穀。

又東三十里，曰鮮山。其木多楢杻苴，其草多虋冬，其陽多金，其陰多鐵。有獸焉，其狀如膜犬⑯，赤喙、赤目、白尾，見則其邑有火，名曰移即。

又東三十里，曰章山，其陽多金，其陰多美石。皋水出焉，東流注于豐水，其中多脃石⑰。

又東二十五里，曰大支之山，其陽多金，其木多穀柞，無草。

又東五十里，曰區吳之山，其木多苴。

又東五十里，曰聲匈之山。其木多穀，多玉，上多封石。

又東五十里，曰大騩之山⑱，其陽多赤金，其陰多砥石。

又東十里，曰踵臼之山，無草木。

又東北七十里，曰歷石之山，其木多荊芑，其陽多黃金，其陰多砥石。有獸焉，其狀如貍而白首虎爪，名曰梁渠，見則其國有大兵。

又東南一百里，曰求山。求水出于其上，潛于其下，中有美赭。其木多苴，多䈽⑲。其陽多金，其陰多鐵。

又東二百里，曰丑陽之山，其上多椆椐。有鳥焉，其狀如烏而赤足，名曰䲃鵌，可以禦火。

又東三百里，曰奧山，其上多柏杻橿，其陽多㻬琈之玉。奧水出焉，東流注于視水。

又東三十五里，曰服山。其木多苴，其上多封石，其下多赤錫。

又東百十里，曰杳山，其上多嘉榮草，多金玉。

又東三百五十里，曰几山，其木多楢檀杻，其草多香。有獸焉，其狀如彘，黃身、白頭、白尾，名曰聞獜，見則天下大風。

凡荊山之首，自翼望之山至于几山，凡四十八山，三千七百三十二里。其神狀皆彘身人首。其祠：毛用一雄雞祈，瘞用一珪，糈用五種之精。禾山⑳，帝也，其祠：太牢之具，羞瘞倒毛㉑，用一璧，牛無常㉒。堵山、玉山㉓，冢也，皆倒祠㉔，羞用少牢，嬰用吉玉。

【章旨】本節介紹了中部山系第十一條山脈荊山，計有翼望山、朝歌山、帝囷山、視山、前山、豐山、免牀山、皮山、瑤碧山、支離山、祑篙山、堇理山、依軲山、即谷山、雞山、高前山、游戲山、從山、嬰硜山、畢山、樂馬山、葴山、嬰山、虎首山、嬰侯山、大孰山、卑山、倚帝山、鯢山、雅山、宣山、衡山、豐山、嫗山、鮮山、章山、大支山、區吳山、聲匈山、大騩山、踵臼山、歷石山、求山、丑陽山、奧山、服山、杳山、几山，一共四十八座山，綿延三千七百三十二里。

朝歌山潕水發源有許多人魚，視山有堊土還有金玉；豐山有九口大鐘遇霜就會鳴響，免牀山雞穀草根莖好像雞蛋；依軲山獜獸有鱗甲吃了防止風痹，即谷山有黑豹還有許多山驢；高前山有寒水喝了不患心痛病，從山三足鼈尾巴分岔吃了不疑心；樂馬山⿰犭戾獸一出現就有大瘟疫，嬰侯山山上產封石山下產純錫；鮮山有怪獸名字叫⿰犭多即，歷石山有梁渠白首虎爪樣子像貍……山神都是豬身人頭，祭祀要用五種精米；堵山、玉山都是宗主，獻祭要用吉玉。

【注　釋】❶蛟　形狀像蛇，有四隻足，小頭細頸，大者有十數圍粗，吃人。❷鳴蛇　已見中次二山「鮮山」。❸芧　小栗樹。❹蜚　臭蟲。❺鴆　此鴆與一般食蛇之鴆不同。❻勺　勺子。❼駃跇　跳躍撲騰。❽不風　不畏天風。❾枝尾　分岔的尾巴。❿櫄　即「椿樹」，常用於做車轅。⓫彙　刺蝟。⓬頡　樣子像黑狗的水獸，一說就是水獺。⓭苴椆椐　苴，柤梨樹。椆，一種耐寒、耐冬的樹。椐，可用來做拐杖的樹。⓮櫐　紫藤樹。⓯為皮張　消除皮膚腫脹。⓰膜犬　西膜之犬，高大兇悍的狼狗之類。⓱脃石　因此類石頭薄、軟、易碎，故名。脃，脆。⓲大騩之山　已見於中次七山，可能同名。⓳䉋　䉋竹，可用來做箭桿。⓴禾山　上文無禾山，或是帝囷山的脫文，或是求山的誤文。㉑羞瘞倒毛　把進獻的牲畜倒埋在地裡。㉒無常　不一定三牲全備。㉓堵山玉山　堵山見中次十經，玉山見中次八、九經，此經並無此二山，不知道是什麼字的訛誤。㉔倒祠　用倒埋牲畜的辦法來祭祀。

【語　譯】中部山系第十一條山脈荊山的開頭是翼望山。湍水從這裡發源，向東流入濟水；貺水也從這裡發源，流入東南方向的漢水，水中有許多形狀像蛇，有四隻足，會吃人的蛟。山上有許多松樹、柏樹，山下有許多漆樹和梓樹，山南多產純金，山北多產名叫珉的像玉的石頭。

再往東北一百五十里，就是朝歌山。潕水從這裡發源，流入東南方向的滎水，水中有許多人魚。山上有許多梓樹和楠樹，獸大多是羚羊和麢。有一種草，名叫莽草，可以用來毒魚。

再往東南二百里，就是帝囷山，山南多產㻬琈玉，山北多產鐵。帝囷水從山上發源，潛流到山下，水中有許多鳴蛇。

再往東南五十里，就是視山，山上有許多山韭。山中有一口井，名叫天井，夏天有水，冬天反而枯竭。山上有許多桑樹，還有很多優質堊土以及金、玉。

再往東南二百里，就是前山，樹大多是櫧樹，還有很多柏樹。山南多產金，山北多產赭土。

再往東南三百里，就是豐山。有一種獸，樣子像猿猴，紅眼睛、紅嘴唇、黃身子，名叫雍和，牠一出現國家就會發生大的恐慌。神耕父居住在這裡，常常在清泠淵裡遊樂，出入水面時閃閃發光，牠一出現國家就會衰敗。山上有九口大鐘，一下霜這些大鐘就會鳴響。山上多產金，山下有許多構樹、柞樹、杻樹和橿樹。

再往東北八百里，就是兔牀山，山南多產鐵。樹大多是櫧樹和小栗樹，草大多是雞穀草，這種草的根莖好像雞蛋，味道酸中帶甜，吃了對身體有益。

再往東六十里，就是皮山，山中有許多堊土，還有許多赭土，樹大多是松樹和柏樹。

再往東六十里，就是瑤碧山，山中的樹大多是梓樹和楠樹，山北多產青雘，山南多產白金。有一種鳥，樣子像野雞，總是吃臭蟲，這種鳥叫鴆鳥。

再往東四十里，就是支離山。濟水從這裡發源，向南流入漢水。有一種鳥，名叫嬰勺，樣子像鵲，紅眼睛、紅嘴殼、白身子，尾巴像一把勺子，牠的名字是模擬牠的叫聲命名的。山中還有許多㸲牛和羬羊。

再往東北五十里，就是袟篙山，山上有許多松樹、柏樹、榿樹和桓樹。

再往西北一百里，就是堇理山，山上有許多松樹、柏樹，還有許多優質梓樹。山北多產丹雘，多產金，獸大多是豹子和老虎。有一種鳥，樣子像鵲，青色身子，白嘴殼，白眼睛，白尾巴，名叫青耕，可以用來防禦瘟疫，牠的名字是模擬牠的叫聲命名的。

再往東南三十里，就是依軲山，山上有許多杻樹、橿樹，還有許多柤梨樹。有一種獸，樣子像狗，卻有老虎的爪子，身有鱗甲，名叫獜，善於跳躍撲騰，吃了可以不得風痹病。

再往東南三十五里，就是即谷山，山中多產美玉，有許多黑豹，還有許多山驢、駝鹿、羚羊和臭。山南多產像玉的石頭珉，山北多產青雘。

再往東南四十里，就是雞山，山上有許多優質梓樹，還有許多桑樹，草大多是山韭。

再往東南五十里，就是高前山，山上有許多水，水極其寒冷，又很清澈，這就是帝臺的漿水，喝了可以不患心痛病。山上有金子，山下有赭土。

再往東南三十里，就是游戲山，有許多杻樹、橿樹、構樹，還有許多玉和封石。

再往東南三十五里，就是從山，山上有許多松樹和柏樹，山下多產竹子。從水從山上發源，潛流到山下，水中有許多三足鼈，尾巴是分岔的，吃了可以不患疑心病。

再往東南三十里，就是嬰硜山，山上有許多松樹和柏樹，山下有許多梓樹和櫄樹。

再往東南三十里，就是畢山，帝苑水從這裡發源，流入東北方向的視水，水中有許多水晶，還有許多蛟。山上多產㻬琈玉。

再往東南二十里，就是樂馬山。有一種獸，樣子像刺蝟，紅得像丹火，名叫淚，牠一出現國家就會有大瘟疫。

再往東南二十五里，就是葴山，視水從這裡發源，流入東南方向的汝水，水中有許多人魚，還有許多蛟和樣子像黑狗的水獸頡。

再往東四十里，就是嬰山。山下多產青雘，山上多產金、玉。

再往東三十里，就是虎首山。山中有許多苴梨樹、耐寒的椆樹和可以用來做拐杖的椐樹。

再往東二十里，就是嬰侯山。山上多產封石，山下多產純錫。

再往東五十里，就是大孰山。殺水從這裡發源，流入東北方向的視水，水中多產白堊。

再往東四十里，就是卑山。山上有許多桃樹、李樹、苴梨樹和梓樹，還有許多紫藤樹。

再往東三十里，就是倚帝山。山上多產玉，山下多產金。有一種獸，樣子像鼣鼠，白耳朵，白嘴唇，名叫狙如，牠一出現國家就會有大戰亂。

再往東三十里，就是鯢山。鯢水從山上發源，潛流到山下，水中多產優質堊土。山上多產金，山下多產青雘。

再往東三十里，就是雅山。澧水從這裡發源，向東流入視水，水中有許多大魚。山上有許多美麗的桑樹，山下有許多苴梨樹，多產純金。

再往東五十五里，就是宣山。淪水從這裡發源，流入東南方向的視水，水中有許多蛟。山上有一種桑樹，五十尺高，樹枝交叉伸向四方，樹葉有一尺多大，有紅色紋理，開黃花，花萼是青色的，名叫帝女桑。

再往東四十五里，就是衡山。山上多產青雘，有許多桑樹，鳥大多是鸜鵒。

再往東四十里，就是豐山。山上多產封石，樹大多是桑樹，還有許多羊桃，這種羊桃的樣子像桃，莖幹是方的，可以用來治療皮膚腫脹。

再往東七十里，就是嫗山，山上多產美玉，山下多產金，草大多是雞穀草。

再往東三十里，就是鮮山。樹大多是楢樹、杻樹和苴梨樹，草大多是門冬草。山南多產金，山北多產鐵。有一種獸，樣子像高大兇悍的狼狗，紅嘴、紅眼睛、白尾巴，牠一出現那個地方就會有火災，這種獸名叫狢即。

再往東三十里，就是章山，山南多產金，山北多產美石。皐水從這裡發源，向東流入豐水，水中有許多薄、軟、易碎的脆石。

再往東二十五里，就是大支山，山南多產金，樹大多是構樹和柞樹，不長草。

再往東五十里，就是區吳山，樹大多是苴梨樹。

再往東五十里，就是聲匈山。樹大多是構樹，多產玉，山上多產封石。

再往東五十里，就是大騩山，山南多產純金，山北多產砥石。

再往東十里，就是踵臼山，沒有草木。

再往東北七十里，就是歷石山，樹大多是牡荊和枸杞，山南多產黃金，山北多產砥石。有一種獸，樣子像貍，卻有白色的頭、老虎的爪子，名叫梁渠，牠一出現那個國家就會有大的戰亂。

再往東南一百里，就是求山，求水從山上發源，潛流到山下，水中有優質赭土。樹大多是苴梨樹，還有許多簳竹。山南多產金，山北多產鐵。

再往東二百里，就是丑陽山，山上有許多耐寒的椆樹和可以用來做拐杖的椐樹。有一種鳥，樣子像烏鴉，足是紅色的，名叫䲸鵌，可以防禦火災。

再往東三百里，就是奧山，山上有許多柏樹、杻樹和橿樹。山南多產㻬琈玉。奧水從這裡發源，向東流入視水。

再往東三十五里，就是服山，樹大多是苴梨樹，山上有許多封石，山下多產純錫。

再往東一百一十里，就是杳山，山上有茂密的嘉榮草，還有許多金、玉。

再往東三百五十里，就是几山，樹大多是楢樹、檀樹和杻樹，草大多是香草。有一種獸，樣子像豬，黃身子，白頭，白尾巴，名叫聞獜，牠一出現天下就要颳大風。

總括荊山山脈，從翼望山到几山，共有四十八座山，綿延三千七百三十二里。山神的樣子都是豬的身子、人的頭。祭祀他們：毛物要用一隻雄雞來祈禱，祭祀時要用一塊珪埋在地裡，祭祀用的精米要用黍、稷、稻、粱、麥五種精米。禾山是眾山的首領，祭祀時要用豬、羊、牛具備的太牢，祭祀後要把祭祀用的牲畜倒埋在地裡，祭祀的玉是一塊璧，太牢禮也不一定要三牲齊備。堵山和玉山是眾山的宗主，都要用倒埋牲畜的辦法來祭祀，用來獻祭的毛物要用豬、羊齊備的少牢禮，獻祭的玉要用吉玉。

中次十二經洞庭山之首，曰篇遇之山，無草木，多黃金。

又東南五十里，曰雲山，無草木，有桂竹，甚毒，傷人必死。其上多黃金，其下多㻬琈之玉。

又東南一百三十里，曰龜山。其木多穀柞椆椐；其上多黃金，其下多青雄黃，多扶竹❶。

又東七十里，曰丙山，多筀竹，多黃金銅鐵，無木。

又東南五十里，曰風伯之山。其上多金玉，其下多痠石、文石，多鐵，其木多柳杻檀楮。其東有林焉，名曰莽浮之林，多美木鳥獸。

又東一百五十里，曰夫夫之山。其上多黃金，其下多青雄黃；其木多桑楮，其草多竹、雞鼓❷。神于兒居之，其狀人身而身操兩蛇，常遊于江淵，出入有光。

又東南一百二十里，曰洞庭之山。其上多黃金，其下多銀鐵；其木多柤❸梨橘櫾，其草多葌、蘼蕪、芍藥、芎藭。帝之二女居之，是常遊于江淵。澧沅之風，交瀟湘之淵，是在九江之間，出入必以飄風暴雨。是多怪神，狀如人而載蛇，左右手操蛇。多怪鳥。

又東南一百八十里，曰暴山。其木多椶柟荊芑竹箭䉋箘，其上多黃金玉，其下多文石鐵，其獸多麋鹿麢❹就❺。

又東南二百里，曰即公之山。其上多黃金，其下多㻬琈之玉；其木多柳杻檀桑。有獸焉，其狀如龜，而白身赤首，名曰蛫，是可以禦火。

又東南一百五十九里，有堯山。其陰多黃堊，其陽多黃金；其木多荊芑柳檀，其草多藷藇苿。

又東南一百里，曰江浮之山。其上多銀砥礪，無草木；其獸多豕鹿。

又東二百里，曰眞陵之山。其上多黃金，其下多玉；其木多穀柞柳杻，其草多榮草。

又東南一百二十里，曰陽帝之山。多美銅。其木多橿杻檿❻楮，其獸多麢麝。

又南九十里，曰柴桑之山。其上多銀，其下多碧，多泠石、赭；其木多柳芑楮桑，其獸多麋鹿，多白蛇飛蛇。

又東二百三十里，曰榮余之山。其上多銅，其下多銀；其木多柳芑，其蟲多怪蛇怪蟲。

凡洞庭山之首，自篇遇之山至于榮余之山，凡十五山，二千八百里。其神狀皆鳥身而龍首。其祠：毛用一雄雞、一牝豚刉，糈用稌。凡夫夫之山、即公之山、堯山、陽帝之山皆冢也，其祠：皆肆❼瘞，祈用酒，毛用少牢，嬰用一吉玉。洞庭、榮余山神也，其祠：皆肆瘞，祈酒太牢祠，嬰用圭璧十五，五采惠❽之。

右中經之山，大凡百九十七山，二萬一千三百七十一里。

大凡天下名山五千三百七十，居地，大凡六萬四千五十六里。

【章　旨】本節介紹了中部山系第十二條山脈洞庭山，計有篇遇山、雲山、龜山、丙山、風伯山、夫夫山、洞庭山、暴山、即公山、堯山、江浮山、眞陵山、陽帝山、柴桑山、榮余山，一共十五座山，綿延二千八百里。

龜山椐樹、扶竹可做拐杖，夫夫山神于兒出入江淵閃閃發光，洞庭山天帝女兒漫遊瀟湘，陽帝山有很多麝香鹿和羚羊……山神都是鳥身龍頭，祭祀須用牲畜取血塗祭，陳列牲畜和玉然後埋在地裡……

【注　釋】❶扶竹　即「邛竹」，因其結疤稀，中間實在，適宜做老年人的拐杖，又名扶老竹。❷雞鼓　即中次一十一山「兔牀之山」的雞穀草。❸柤　山楂樹。❹麐　即麂。❺就　鷲。❻檿　山桑樹。❼肆　陳列。❽惠　繪飾。

【語　譯】中部山系第十二條山脈洞庭山的開頭是篇遇山，山中草木不生，多產黃金。

往東南五十里，就是雲山，山中草木不生。有一種桂竹，毒性很大，人如果觸傷了必死。山上有許多黃金，山下多產璹琈玉。

再往東南一百三十里，就是龜山，樹木大多是構樹、柞樹、耐寒的椆樹和可以用來做拐杖的椐樹，山上多產黃金，山下多產青雄黃，有許多適宜做老年人拐杖的扶竹。

再往東七十里，就是丙山，山中有許多筀竹，多產黃金、銅和鐵，沒有樹。

再往東南五十里，就是風伯山，山上多產金、玉，山下多產痠石和文石，還多產鐵，樹大多是柳樹、杻樹、檀樹和楮樹。山的東面有一片樹林，名叫莽浮林，林中有許多美木和鳥獸。

再往東一百五十里，就是夫夫山，山上多產黃金，山下多產青雄黃，樹大多是桑樹和楮樹，有許多竹和雞穀草。于兒神居住在這裡，他的樣子是人的身子，手裡握著兩條蛇，常常在江水的深淵裡漫遊，出入水面時閃閃發光。

再往東南一百二十里，就是洞庭山，山上多產黃金，山下多產銀和鐵，樹大多是山楂樹、梨樹、橘樹和柚樹，草大多是菱草、蘼蕪、芍藥和川芎。天帝的兩個女兒居住在這裡，她們常常在江水的深淵裡漫遊。澧水和沅水吹來的風，交會在瀟水和湘水之間的淵潭，那是九條江匯合的地方。她們出入水中時一定伴隨著狂風暴雨。因此有很多怪神出現。她們的樣子像人，頭上頂著蛇，左手、右手都握著蛇。還有許多怪鳥。

再往東南一百八十里，就是暴山，山上的草木大多是棕樹、楠樹、牡荊樹、枸杞樹、箭竹、䉋竹和山箘等。山上多產黃金和玉，山下多產有花紋的石頭和鐵，獸大多是麋、鹿和麂，鳥大多是鷩。

再往東南二百里，就是即公山，山上多產黃金，山下多產㻬琈玉，樹大多是柳樹、杻樹、檀樹和桑樹。有一種獸，樣子像龜，白身子、紅色的頭，名叫蛫，可以用來防禦火災。

再往東南一百五十九里，有一座堯山，山北多產黃堊，山南多產黃金，樹大多是牡荊、枸杞、柳樹和檀樹，草大多是山藥和𦬼。

再往東南一百里，就是江浮山，山上多產銀、砥石和礪石，山中沒有草木，獸大多是野豬和鹿。

再往東二百里，就是眞陵山，山上多產黃金，山下多產玉，樹大多是構樹、柞樹、柳樹和杻樹，草大多是榮草。

再往東南一百二十里，就是陽帝山，山中多產優質銅，樹大多是橿樹、杻樹、山桑樹和楮樹，獸大多是羚羊和麝香鹿。

再往南九十里，就是柴桑山，山上多產銀，山下多產碧玉，還有許多泠石和赭土，樹大多是柳樹、枸杞樹、楮樹和桑樹，獸大多是麋和鹿，有許多白蛇和飛蛇。

再往東二百三十里，就是榮余山，山上多產銅，山下多產銀，樹大多是柳樹和枸杞樹，還有許多怪蛇、怪蟲。

總計洞庭山山脈，從篇遇山到榮余山，共有十五座山，綿延二千八百里。山神的樣子都是鳥的身子、龍的頭。祭祀他們的典禮，毛物是一隻雄雞和一隻母豬取血塗祭，祭祀用的精米是稌米。夫夫山、即公山、堯山、陽帝山都是眾山的宗主，祭祀時都是陳列牲畜和玉，然後埋在地裡，祈禱時要用酒，毛物用豬、羊齊備的少牢禮，祭祀的玉是一塊吉玉。洞庭山、榮余山都是神靈顯應的神山，祭祀時也都是陳列牲畜和玉，然後埋在地裡。祭祀時用酒和豬、羊、牛齊備的太牢禮，祭祀的玉用圭和璧各十五塊，並且要用青、黃、赤、白、黑五種色彩繪飾它們。

以上中經記載的山，共有一百九十七座山，綿延二萬一千三百七十一里。

天下名山總計有五千三百七十座，散布在大地各個地方，綿延六萬四千五十六里。

禹曰：天下名山，經五千三百七十山，六萬四千五十六里，居地也。言其〈五臧❶〉，蓋其餘小山甚眾，不足記云。天地之東西二萬八千里，南北二萬六千里，出水之山者八千里，受水者八千里，出銅之山四百六十七，出鐵之山三千六百九十。此天地之所分壤樹穀也，戈矛之所發也，刀鎩❷之所起也。能者有餘，拙者不足。封于太山，禪于梁父，七十二家，得失之數，皆在此內，是謂國用。

右〈五臧山經〉五篇，大凡一萬五千五百三字。

【章　旨】本節為以上五篇〈山經〉的總結。

【注釋】❶臧　古「藏」字。❷鎩　兵器名，長矛。

【語譯】禹說：天下名山，歷經的山有五千三百七十座，綿延六萬四千五十六里，散布在大地的各個地方。這裡〈五臧經〉所說的只是舉其大端，其餘小山很多，用不著記。天地從東到西共有二萬八千里，從南到北有二萬六千里，出水的山有八千里，受水的地方也是八千里，出銅的山有四百六十七座，出鐵的山有三千六百九十座。這就是天地劃分疆土、種植五穀的依據，也是戈、矛舉起、刀劍相爭的原因。相爭的結果是智慧的人富足有餘，愚拙的人貧窮不足。在太山舉行封的典禮，在梁父山舉行禪的典禮的國君，共有七十二家，有的獲得有的失去，都在此範圍之內，國家的所有財用也都在這塊土地上獲取。

以上〈五臧山經〉共五篇，總共是一萬五千五百零三個字。

卷六　海外南經

地之所載，六合❶之間，四海之內，照之以日月，經之以星辰❷，紀之以四時❸，要之以太歲❹，神靈所生，其物異形，或夭或壽，唯聖人能通其道❺。

海外自西南陬❻至東南陬也。

結匈國在其西南，其為人結匈❼。

南山在其東南，自此山來，蟲為蛇，蛇號為魚。一曰南山在結匈東南。

比翼鳥❽在其東，其為鳥青赤，兩鳥比翼。一曰在南山東。

羽民國在其東南，其為人長頭，身生羽。一曰在比翼鳥東南，其為人長頰。

有神人二八，連臂，為帝司夜于此野。在羽民東。其為人小頰赤肩，盡十六人。

畢方鳥在其東，青水西，其為鳥一腳。一曰在二八神東。

讙頭國在其南，其為人人面有翼，鳥喙，方捕魚。一曰在畢方東。或曰讙朱國。

厭火國在其南，獸身黑色，火出其口中。一曰在讙朱東。

三珠樹在厭火北，生赤水上，其為樹如柏，葉皆為珠。一曰其為樹若彗。

三苗國在赤水東，其為人相隨。一曰三毛國。

臷國在其東，其為人黃，能操弓射蛇。一曰臷國在三毛東。

貫匈國在其東，其為人匈有竅。一曰在臷國東。

交脛國在其東，其為人交脛。一曰在穿匈東。

不死民在其東，其為人黑色，壽，不死。一曰在穿匈國東。

反舌國在其東，其為人反舌。一曰支❾舌國在不死民東。

昆侖虛在其東，虛四方。一曰在反舌東，為虛四方。

羿❿與鑿齒戰于壽華之野，羿射殺之。在昆侖虛東。羿持弓矢，鑿齒持盾。一曰持戈。

三首國在其東，其為人一身三首。一曰在鑿齒東。

周饒國在其東，其為人短小，冠帶。一曰焦僥國在三首東。

長臂國在其東，捕魚水中，兩手各操一魚。一曰在焦僥東，捕魚海中。

狄山，帝堯葬于陽，帝嚳葬于陰。爰有熊、羆、文虎、蜼⓫、豹、離朱⓬、視肉⓭。吁咽⓮、文王皆葬其所。一曰湯山。一曰爰有熊、羆、文虎、蜼、豹、離朱、鴟久⓯、視肉、虖交⓰。有范林⓱方三百里。

南方祝融⓲，獸身人面，乘兩龍。

【章　旨】本篇是〈海經〉首篇。

本節介紹了海外從西南角到東南角的地區。在這一地區涉及結匈國、南山、比翼鳥、羽民國、二八神人、畢方鳥、讙頭國、厭火國、三珠樹、三苗國、䵝國、貫匈國、交脛國、不死民、反舌國、昆侖虛、羿與鑿齒戰于壽華之野、三首國、周饒國、長臂國、狄山、范林、南方祝融……

結匈國人都是雞胸。南山開始蟲號稱為蛇、蛇稱為魚。羽民國人長頭身長羽毛。二八神人手臂挽連為天帝守夜。畢方鳥都只有一隻腳。讙頭國人長著翅膀鳥嘴人面。交脛國人腳脛相互交叉。羿在壽華之野將鑿齒射殺。狄山是帝堯、帝嚳葬所。獸身人面是火神祝融……

【注　釋】❶六合　天地上下為六合。❷經之以星辰　意思是用星辰把四面八方聯絡起來。經，本指織物的縱線，與緯相對。❸紀之以四時　用春夏秋冬四個季節來記載時間。❹要之以太歲　用太歲的運行作為紀年的要約。要，約；結；要束。太歲，古代天文學中假設的星名，與歲星相應。又稱歲陰或太陰。歲星即今天的木星。古人假設太歲作與歲星實際運行相反的方向運動，以每年太歲所在的部分來紀年。❺唯聖人能通其道　只有聖人才能通曉其中的道理。❻陬　隅；角落。❼結匈　雞胸。❽比翼鳥　即西次三山「崇吾之山」中的「蠻蠻」。❾支　即「岐」字。❿羿　古天神名。非夏代有窮后羿。⓫蜼　長尾猴。⓬離朱　踆烏，傳說太陽中的三足烏鴉。⓭視肉　傳說中獸名。郭璞注：「聚肉，形如牛肝，有兩目也，食之無盡，尋復更生如故。」⓮吁咽　未詳，一說為舜的析音。⓯鵃久　即「鵂鶹」，貓頭鷹。⓰虖交　不詳。⓱范林　汜濫布衍的樹林。⓲祝融　火神。一說為炎帝的後裔，一說為黃帝的後裔。黃、炎二帝本屬同族，故傳為炎帝苗裔之祝融，亦可歸於黃帝。

【語譯】大地之上，上下四方六合之間，四海之內，有日月的照耀，有星辰聯絡著四面八方，用春夏秋冬來記載季節，憑太歲星來紀年。神靈所生的事物，各有不同的形狀，有的夭折，有的長壽，只有聖人才能通曉其中的道理。

海外從西南角到東南角的地區。

結匈國在西南部，這裡的人都是雞胸。

南山在東南部，從這座山開始，蟲都叫做蛇，蛇號稱為魚。一說南山在結匈國的東南邊。

比翼鳥在東邊，這種鳥青中帶紅，兩隻鳥合併起來才能飛翔。一說比翼鳥在南山的東邊。

羽民國在東南邊，這個國家的人都是長長的頭，身上長著羽毛。一說羽民國在比翼鳥的東南，這個國家的人都是長臉頰。

有十六個神人，手臂挽連起來，為天帝在這荒野守夜。他們在羽民國的東邊，樣子是小小的臉頰，紅色的肩膀和胳膊，總共是十六個人。

畢方鳥在東邊，青水的西邊，這裡的鳥只有一隻腳。一說畢方鳥在十六個神人的東邊。

讙頭國在南邊，這裡的人都是人的面孔，卻長著翅膀，鳥的嘴，正在捕魚。一說讙頭國在畢方鳥的東邊，也叫讙朱國。

厭火國在南邊，這裡的人是獸的身子，身體是黑色的，能從口中噴出火來。一說厭火國在讙朱國的東邊。

三珠樹在厭火國的北邊，生長在赤水岸邊，這種樹樣子像柏樹，葉子上都是珍珠。一說這種樹的形狀像彗星。

三苗國在赤水的東邊，這裡的人總是相隨著在一起。一說三苗國應是三毛國。

载國在東邊，這裡的人黃皮膚，能夠用弓箭射蛇。一說载國在三毛國的東邊。

貫匈國在東邊，這裡的人胸部有一個洞。一說貫匈國在载國的東邊。

交脛國在東邊，這裡的人腳脛是相互交叉的。一說交脛國在穿匈國的東邊。

不死民在東邊，這裡的人黑皮膚，長壽，不死。一說不死民在穿匈國的東邊。

反舌國在東邊，這裡的人舌頭是反生的。一說反舌國在不死民的東邊。

昆侖虛在東邊，山是四方形的。一說昆侖虛在反舌國的東邊，山是四方形的。

羿與鑿齒在壽華的原野上大戰，羿射殺了鑿齒。在昆侖虛的東邊，羿拿著弓和箭；鑿齒拿著盾，一說是拿著戈。

三首國在東邊，這裡的人一個身子、三個頭。一說是在鑿齒的東邊。

周饒國在東邊，這裡的人身材短小，戴帽子、繫著腰帶。有一種說法，是焦僥國在三首國的東邊。

長臂國在東邊，這裡的人在水中捕魚，可以兩手各抓一條魚。一說是長臂國在焦僥國的東邊，這裡的人在海裡捕魚。

狄山，帝堯就葬在這座山的南坡，帝嚳葬在北坡。這裡有狗熊、人熊、花斑虎、長尾猴、豹子、離朱鳥、視肉。吁咽和文王都葬在這裡。一說狄山就是湯山。一說這裡有狗熊、人熊、花斑虎、長尾猴、豹子、離朱鳥、貓頭鷹、視肉和虖交。有一片氾濫布衍的樹林，方圓大約三百里。

南方的火神祝融，是獸的身子、人的面孔，駕著兩條龍。

卷七　海外西經

海外自西南陬至西北陬者。

滅蒙鳥在結匈國北，為鳥青，赤尾。

大運山高三百仞，在滅蒙鳥北。

大樂之野，夏后啓于此儛九代，乘兩龍，雲蓋三層。左手操翳❶，右手操環，佩玉璜❷。在大運山北。一曰大遺之野。

三身國在夏后啓北，一首而三身。

一臂國在其北，一臂、一目、一鼻孔。有黃馬虎文，一目而一手❸。

奇肱之國在其北，其人一臂三目，有陰有陽❹，乘文馬❺。有鳥焉，兩頭，赤黃色，在其旁。

刑天與帝爭神。帝斷其首，葬之常羊之山。乃以乳為目，以臍為口，操干戚❻以舞。

女祭、女戚❼在其北，居兩水間，戚操魚鱓❽，祭操俎❾。

𪀗鳥、鸇鳥，其色青黃，所經國亡。在女祭北。𪀗鳥人面，居山上。一曰維鳥，青鳥、黃鳥所集。

丈夫國在維鳥北，其為人衣冠帶劍。

女丑之尸，生而十日炙殺之。在丈夫北。以右手鄣❿其面。十日居上，女丑居山之上。

巫咸國在女丑北，右手操青蛇，左手操赤蛇，在登葆山，群巫所從上下也。

并封在巫咸東，其狀如彘，前後皆有首，黑。

女子國在巫咸北，兩女子居，水周⓫之，一曰居一門中。

軒轅之國在窮山之際，其不壽者八百歲。在女子國北，人面蛇身，尾交首上。

窮山在其北，不敢西射，畏軒轅之丘。在軒轅國北。其丘方，四蛇相繞。

諸夭之野，鸞鳥自歌，鳳鳥自舞，鳳皇卵，民食之；甘露，民飲之；所欲自從也。百獸相與羣居。在四蛇北。其人兩手操卵食之，兩鳥居前導之。

龍魚陵居在其北，狀如鯉。一曰鰕⑫。即有神聖乘此以行九野。一曰鼈魚在夭野⑬北，其為魚也如鯉。

白民之國在龍魚北，白身被髮⑭。有乘黃，其狀如狐，其背上有角，乘之壽二千歲。

肅慎之國在白民北，有樹名曰雒棠，聖人代立，于此取衣。

長股之國在雒棠北，被髮，一曰長腳。

西方蓐收⑮，左耳有蛇，乘兩龍。

【章　旨】本節介紹的是海外自西南角到西北角的地區。在這一地區涉及滅蒙鳥、大運山、大樂野、夏后啓、三身國、一臂國、奇肱國、刑天與帝爭神、女祭女戚、䳋鳥、鶬鳥、丈夫國、女丑尸、巫咸國、并封、女子國、軒轅國、窮山、諸夭之野、龍魚、白民國、肅慎國、長股國、西方蓐收……

夏后啓駕龍身佩玉璜，奇肱人眼睛半明半暗，刑天揮舞干戚爭奪神位，䳋鳥、鶬鳥經過國家就要消亡，女丑被十個太陽炙殺，登葆山是巫師上下天界經過的地方，并封樣子像豬身前身後長著腦袋，軒轅人蛇身人面尾巴盤在頭上，軒轅丘有蛇守護四四方方，諸夭野上鸞鳥自歌鳳鳥自舞，龍魚居住在大土山上，雒棠樹皮可以做衣服穿……

【注　釋】❶翳　羽葆幢，以鳥羽連綴為飾的一種旗幟。❷璜　半璧形的玉。❸手　馬的前腿。❹有陰有陽　指眼睛的顏色半晦半明。❺文馬　指吉量（又作「吉良」）馬，白身紅鬣，眼睛像黃金，乘此馬壽命可達千歲。參見〈海內北經〉。❻干戚　干，盾。戚，斧。❼女祭女戚　兩個女巫。❽魚䱙　當為「角觛」，犀角酒杯。❾俎　祭祀時放祭品的器物。❿鄣　同「障」。遮擋。⓫周　環繞。⓬鰕　大的鯢魚。⓭天野　即「諸夭野」。⓮被髮　披散著頭髮。⓯蓐收　金神，長著人的面孔、老虎的爪子，渾身白毛，手裡握著鉞。

【語　譯】海外自西南角到西北角的地區。

滅蒙鳥在結匈國的北邊，這裡的鳥是青色的，尾巴卻是紅色的。

大運山有三百仞高，在滅蒙鳥的北邊。

大樂野，夏后啓在這裡觀看九代樂舞的演出，他駕著兩條龍，有三層雲蓋簇擁著。他左手握著羽葆幢，右手握著玉環，身上佩著玉璜。這地方在大運山的北邊。一說是在大遺野。

三身國在夏后啓的北邊，這裡的人一個頭、三個身子。

一臂國在北邊，這裡的人一隻臂膊、一隻眼睛、一個鼻孔。有一種黃馬，有著老虎的斑紋，只有一隻眼睛和一隻前腿。

奇肱國在北邊，這裡的人有一隻臂膊、三隻眼睛，每隻眼睛半明半暗，他們騎著白身紅鬣、眼若黃金的吉量馬。有一種鳥，有兩個頭，顏色是紅黃色的，在他們的身邊。

刑天和天帝爭奪神位，天帝砍掉了刑天的頭，把刑天的頭埋在常羊山。刑天就以雙乳作為眼睛，用肚臍作為嘴巴，拿著盾牌和板斧揮舞著戰鬥。

女祭和女戚這兩個女巫在刑天的北面，她們居住在兩條水之間，女戚手裡拿著犀角酒杯，女祭手裡拿著祭神的案板。

𪃟鳥和鶬鳥是青黃色的，牠們經過哪個國家，哪個國家就要消亡。牠們位於女祭的北邊。𪃟鳥長著人的面孔，棲息在山上。一說維鳥是青鳥、黃鳥的統稱。

丈夫國在維鳥的北邊，這裡的人穿衣戴帽，身上佩帶著劍。

女丑的屍體陳列在這裡，她生遭不幸，被十個太陽的毒焰炙殺。她在丈夫國的北邊。她用右手遮住自己的臉。十個太陽掛在天上，女丑則躺臥在山上。

巫咸國在女丑的北邊，這裡的人右手握著青蛇，左手握著赤蛇，這地方是登葆山。這裡是巫師們上下天界所經過的地方。

并封這種怪獸在巫咸國的東邊，牠的樣子像豬，身子前後都長著頭，渾身是黑色的。

女子國在巫咸國的北邊，有兩個女子居住在這裡，四周是水。一說她們居住一道門的裡邊。

軒轅國在窮山的附近，這裡的人壽命最短也有八百歲。他們在女子國的北邊，長著人的面孔、蛇的身子，尾巴盤繞在頭頂上。

窮山在北邊，這裡的人們不敢向西面射箭，因為敬畏軒轅丘。軒轅丘在軒轅國的北邊。軒轅丘四四方方的，有四條蛇環繞守護著。

諸夭野，鸞鳥在這裡自由自在地歡歌，鳳鳥在這裡自由自在地歡舞。鳳凰生的蛋，民眾拿來作食品；天上降下的甘露，民眾拿來飲用，心裡嚮往的莫不遂心如願。各種野獸成群結隊，和睦相處。這地方位於四蛇的北邊。這裡的人雙手捧著鳳凰蛋吃著，有兩隻鳥飛翔在前面引導。

龍魚居住的大土山在諸夭野的北面，龍魚的樣子像鯉魚。一說像大的鯢魚。就有神人、聖人騎著牠巡遊九州的原野。一說是鼈魚在諸夭野的北邊，牠的樣子像鯉魚。

白民國在龍魚的北面，這裡的人全身白色，披著頭髮。有一種名叫乘黃的獸，樣子像狐狸，背上長著角，騎著這種獸，可以活到兩千歲。

肅慎國在白民國的北邊，有一種樹名叫雒棠，若有聖明天子繼位，這種樹可以生長出樹皮來供給國人做衣服穿。

長股國在雒棠的北邊，這裡的人披著頭髮，一說是長腳國。

西方的金神蓐收，在左耳上掛著蛇，乘著兩條龍。

卷八　海外北經

海外自東北陬至西北陬者。

無啓之國在長股東，為人無啓❶。

鍾山之神名曰燭陰；視為晝，瞑為夜；吹為冬，呼為夏；不飲，不食，不息，息為風❷，身長千里，在無啓之東。其為物，人面，蛇身，赤色，居鍾山下。

一目國在其東，一目中其面而居。

柔利國在一目東，為人一手一足，反厀❸，曲足居上。一云留利之國，人足反折。

共工之臣曰相柳氏，九首，以食于九山。相柳之所抵，厥❹為澤谿。

禹殺相柳，其血腥，不可以樹五穀種。禹厥之，三仞三沮❺，乃以為眾帝之臺。在昆侖之北，柔利之東。相柳者，九首人面，蛇身而青。不敢北射，畏共工之臺。臺在其東，臺四方，隅有一蛇，虎色，首衝❻南方。

深目國在其東，為人深目，舉一手，一曰在共工臺東。

無腸之國在深目東，其為人長而無腸。

聶耳之國在無腸國東，使兩文虎，為人兩手聶❼其耳。縣居海水中❽，及水所出入奇物。兩虎在其東。

夸父與日逐走，入日❾。渴欲得飲，飲于河渭；河渭不足，北飲大澤。未至，道渴而死。棄其杖，化為鄧林❿。

夸父國在聶耳東，其為人大，右手操青蛇，左手操黃蛇。鄧林在其東，二樹木。一曰博父。

禹所積石之山在其東，河水所入。

拘纓之國在其東，一手把纓。一曰利纓之國。

尋木長千里，在拘纓南，生河上西北。

跂踵國在拘纓南，其為人兩足皆支。一曰反踵。

歐絲之野在反踵東，一女子跪據⓫樹歐絲⓬。

三桑無枝，在歐絲東，其木長百仞，無枝。

范林方三百里，在三桑東，洲⓭環其下。

務隅之山，帝顓頊葬于陽。九嬪葬于陰。一曰爰有熊、羆、文虎、離朱、鴟久、視肉。

平丘在三桑東，爰有遺玉⓮、青馬、視肉、楊柳、甘柤、甘華，百果所生。有兩山夾上谷，二大丘居中，名曰平丘。

北海內有獸，其狀如馬，名曰騊駼。有獸焉，其名曰駮，狀如白馬，鋸牙，食虎豹。有素獸焉，狀如馬，名曰蛩蛩。有青獸焉，狀如虎，名曰羅羅。

北方禺彊⓯，人面鳥身，珥兩青蛇，踐兩青蛇。

【章旨】本節介紹了海外從東北角到西北角這一片地區。這一地區中涉及無䏿國、鍾山山神燭陰、一目國、柔利國、禹殺相柳、深目國、無腸國、聶耳國、夸父逐日、禹所積石山、拘癭國、尋木、跂踵國、歐絲之野、三桑無枝、范林、務隅山(帝顓頊葬所)、平丘、北海諸獸、北方禺彊……

無䏿國人沒有子孫,鍾山山神燭陰呼吸成風,一目國人只有一隻眼睛,柔利國人膝蓋反生,禹殺相柳,夸父逐日,歐絲野女子正在吐絲……

【注釋】❶無䏿 無嗣;沒有子孫後代。❷息為風 氣息成為風。❸郪 古膝字。❹厥 同「掘」。❺三仞三沮 三次填塞,三次塌陷。仞,同「韌」。牢固,引申為加固。沮,毀壞;敗壞。❻衝 向。❼聶 通「攝」。握持。❽縣居海水中 孤懸於海中之島。縣,懸。❾入日 即將走進太陽。❿鄧林 桃林。⓫據 依靠。⓬歐絲 吐絲。歐,嘔。⓭洲 水中小島。⓮遺玉 千年琥珀化成的黑玉。⓯禺彊 風神兼雨神。

【語譯】海外從東北角到西北角這一片地區。

無䏿國在長股國的東邊,這裡的人沒有後代子孫。

鍾山山神名字叫燭陰,他睜開眼睛就是白天,閉上眼睛就成夜晚,他一吹氣就是冬天,一呼氣就成夏天。他不喝水、不吃、不呼吸,一呼吸就成風。他的身子有一千里長,在無䏿國的東邊。他的樣子是人的面孔、蛇的身子,渾身是紅色的,住在鍾山腳下。

一目國在鍾山山神燭陰的東邊,這裡的人都只有一隻眼睛,生在臉的中央。

柔利國在一目國的東邊,這裡的人只有一隻手、一隻足,膝蓋反生,腳彎曲著朝上。一說是留利國，這裡的人足是反折的。

共工的臣子叫相柳氏，有九個頭，同時吃九座山上的食物。相柳到達的地方，就成了沼澤和溪流。禹殺死了相柳，相柳的血極其腥臭，不能栽種五穀。禹挖掘填塞這個地方，三次填塞，三次塌陷，於是就用挖掘出來的土為眾帝壘了高臺。臺在昆侖山的北邊，柔利國的東邊。相柳有九個腦袋，他有人的面孔、蛇的身子，渾身是青色的。射箭的人不敢向北面射箭，是因為敬畏共工臺。共工臺在相柳的東邊，臺是四四方方的，每個角有一條蛇，蛇是老虎的顏色，蛇頭朝著南方。

深目國在東邊，這裡的人眼眶很深，舉著一隻手。一說深目國是在共工臺的東邊。

無腸國在深目國的東邊，這裡的人個子很高，卻沒有腸子。

聶耳國在無腸國的東邊，這裡的人都使喚著兩隻花斑虎，他們的兩隻手握持著自己的耳朵。這個國家孤懸在大海中，大海中經常有奇異生物出入。兩隻老虎在聶耳國的東邊。

夸父同太陽競走，將要走到灼熱的太陽中，口中乾渴想喝水，就去喝黃河和渭水的水；黃河和渭水兩條大河的水還不夠他喝，於是就去北方的大澤喝水。沒有走到大澤就在半路上渴死了。臨死時他拋掉手杖，手杖化成了桃林。

夸父國在聶耳國的東邊，這裡的人很高大，右手握著一條青蛇，左手握著一條黃蛇。桃林在它的東邊，說是一片樹林，其實只有兩棵大樹。一說其實是博父國。

禹所積石山在東邊，那是河水流入的地方。

拘癭國在禹所積石山的東邊，這裡的人一手托著自己脖子下邊的肉瘤。一說就是利癭國。

尋木高約千里，在拘癭國的南邊，生長在河水的西北方向。

跂踵國在拘纓國的南邊，那裡的人踮著兩隻腳走路。一說是反踵國。

歐絲野在反踵國的東邊，那裡有一個女子正跪靠在一棵大樹上吐絲。

有三棵桑樹，沒有樹枝，在歐絲野的東邊，樹高百仞，沒有樹枝。

浮泛在水上的樹林方圓有三百里，在三桑的東邊，有河洲環繞在周圍。

務隅山，顓頊帝葬在山的南面。他的九個嬪妃葬在山的北面。一說這裡有狗熊、人熊、花斑虎、離朱鳥、貓頭鷹和視肉。

平丘在三桑的東邊，這裡有千年琥珀化成的黑玉，還有青馬、視肉、楊柳、甘柤樹、甘華樹，是百果所生的地方。有兩座山夾著一條上谷，二座大山丘處在山谷中，名叫平丘。

北海中有一種獸，樣子像馬，名叫騊駼。有一種獸，名字叫駮，樣子像白馬，有鋸子一樣的牙齒，以老虎和豹子為食。又有一種白色的獸，樣子像馬，名叫蛩蛩。還有一種青色的獸，樣子像老虎，名叫羅羅。

北方的風神兼雨神禺彊，有人的面孔、鳥的身子，耳朵上懸掛著兩條青蛇，腳下踩著兩條青蛇。

卷九　海外東經

海外自東南陬至東北陬者。

蹉丘，爰有遺玉、青馬、視肉、楊桃、甘柤、甘華，百果所生，在東海。兩山夾丘，上有樹木。一曰嗟丘。一曰百果所在，在堯葬東。

大人國在其北，為人大，坐而削船❶。一曰在蹉丘北。

奢比之尸❷在其北，獸身、人面、大耳，珥兩青蛇。一曰肝榆之尸，在大人北。

君子國在其北，衣冠帶劍，食獸，使二文虎在旁，其人好讓不爭。有薰華草，朝生夕死。一曰在肝榆之尸北。

𧈪𧈪❸在其北，各有兩首。一曰在君子國北。

朝陽之谷，神曰天吳，是為水伯。在𧈫𧈫北兩水間。其為獸也，八首人面，八足八尾，背青黃。

青丘國在其北，其人食五穀，衣絲帛。其狐四足九尾，一曰在朝陽北。

帝命豎亥步，自東極至于西極，五億十選❹九千八百步。豎亥右手把筭❺，左手指青丘北。一曰禹令豎亥。一曰五億十萬九千八百步。

黑齒國在其北，為人黑齒，食稻啖蛇，一赤一青，在其旁。一曰：在豎亥北，為人黑首，食稻使蛇，其一蛇赤。

下❻有湯谷，湯谷上有扶桑，十日所浴，在黑齒北，居水中，有大木，九日居下枝，一日居上枝。

雨師妾國在其北，其為人黑，兩手各操一蛇，左耳有青蛇，右耳有赤蛇。一曰在十日北。為人黑身人面，各操一龜。

玄股之國在其北，其為人股黑，衣魚食鷗❼，使兩鳥夾之。一曰在雨師妾國北。

毛民之國在其北，為人身生毛。一曰在玄股北。

勞民國在其北，其為人黑，食果草實。有一鳥兩頭。或曰教民。一曰在毛民北，為人面目手足盡黑。

東方句芒❽，鳥身人面，乘兩龍。

（建平元年❾四月丙戌，待詔太常屬臣望校治，侍中光祿勳臣龔、侍中奉車都尉光祿大夫臣秀領主省。）

【章旨】本節介紹的是海外從東南角到東北角這一地區。在這一地區涉及蹉丘、大人國、奢比之尸、君子國、𧌒𧌒、朝陽之谷神、青丘國、帝命豎亥步、黑齒國、湯谷、雨師妾國、玄股國、毛民國、勞民國、東方句芒……

蹉丘有視肉、甘柤、甘華、百果生長，奢比尸神獸身人面青蛇掛在耳朵上，君子國人穿衣戴帽身邊有老虎聽候使喚，朝陽谷神有八個腦袋背青黃，豎亥手拿著算籌測量大地多廣多長，湯谷上有扶桑是十個太陽洗澡的地方……

【注釋】❶削船　操船。❷奢比之尸　神名。❸蚕　同「虹」。「虹」隨著太陽的映照，朝西暮東，兩虹相交，色彩鮮豔者為雄，名叫虹；色彩黯淡者為雌，名叫蜺，所以有兩首之說。❹選　萬。❺筭　算籌；記數的器具。❻下　當為「接下來」意。❼衣魚食鷗　以魚皮為衣，以鷗鳥為食。鷗，鷗鳥。❽句芒　木神。❾建平元年　漢哀帝劉欣乙卯年，西元前六年。

【語譯】海外從東南角到東北角這一地區。

䃌丘，那裡有黑玉、青馬、視肉、楊桃、甘柤樹、甘華樹，是百果生長的地方，位於東海之濱。兩座山夾著一個土丘，土丘上有樹木。一說是嗟丘。一說百果生長的地方，在堯的墓葬的東邊。

大人國在它的北邊，這裡的人身材高大，坐著划船。一說大人國在䃌丘的北邊。

奢比尸神在它的北邊，奢比尸神有獸的身子、人的面孔、大耳朵，耳朵上懸掛著兩條青蛇。一說是肝榆尸神在大人國的北邊。

君子國在它的北邊，這裡的人穿衣戴帽，身上佩帶著劍，吃野獸，總有二隻大花斑虎在身邊聽候使喚。這裡的人很謙讓，不喜歡爭鬥。有一種薰華草，早晨生長出來，晚上就枯死了。一說君子國在肝榆尸神的北邊。

雙虹相交的景象在它的北邊，每道虹都有兩個腦袋。一說雙虹相交的景象在君子國的北邊。

朝陽谷的神名叫天吳，也就是主管水的神水伯。這個神在雙虹相交處北邊的兩條水之間。這個獸形的神，有八個腦袋，長著人的面孔，有八隻足、八條尾巴，背是青黃色的。

青丘國在它的北邊，這裡的人吃五穀，穿絲帛。這裡的狐有四隻足、九條尾巴。一說青丘國在朝陽谷的北邊。

天帝命令豎亥步行測量大地，從東極到西極，共有五億十萬九千八百步。豎亥右手拿著算籌，左手指著青丘國的北邊。一說是禹命令豎亥測量大地。一說是五億十萬九千八百步。

黑齒國在它的北邊，這裡的人牙齒是黑色的，吃稻米飯，還吃蛇，一條紅蛇一條青蛇在身邊。一說黑齒國在豎亥的北邊，這裡的人腦袋是黑色的，吃稻米飯，使喚著蛇，有一條蛇是紅色的。

再往前走，有一條湯谷，湯谷上有扶桑樹，是十個太陽洗澡的地方，它的位置在黑齒國的北邊，處在一片水中。有一棵高大的樹木，九個太陽住在樹的下枝，一個太陽住在樹的上枝。

雨師妾國在它的北邊，這裡的人皮膚是黑色的，兩隻手裡各握著一條蛇，左耳上掛著青蛇，右耳上掛著紅蛇。一說雨師妾國在十個太陽的北邊，這裡的人黑身子，長著人的面孔，兩手各握著一隻烏龜。

玄股國在它的北邊，這裡的人大腿是黑色的，穿著魚皮做的衣服，拿鷗鳥作食物，兩隻鳥把人夾在中間。一說玄股國在雨師妾國的北邊。

毛民國在它的北邊，這裡的人身上長滿了毛。一說毛民國在玄股國的北邊。

勞民國在它的北邊，這裡的人身體是黑色的，吃野果和草籽。這裡有一種兩個腦袋的鳥。牠們也被稱為教民。一說勞民國在毛民國的北邊，這裡的人的面孔、眼睛、手、足都是黑色的。

東方的木神句芒，是鳥的身子、人的面孔，駕著兩條龍。

卷十　海內南經

海內東南陬以西者。

甌居海中。閩在海中，其西北有山。一曰閩中山在海中。

三天子鄣山在閩西海北。一曰在海中。

桂林八樹在番隅東。

伯慮國、離耳國、雕題國、北朐國皆在鬱水南。鬱水出湘陵南海。一曰相慮。

梟陽國在北朐之西，其為人人面長脣，黑身有毛，反踵，見人笑則笑，左手操管❶。

兕在舜葬東，湘水南，其狀如牛，蒼黑，一角。

蒼梧之山❷，帝舜葬于陽，帝丹朱葬于陰。

氾林❸方三百里，在狌狌❹東。

狌狌知人名，其為獸如豕而人面，在舜葬西。

狌狌西北有犀牛，其狀如牛而黑。

夏后啟之臣曰孟涂，是司神于巴，人請訟于孟涂之所，其衣有血者乃執之，是請生❺。居山上，在丹山西。

窫窳❻居弱水中，在狌狌之西，其狀如貙❼，龍首，食人。

有木，其狀如牛，引之有皮，若纓、黃蛇❽。其葉如羅，其實如欒❾，其木如蓲❿，其名曰建木。在窫窳西弱水上。

氐人國在建木西，其為人人面而魚身，無足。

巴蛇食象，三歲而出其骨，君子服之，無心腹之疾。其為蛇青黃赤黑。一曰黑蛇青首，在犀牛西。

旄馬，其狀如馬，四節有毛。在巴蛇西北，高山南。

【章　旨】本節介紹的是海內地區東南角以西的地方。這一地區涉及甌、閩、三天子鄣山、桂林八樹、伯慮國、離耳國、雕題國、北朐國、梟陽國、兕、蒼梧山、氾林、狌狌知人名、犀牛、夏后啓之臣孟涂、窫窳、氐人國、巴蛇食象、旄馬……

梟陽國人長脣見人笑就笑，兕樣子像牛僅有一隻角，蒼梧山是帝舜帝丹朱的葬所，猩猩長著人臉樣子像豬，犀牛樣子像牛渾身黑色，夏后啓臣子孟涂有好生之德，窫窳樣子像貙長著龍的腦袋，建木樹皮像黃蛇又像纓帶，氐人長著人面魚身沒有足，巴蛇吞吃大象三年才吐出骨……

【注　釋】❶管　竹筒。❷蒼梧之山　即「九嶷山」。❸氾林　氾濫布衍的樹林。❹狌狌　即「猩猩」。❺請生　好生，珍愛生命的意思。❻窫窳　本為蛇身人面的天神窫窳，被殺而救活後變成龍首食人的怪物。❼貙　大如狗，身上的斑紋像貍的一種怪獸。❽若纓黃蛇　像纓帶，又像黃蛇。❾欒　欒樹，落葉喬木。❿藲　刺榆。

【語　譯】海內地區東南角以西的地方。

甌位於大海之中。閩也處於大海之中，它的西北方向有山。一說閩地的山本來也在大海之中。

三天子鄣山在閩的西邊、海的北邊。一說三天子鄣山在大海之中。

桂林的八棵樹在番隅的東邊。

伯慮國、離耳國、雕題國、北朐國都在鬱水的南邊。鬱水發源於湘陵南海。一說伯慮又叫相慮。

梟陽國在北朐國的西邊，這裡的人都是人的面孔，長長的脣，身子是黑色的，身上有許多毛，足跟與一般人相反，是朝前生的，見別人笑也就跟著笑，左手握著一隻竹筒。

兕在舜的墓葬的東邊、湘水的南邊，樣子像牛，青黑色，有一隻角。

蒼梧山，帝舜就葬在山的南面，帝丹朱葬在山的北面。

有一片氾濫布衍的樹林，方圓有三百里，位於猩猩的東邊。

猩猩知道人的名子，樣子像豬，卻長著人的臉，在舜的墓葬的西邊。

猩猩的西北有犀牛，牠樣子像牛，渾身是黑色的。

夏后啓有個臣子名叫孟涂，他主管著巴地的神。巴地的人到孟涂那裡去打官司，孟涂就把衣服上有血跡的人抓起來，算是有好生之德。孟涂住在一座山上，位於丹山的西邊。

窫窳居住在弱水中，在那個知人名的猩猩的西邊，樣子像名叫貙的怪獸，長著龍的頭，會吃人。

有一種樹，樣子像牛，拉動樹就會有皮剝落下來，皮像纓帶，又像黃蛇。樹的葉子像網羅，果實同如欒樹的果實，樹幹的樣子像刺榆，這種樹的名字叫建木。長在窫窳西邊弱水的岸上。

氐人國位於建木的西邊，這裡的人長著人的面孔，卻是魚的身子，沒有足。

巴蛇會吞吃大象，三年後才吐出大象的骨頭，有才德的人吃了牠，就不會有心痛和肚子痛的病。巴蛇身上的顏色有青、黃、紅、黑幾種顏色。一說是黑色蛇身、青色的頭，在犀牛的西邊。

旄馬的樣子像馬，四條腿的關節上都長著毛。在巴蛇的西北邊，高山的南邊。

卷十一　海內西經

海內西南陬以北者。

后稷之葬，山水環之。在氐國西。

流黃酆氏之國，中方三百里。有塗❶四方，中有山。在后稷葬西。

流沙出鍾山，西行又南行昆侖之虛，西南入海黑水之山。

國在流沙中者埻端、璽㬇，在昆侖虛東南。一曰海內之郡，不為郡縣，在流沙中。

國在流沙外者，大夏、豎沙、居繇、月支之國。

西胡白玉山在大夏東，蒼梧在白玉山西南，皆在流沙西，昆侖虛東南。昆侖山在西胡西，皆在西北。

海內昆侖之虛，在西北，帝之下都❷。昆侖之虛，方八百里，高萬仞。上有木禾❸，長五尋，大五圍。面有九井❹，以玉為檻。面有九門❺，門有開明獸守之，百神之所在。在八隅之巖❻，赤水之際，非仁羿莫能上岡之巖。

赤水出東南隅，以行其東北，西南流注南海厭火東。

河水出東北隅，以行其北，西南又入渤海，又出海外，即西而北，入禹所導積石山。

洋水、黑水出西北隅，以東，東行，又東北，南入海，羽民南。

弱水、青水出西南隅，以東，又北，又西南，過畢方鳥東。

昆侖南淵深三百仞。開明獸身大類虎而九首，皆人面，東嚮立昆侖上。

開明西有鳳皇、鸞鳥，皆戴蛇踐蛇，膺❼有赤蛇。

開明北有視肉、珠樹❽、文玉樹❾、玗琪樹❿、不死樹⓫。鳳皇、鸞鳥皆戴瞂⑫。又有離朱、木禾、柏樹、甘水⑬、聖木曼兌⑭，一曰挺木牙交。

開明東有巫彭、巫抵、巫陽、巫履、巫凡、巫相，夾窫窳之尸，皆操不死之藥以距之⑮。窫窳者，蛇身人面，貳負⑯臣所殺也。

服常樹，其上有三頭人，伺琅玕樹。

開明南有樹鳥，六首。蛟⑰、蝮、蛇、蜼、豹、鳥秩樹，于表池樹木⑱，誦鳥、鶽、視肉。

蛇巫之山，上有人操柸⑲而東向立。一曰龜山。

西王母梯几而戴勝⑳，其南有三青鳥，為西王母取食。在昆侖虛北。

【章旨】本節介紹的是海內西南角以北的地區。在這一地區涉及后稷葬所、流黃酆氏國、流沙、國在流沙中者、國在流沙外者、西胡白玉山、海內昆侖虛、赤水、河水、洋水及黑水、弱水及青水、開明獸、開明西、開明北、開明東、服常樹、開明南、蛇巫山、西王母及三青鳥……

后稷墓葬周圍山水環繞，昆侖山百神所在萬仞高，開明獸長著九個頭，北邊有鳳皇、鸞鳥還有挺木牙交，蛇巫山上有人手裡握著棍棒，西王母靠著案几南邊有三隻青鳥……

本書中名以昆侖之山者甚多，本節昆侖之虛即西次三山「昆侖之丘」，而〈海內東經〉之「昆侖山在西胡西」則為別一昆侖。

【注釋】❶塗　道路。❷下都　下方的都邑。❸木禾　穀類植物。❹面有九井　每一面有九口井。❺面有九門　每一面有九道門。❻八隅之巖　在八方的山巖之間。❼膺　胸。❽珠樹　珠玕樹，傳說食用這種樹的花、葉可以不老不死。❾文玉樹　五彩玉樹。❿玗琪樹　一種紅色的玉樹。⓫不死樹　傳說食用這種樹的果實可以長壽。⓬敵　盾。⓭甘水　泉名。⓮聖木曼兌　名叫曼兌的聖木。聖木，可以使人聰慧聖明的樹。⓯距之　祛除死氣，使之復活。⓰貳負　古天神，人面蛇身。⓱蛟　龍的一類。蛇身，有四隻腳。⓲于表池樹木　樹木環列在池子周圍使池子更加華美。表，明示；顯揚。⓳柸　應作「棓」。杖；棍棒。⓴梯几而戴勝　靠著案几，戴著玉勝。

【語譯】海內西南角以北的地區。

后稷的墓葬周圍有山水環繞。在氐國的西邊。

流黃酆氏國方圓有三百里。有道路通往四方，中間有一座山。位於后稷墓葬的西邊。

流沙發源於鍾山，向西流淌，又向南流經昆侖山，再向西南流入大海直到黑水山。

流沙中有埻端國、璽蓉國，都在昆侖山的東南邊。一說海內建置的郡縣，凡是在流沙中的，都不算在郡縣以內。

在流沙以外的國家，有大夏、豎沙、居繇、月支國。

西胡白玉山在大夏東邊，蒼梧在白玉山西南，都在流沙的西邊，昆侖山的東南邊。昆侖山在西胡的西邊。它們的位置都在西北方。

海內地區的昆侖山，在它的西北方，是天帝在下方的都邑。昆侖山方圓八百里，有萬仞高。山上有一棵穀子樹，高有五尋，大有五人合圍。昆侖山的每面都有九口井，井的欄杆是用玉石砌成的。山的每一面有九道門，每道門都有開明神獸守衛，那是百神所在的地方。百神所在的地方是在八方的山巖上，赤水的岸邊，如果沒有羿那樣射殺太陽的本領，就不能攀上山岡的巉巖。

赤水從山的東南角發源，流向東北方向，然後折向西南流到南海厭火國的東邊。

河水發源於山的東北角，順勢向北邊流去，然後折向西南方向流入渤海，又流出海外，從西往北，一直流入禹所疏導的積石山。

洋水、黑水發源於山的西北角，折向東面，向東流去，又折向東北，再往南流入大海，在羽民國的南邊。

弱水、青水發源於山的西南角，折向東面，又折向北，再流向西南，經過畢方鳥的東邊。

昆侖山南邊的淵潭有三百仞深。開明獸身子有老虎那麼大，長著九個腦袋，九個腦袋都是人的面孔，面朝東方站立在昆侖山上。

開明獸的西邊有鳳皇、鸞鳥，都是頭上頂著蛇，腳下踩著蛇，胸脯上還掛著紅蛇。

開明獸的北邊有視肉、珠樹、文玉樹、玗琪樹、不死樹，還有鳳皇、鸞鳥，牠們頭上都戴著盾。除此之外，還有離朱鳥、穀子樹、柏樹、甘水泉、聖木曼兑，聖木曼兑又叫挺木牙交。

開明獸東邊有巫彭、巫抵、巫陽、巫履、巫凡、巫相幾個巫師，他們夾著窫窳的屍體，手裡拿著不死藥去救他。窫窳長著蛇的身子、人的面孔，是貳負臣把他殺死的。

服常樹上面有一個長著三個頭的人，在那裡伺察著琅玕樹的動靜。

開明獸的南邊有一種樹鳥，長著六個腦袋；還有蛟、蝮、蛇、長尾猴、豹子，還有一些鳥秩樹，環列生長在一座池子的周圍；還有誦鳥、鶽、視肉。

蛇巫山上有人手裡握著棍棒面朝東方站著。一說是龜山。

西王母靠著一張案几，頭上戴著玉勝，南邊有三隻青鳥正在為西王母覓取食物。這是在昆侖山的北邊。

卷十二　海內北經

海內西北陬以東者。

匈奴、開題之國、列人之國並在西北。

貳負之臣曰危，危與貳負殺窫窳。帝乃梏之疏屬之山，桎其右足❶，反縛兩手，繫之山上木。在開題西北。

有人曰大行伯，把戈。其東有犬封國。貳負之尸在大行伯東。

犬封國曰犬戎國，狀如犬。有一女子，方跪進柸食❷。有文馬，縞身朱鬣，目若黃金，名曰吉量，乘之壽千歲。

鬼國在貳負之尸北，為物人面而一目。一曰貳負神在其東，為物人面蛇身。

蜪犬如犬，青，食人從首始。

窮奇狀如虎，有翼，食人從首始，所食被髮。在蜪犬北。一曰從足。

帝堯臺、帝嚳臺、帝丹朱臺、帝舜臺，各二臺，臺四方，在昆侖東北。

大蠭其狀如螽❸。朱蛾❹其狀如蛾。

蟜，其為人虎文，脛❺有䏿❻。在窮其東。一曰，狀如人。昆侖虛北所有。

闒非，人面而獸身，青色。

據比之尸，其為人折頸被髮，無一手。

環狗，其為人獸首人身。一曰蝟狀如狗，黃色。

袜❼，其為物人身黑首從目❽。

戎，其為人人首三角。

林氏國有珍獸，大若虎，五采畢具，尾長于身，名曰騶吾，乘之日行千里。

昆侖虛南所，有氾林方三百里。

從極之淵深三百仞，維冰夷恒都焉。冰夷人面，乘兩龍，一曰忠極之淵。

陽汙之山，河出其中；淩門之山，河出其中。

王子夜之尸，兩手、兩股、胷、首、齒，皆斷異處。

大澤方百里，羣鳥所生及所解❾，在鴈門北。

鴈門山，鴈出其間。在高柳北。

高柳在代北。

舜妻登比氏生宵明、燭光，處河大澤，二女之靈能照此所方百里。一曰登北氏。

東胡在大澤東。

夷人在東胡東。

貊國在漢水東北，地近于燕，滅之。

孟鳥⑩在貊國東北，其鳥文赤、黃、青，東鄉⑪。

【章　旨】本節介紹的是海內西北角以東的地區。在這一地區涉及匈奴及開題國、危與貳負殺窫窳、大行伯、犬封國、鬼國、蜪犬、窮奇、帝堯臺等四臺、大蠭及朱蛾、蟜、闒非、據比之尸、環狗、袜、戎、林氏國騶吾、昆侖虛南氾林、從極淵、陽汙山、王子夜之尸、大澤、鴈門山、高柳、舜妻登比氏生宵明和燭光、東胡、夷人、貊國、孟鳥……

危與貳負殺了窫窳，犬封國人樣子像狗，乘吉量馬使人長壽，蜪犬的樣子像狗，窮奇吃人從頭開始，據比尸折斷了頸子沒有手，環狗長著人的身子獸的頭，林氏國騶吾五彩斑斕是珍奇的野獸，水神冰夷常在從極淵棲息，登比氏生了宵明和燭光兩個女兒……

【注　釋】❶帝乃二句　桎梏，刑具。渾言不分，析言則「桎」為腳鐐，「梏」為手銬。❷柸食　酒食。柸，同「杯」。代指酒。❸大蠭其狀如螽　意思是大蜂像一般的蜂，可是身體要大得多。蠭，蜂。螽，「蠭」的古字。❹蛾　螞蟻。❺脛　小腿。❻膂　筋。❼袜　即「魅」，鬼魅。❽從目　眼睛豎生。從，同「縱」。❾羣鳥所生及所解　群鳥孳生幼鳥和脫毛換羽的地方。❿孟鳥　鳥名。〈海外西經〉有「滅蒙鳥在結匈國北」。滅蒙，「孟」的析音。⓫東鄉　面向東方。

【語　譯】海內西北角以東的地區。

匈奴、開題國、列人國都在西北方。

貳負有一個名叫危的臣子，與貳負合夥殺了窫窳。天帝就用手銬把他們銬在疏屬山上，並且把他們的右足用腳鐐鎖起來，還把他們的雙手反綁，一併捆在山上的大樹上。這座山在開題國的西北邊。

有個人名叫大行伯，手裡拿著戈。大行伯的東邊有個犬封國。貳負神的尸像在大行伯的東邊。犬封國又叫犬戎國，那裡的人樣子像狗。有個女子正跪著向丈夫進奉酒食。有匹文馬，白色的身子，紅色的鬣毛，眼睛像黃金，名叫吉量，凡是騎這匹馬的人可以有一千歲的壽命。

鬼國在貳負神的尸像的北邊，那裡的人有人的面孔，只有一隻眼睛。一說貳負神在東邊，是人的面孔、蛇的身子。

蜪犬的樣子像狗，渾身青色，吃人的時候從頭開始。

窮奇的樣子像老虎，有翅膀，吃人從頭開始，被吃的那人披著頭髮，在蜪犬的北邊。一說是從足開始吃的。

帝堯臺、帝嚳臺、帝丹朱臺、帝舜臺，都是各有兩座臺，臺是四四方方的，在昆侖山的東北邊。

大蜂的樣子像一般的蜂，可是要大得多。紅螞蟻的樣子像一般的螞蟻，可是樣子像蛾。

蟜這種人的身上有老虎的斑紋，小腿上有強勁的筋。在窮其的東邊。一說他的樣子像人。昆侖山的北邊有這種人。

闒非長著人的面孔、獸的身子，渾身是青色的。

據比尸，樣子是折斷了頸子，披散著頭髮，連一隻手也沒有。

環狗是獸的腦袋、人的身子。一說是刺蝟的形狀，又有點像狗，渾身是黃色的。

魅這種怪物是人的身子，黑腦袋，眼睛是豎生的。

戎這種人長著人的頭，頭上有三隻角。

林氏國有一種珍奇的野獸，有老虎那麼大，身上五彩斑斕，尾巴比身子還要長，名叫騶吾，騎著牠可以日行千里。

昆侖山的南邊，有一處氾濫布衍的樹林，方圓有三百里。

從極淵有三百仞深，只有水神冰夷常在那裡棲息。冰夷長著人的面孔，騎著兩條龍。一說是忠極淵。

陽汙山是河水發源的地方；淩門山也是河水發源的地方。

王子夜的尸像是兩隻手、兩條腿、胸脯、頭、牙齒都被斬斷分散在不同的地方。

大澤方圓有百里，是群鳥孳生和脫毛換羽的地方。在鴈門山的北邊。

鴈門山，有大雁從山中飛出來。在高柳的北邊。

高柳在代地的北邊。

舜的妻子登比氏生了宵明和燭光兩個女兒，居住在河水旁邊的大澤，兩位女兒的靈光能照耀這個方圓百里的地方。一說舜的妻子是登北氏。

東胡在大澤的東邊。

夷人在東胡的東邊。

貊國位於漢水的東北邊，在臨近燕國的地方，後來被燕國滅掉了。

孟鳥在貊國的東北邊，鳥的花紋有紅色的、黃色的、青色的，牠面向東方。

卷十三　海內東經

海內東北陬以南者。

鉅燕在東北陬。

蓋國在鉅燕南，倭北。倭屬燕。

朝鮮在列陽東，海北山南，列陽屬燕。

列姑射❶在海河州中。

姑射國在海中，屬列姑射。西南，山環之。

大蟹❷在海中。

陵魚❸人面，手足，魚身，在海中。

大鯾❹居海中。

明組邑❺居海中。

蓬萊山在海中。

大人之市❻在海中。

琅邪臺在渤海間，琅邪之東。其北有山，一曰在海間。

都州在海中，一曰鬱州。

韓鴈在海中，都州南。

始鳩在海中，韓鴈南。

雷澤中有雷神，龍身而人頭，鼓其腹，在吳西。

會稽山在大越南。

（建平元年四月丙戌，待詔太常屬臣望校治、侍中光祿勳臣龔、侍中奉車都尉光祿大夫臣秀領主省。）

【章　旨】本節介紹的是海內東北角以南的地區。在這一地區涉及鉅燕、蓋國、朝鮮、列姑射、姑射國、大蟹、陵魚、大鯾、明組邑、蓬萊山、大人市、琅邪臺、都州、韓鴈、始鳩、雷澤中雷神、會稽山……

陵魚長著魚身人面，大人市位於大海，渤海中有琅邪臺，雷澤中雷神龍身人頭，會稽山在大越南邊……

本節末尾有「岷三江：首大江出汶山，北江出曼山……」，從畢沅之說刪略。

【注釋】❶列姑射　山名，當為群島。❷大蟹　傳說有千里之大的蟹。❸陵魚　又名「龍魚」。見〈海外西經〉：「龍魚陵居在其北，狀如鯉。」❹鯾　魴魚。❺明組邑　一個海中聚落的名稱。❻大人之市　一說即為〈大荒東經〉：「……有大人之市，名曰大人之堂。」一說為登州海中海市蜃樓的景象。

【語譯】海內東北角以南的地區。

鉅燕位於東北角。

蓋國在鉅燕的南邊，倭國的北邊。倭國隸屬於燕國。

朝鮮在列陽的東邊，大海的北邊、山的南邊。列陽屬於燕國。

列姑射在海河中的島嶼上。

姑射國在大海中，屬於列姑射，它的西南部有群山環繞。

大蟹在海裡。

陵魚長著人的面孔，有手有足，魚的身子，生活在海裡。

大鯾魚住在海裡。

明組邑這個原始的部落位於大海中。

蓬萊山位於大海之中。

大人貿易的集市在大海中。

琅邪臺在渤海中，在琅邪的東邊。它的北邊有山。一說是在海中。

都州位於大海中。一說是鬱州。

韓鴈在大海中，在都州的南邊。

始鳩位於大海中，在韓鴈的南邊。

雷澤裡有雷神，雷神是龍的身子、人的頭，常敲打自己的肚子，在吳地的西邊。

會稽山在大越的南邊。

卷十四 大荒東經

東海之外有大壑，少昊之國。少昊孺❶帝顓頊于此，棄其琴瑟。有甘山者，甘水出焉，生甘淵。

東海之外，甘水之間，有羲和之國。有女子名曰羲和，方浴日于甘淵。羲和者，帝俊之妻，是生十日。

大荒東南隅有山，名皮母地丘。

東海之外，大荒之中，有山名曰大言，日月所出。

有波谷山者，有大人之國。有大人之市，名曰大人之堂。有一大人踆❷其上，張其兩臂。

有小人國，名靖人。

有神，人面獸身，名曰犁䰠之尸。

有潏山，楊水出焉。

有蒍國，黍食，使四鳥❸：虎、豹、熊、羆。

大荒之中，有山名曰合虛，日月所出。

有中容之國。帝俊生中容，中容人食獸、木實，使四鳥：豹、虎、熊、羆。

有東口之山，有君子之國，其人衣冠帶劍。

有司幽之國，帝俊生晏龍，晏龍生司幽，司幽生思士，不妻❹；思女，不夫❺。食黍，食獸，是使四鳥。

有大阿之山者。

大荒中有山名曰明星，日月所出。

有白民之國。帝俊生帝鴻，帝鴻生白民，白民銷姓，黍食，使四鳥：虎、豹、熊、羆。

有青丘之國，有狐，九尾。

有柔僕民，是維嬴❻土之國。

有黑齒之國，帝俊生黑齒，姜姓，黍食，使四鳥。

有夏州之國，有蓋余之國。

有神，八首人面，虎身十尾，名曰天吳。

大荒之中，有山名曰鞠陵于天、東極❼、離瞀❽，日月所出。名曰折丹——東方曰折，來風曰俊——處東極以出入風。

東海之渚中，有神，人面鳥身，珥兩黃蛇，踐兩黃蛇，名曰禺虢。黃帝生禺虢，禺虢生禺京，禺京處北海，禺虢處東海，是為海神。

有招搖山，融水出焉。有國曰玄股，黍食，使四鳥。

有困民國，勾姓，黍食。有人曰王亥，兩手操鳥，方食其頭。王亥託于有易、河伯僕牛❾。有易殺王亥，取僕牛。河伯念❿有易，有易潛出，為國于獸⓫，方食之，名曰搖民⓬。帝舜生戲，戲生搖民。

海內有兩人，名曰女丑⑬。女丑有大蟹⑭。

大荒之中，有山名曰孽搖頵羝，上有扶木，柱⑮三百里，其葉如芥。有谷曰溫源⑯谷。湯谷上有扶木⑰。一日方至，一日方出，皆載于烏。

有神，人面、大耳、獸身，珥兩青蛇，名曰奢比尸。

有五采之鳥，相鄉棄沙⑱。惟帝俊下友⑲。帝下兩壇，采鳥是司。

大荒之中，有山名猗天蘇門，日月所生。有壎民之國。

有綦山。又有搖山。有䰝山。又有門戶山。又有盛山。又有待山。有五采之鳥。

東荒之中，有山名曰壑明俊疾，日月所出，有中容之國。

東北海外，又有三青馬、三騅、甘華。爰有遺玉、三青鳥、三騅、視肉、甘華、甘柤，百穀所在。

有女和月母之國，有人名曰鳧，北方曰鳧，來風曰狻，是處東北隅以止日月，使無相間出沒，司其短長。

大荒東北隅中，有山名曰凶犁土丘。應龍處南極，殺蚩尤與夸父，不得復上。故下數旱，旱而為應龍之狀⑳，乃得大雨。

東海中有流波山，入海七千里。其上有獸，狀如牛，蒼身而無角，一足，出入水則必風雨，其光如日月，其聲如雷，其名曰夔。黃帝得之，以其皮為鼓，橛㉑以雷獸㉒之骨，聲聞五百里，以威天下。

【章旨】本節介紹的是東海之外的大荒地區。在這一地區涉及少昊之國、羲和生十日、皮母地丘、大言山、波谷山及大人國和大人市、小人國靖人、犁䰠之尸、潏山楊水、蔿國、合虛山、中容國、東口山、君子國、司幽國、大阿山、明星山、白民國、青丘國、柔僕民、黑齒國、夏州國和蓋余國、天吳、鞠陵于天山、禺號、玄股國、困民國、有易殺王亥、女丑及大蟹、孽搖頵羝山、湯谷扶木、奢比尸神、帝俊下友、猗天蘇門山、壎民國、壑明俊疾山、三青馬及三騅、女和月母國、應龍殺蚩尤與夸父、東海夔獸……

少昊在深壑撫育顓頊，羲和生了十個太陽，大言山上升起日月，大人國有集市叫大人堂，犁䰠尸神長著人的面孔，君子國民衣冠整齊寶劍懸在腰上，思士不娶妻子思女不嫁丈夫，日月高高升起在明星山上，黑齒國民役使著四種野獸，管理大地東極的神名叫折丹，東海海神名叫禺號，孽搖頵羝山上有一棵扶桑，奢比尸神人面大耳獸身，帝俊命五采鳥管理兩座祭壇，東北海外有百穀匯聚，鳧掌管著太陽和月亮，應龍殺死蚩尤和夸父，雷獸骨頭用來擊鼓五百里震響……

【注釋】❶孺　哺育；養育。❷踆　古蹲字。❸使四鳥　役使著四種獸。鳥獸通名。下例同。❹不妻　不娶妻。❺不夫　不嫁丈夫。❻贏　肥沃。❼東極　山名。❽離瞀　山名。❾僕牛　馴養牛。❿念　哀念，憐惜義。⓫為國于獸　在野獸中間建立了國家。⓬搖民　郭璞云：「言有易本與河伯友善，上甲微殷之賢王，假師以義伐罪，故河伯不得不助滅之。既而哀念有易，使得潛代而出，化為搖民國。」⓭女丑　女巫之類。⓮大蟹　已見〈海內東經〉。⓯柱　像柱子一樣頂天立地。⓰溫源　郭璞云：「溫源即湯谷也。」⓱扶木　扶桑樹。⓲相鄉棄沙　相鄉，互相面對。棄沙，當為嫛娑，即婆娑。⓳下友　從天界上下來與之交友。⓴為應龍之狀　裝扮成應龍的樣子。㉑橛　擊。㉒雷獸　雷神。

【語譯】東海海外有一個很大的深壑，那就是少昊建國的地方。少昊在那裡撫育幼時的顓頊帝，他把顓頊玩耍的琴和瑟丟棄在大壑中。有座山叫甘山，是甘水發源的地方，甘水流下來匯聚成甘淵。

東海之外，甘水流經的地區，有個羲和國。有個女子名叫羲和，正在甘淵中給太陽洗澡。羲和是帝俊的妻子，她生了十個太陽。

大荒的東南角有座山，名叫皮母地丘。

東海之外，大荒當中，有座山名叫大言，是太陽和月亮升起的地方。

有座波谷山，是大人國所在的地方。有一個大人做買賣的集市，名叫大人堂。有一個大人正蹲在那裡，張開他的兩隻胳膊。

有個小人國，名叫靖人。

有個神長著人的面孔、獸的身子，名叫犂䰠尸。

有座潏山，是楊水發源的地方。

有個蔿國，國民以黍為主食，役使著四種野獸：虎、豹、熊、羆。

大荒當中，有座山名叫合虛山，是太陽和月亮出來的地方。

有個中容國。帝俊生了中容國的祖先，中容人吃野獸和植物的果實，役使著四種野獸：豹、虎、熊、羆。

有座東口山，附近有個君子國，國民都衣冠整齊、腰懸寶劍。

有個司幽國。帝俊生了晏龍，晏龍生了司幽；司幽生了思士，不娶妻子；生了思女，不嫁丈夫。以黍為食，也吃野獸，役使著四種野獸。

有座大阿山。

大荒當中有座山名叫明星，是太陽和月亮出來的地方。

有個白民國。帝俊生了帝鴻，帝鴻生了白民國的先人，白民國的人姓銷，以黍為主食，役使著四種野獸：虎、豹、熊、羆。

有個青丘國，那裡有一種狐狸，有九條尾巴。

有個叫柔僕民的國家，土地肥沃富饒。

有個黑齒國。帝俊生了黑齒國的祖先，黑齒國國民姓姜，以黍為主食，役使著四種野獸。

有個夏州國。有個蓋余國。

有個神有八個腦袋，長著人的面孔，老虎的身子，有十條尾巴，名叫天吳。

大荒當中，有三座山，一座叫鞠陵于天山，一座叫東極山，一座叫離瞀山，都是太陽和月亮出來的地方。有個名叫折丹的神——東方叫折，從那裡吹來的風叫俊——處在大地的東極，管理風的出入。

東海的海島上，有個神長著人的面孔、鳥的身子，耳朵上掛著兩條黃色的蛇，腳下踏著兩條黃蛇，名叫禺䝞。黃帝生了禺䝞，禺䝞生了禺京，禺京居住在北海，禺䝞居住在東海，都成了海神。

有座招搖山，融水從這座山發源。有個國家叫玄股國，以黍為主食，役使著四種野獸。

有個困民國，國民姓勾，以黍為食。有個人叫王亥，兩手各握著一隻鳥，正在吃鳥的頭。王亥把一群馴養的牛託付給有易族人和河伯。有易人把王亥殺了，侵吞了他的牛。河伯協助殷國國君殺了許多有易人，但又哀念有易人，幫助一些有易人潛逃出來，在野獸中間建立了國家，這個國家的人正在吃這些野獸，他們名叫搖民。另一種說法是帝舜生了戲，戲又生了搖民。

海內有兩個人，名字叫女丑。女丑有一個大螃蟹。

大荒當中，有座山名叫孼搖頵羝，山上有一棵扶桑樹，樹幹高達三百里，樹葉的形狀像芥葉。有一道谷叫溫源谷。溫源谷又叫湯谷，湯谷中有一棵扶桑樹。一個太陽剛剛回來，一個太陽正要出去，這些太陽都由烏鴉負載著。

有一個神，長著人的面孔、大耳朵、獸的身子，耳朵上掛著兩條青蛇，名叫奢比尸。

有一種五彩羽毛的鳥，成群結隊地婆娑起舞。天帝帝俊喜歡從天上下來與牠們交朋友。帝俊在下方建造了兩座祭壇，由這些五彩鳥管理著。

大荒當中，有座山名叫猗天蘇門山，是太陽和月亮出來的地方。有個壎民國。

有座綦山。還有一座搖山。有一座䰝山。還有門戶山。還有盛山。還有待山。有五彩羽毛的鳥。

東邊大荒當中，有一座山名叫壑明俊疾，是太陽和月亮出來的地方。有個中容國。

東北的海外，還有三青馬、三騅馬、甘華樹。那裡還有黑色玉石、三青鳥、三騅馬、視肉、甘華樹、甘柤樹，是百穀匯聚的地方。

有個女和月母國，有人名叫鳧。北方叫鳧，從那裡吹來的風叫猣，處在大地的東北部的一角掌管著太陽和月亮，使太陽和月亮不是緊跟著出沒，掌握著日子的短長。

大荒的東北角上，有座山名叫凶犁土丘。應龍居住在山的南端，他幫助天帝殺死了蚩尤和夸父，無力重新回到天上。天上沒有興雲作雨的神，下界常鬧旱災，大旱時人們扮作應龍的樣子來求雨，就會求得大雨。

東海中有座流波山，位於入海七千里的地方。山上有一種野獸，樣子像牛，蒼色身子，沒有角，只有一隻腳，當牠出入水中時一定伴隨著大風大雨，牠的光輝像太陽和月亮，牠發出的聲音像打雷，名字叫夔。黃帝得到了牠，用牠的皮做成鼓，用雷獸的骨頭做成鼓槌來擊打，聲音響得方圓五百里內都能聽到，以使天下威服。

卷十五　大荒南經

南海之外，赤水之西，流沙之東，有獸，左右有首，名曰跊踢。有三青獸相並，名曰雙雙。

有阿山者。南海之中，有氾天之山，赤水窮焉。赤水之東，有蒼梧之野，舜與叔均之所葬也。爰有文貝、離俞❶、鴟久❷、鷹、賈❸、委維❹、熊、羆、象、虎、豹、狼、視肉。

有榮山，榮水出焉。黑水之南，有玄蛇，食麈❺。

有巫山者，西有黃鳥。帝藥八齋。黃鳥于巫山，司此玄蛇。

大荒之中，有不庭之山，榮水窮焉。有人三身，帝俊妻娥皇，生此三身之國，姚姓，黍食，使四鳥。有淵四方，四隅皆達，北屬❻黑水，南屬大荒，北旁❼名曰少和之淵，南旁名曰從淵，舜之所浴也。

又有成山，甘水窮焉。有季禺之國，顓頊之子，食黍。有羽民之國，其民皆生毛羽。有卵民之國，其民皆生卵。

大荒之中，有不姜之山，黑水窮焉。又有賈山，汔水出焉。又有言山，又有登備之山。有恝恝之山。又有蒲山，澧水出焉。又有隗山，其西有丹，其東有玉。又南有山，漂水出焉。有尾山。有翠山。

有盈民之國，於姓，黍食。又有人方食木葉。

有不死之國，阿姓，甘木❽是食。

大荒之中，有山名曰去痓。南極果，北不成，去痓果❾。

南海渚中，有神，人面，珥兩青蛇，踐兩赤蛇，曰不廷胡余。

有神名曰因因乎，南方曰因乎，來風曰乎民，處南極以出入風。

有襄山，又有重陰之山。有人食獸，曰季釐。帝俊生季釐，故曰季釐之國。有緡淵，少昊生倍伐，倍伐降處緡淵。有水四方，名曰俊壇。

有臷民之國。帝舜生無淫，降臷處，是謂巫臷民。巫臷民朌姓，食穀，不績不經⑩，服也；不稼不穡⑪，食也。爰有歌舞之鳥，鸞鳥自歌，鳳鳥自舞。爰有百獸，相羣爰處。百穀所聚。

大荒之中，有山名曰融天，海水南入焉。

有人曰鑿齒，羿殺之。

有蜮山者，有蜮民之國，桑姓，食黍，射蜮⑫是食。有人方扜⑬弓射黃蛇，名曰蜮人。

有宋山者，有赤蛇，名曰育蛇。有木生山上，名曰楓木。楓木，蚩尤所棄其桎梏，是為楓木。

有人方齒虎尾，名曰祖狀之尸。

有小人，名曰焦僥之國，幾姓，嘉穀是食。

大荒之中，有山名㱙塗之山，青水窮焉。有雲雨之山，有木名曰欒。禹攻雲雨，有赤石焉生欒，黃本，赤枝，青葉，羣帝焉取藥。

有國曰伯服，顓頊生伯服，食黍。有鼬姓之國。有苕山。又有宗山。又有姓山。又有壑山。又有陳州山。又有東州山。又有白水山，白水出焉，而生白淵，昆吾之師所浴也。

有人名曰張弘，在海上捕魚。海中有張弘之國，食魚，使四鳥。

有人焉，鳥喙，有翼，方捕魚于海。大荒之中，有人名曰驩頭。鯀妻士敬，士敬子曰炎融，生驩頭。驩頭人面鳥喙，有翼，食海中魚，杖翼⑭而行。維宜芑苣，穋楊是食⑮。有驩頭之國。

帝堯、帝嚳、帝舜葬于岳山。爰有文貝、離俞、鴟久、鷹、賈、延維⑯、視肉、熊、羆、虎、豹；朱木，赤枝，青華，玄實。有申山者。

大荒之中，有山名曰天臺，海水南入焉。

有蓋猶之山者，其上有甘柤，枝幹皆赤，黃葉，白華，黑實。東又有甘華，枝幹皆赤，黃葉。有青馬。有赤馬，名曰三騅。有視肉。

有小人，名曰菌人。

有南類之山，爰有遺玉、青馬、三騅、視肉、甘華，百穀所在。

【章 旨】本節介紹的是南海之外大荒地區。在這一地區涉及跊踢和雙雙、氾天之山、蒼梧之野、黑水玄蛇、巫山黃鳥、三身國、季禺羽民卵民三國、不姜山、盈民國、不死國、去痓山、不廷胡余神、因因乎神、季釐國、臷民國、融天山、羿殺鑿齒、蜮民國、宋山育蛇楓木、祖狀之尸、焦僥國、禹攻雲雨、顓頊生伯服、張弘國、驩頭、帝堯帝嚳帝舜葬所、天臺山、蓋猶山、小人菌人、南類山……

跊踢獸左右都有腦袋，蒼梧野是舜和叔均的葬所，黑水南邊黑蛇能吞食駝鹿，巫山西邊黃鳥看守著天帝的仙藥，娥皇生了三身國人的祖先，羽民國國民都長著羽毛，隗山西邊出產丹臒，不死國民愛吃甘木，因因乎神管理風的出入，巫臷民不織不種和睦相處，宋山楓木原是蚩尤丟棄的桎梏，焦僥國民姓幾吃上好的五穀，大禹治水發現了欒樹，天帝採集欒樹花果製煉仙藥，張弘國民吃魚役使四種野獸，大荒當中有人名叫驩頭，大荒當中有山名叫天臺海水從南面流進山來，蓋猶山出產甜柤梨樹，南類山有黑玉青馬聚生百穀……

【注 釋】❶離俞 即「離朱鳥」。已見〈海外南經〉「狄山」。❷鴟久 即「鵂鶹」，貓頭鷹。已見〈海外南經〉「狄山」。❸賈 烏鴉之類。❹委維 又作延維。即「委蛇」，兩頭蛇。❺麈 駝鹿。❻屬 連接。❼旁 側。❽甘木 即不死樹，吃了可以長生不老。❾南極果三句 意義不詳。一說是巫師的咒語。❿不績不經 績，把麻纖維剖開接續起來搓成線。經，本指織物上的縱線。績、經，即紡線織布。⓫不稼不穡　稼，種植穀物。穡，收割穀物。稼穡，泛指農業勞動。⓬蜮　一種害蟲，生長在水邊，傳說能含沙射人，使人生疥害病而死。⓭打挽弓。⓮杖翼　以翅膀作為拐杖。⓯維宜芑苣二句　芑、苣、穋，皆禾類植物。楊，楊樹。⓰延維　也作「委維」。

【語　譯】南海的外邊，赤水的西邊，流沙的東邊，有一種獸，左右都有腦袋，名叫跊踢。還有三隻青色的獸並生在一起，名字叫雙雙。

有座阿山，位於南海當中；還有一座汜天山，赤水流到這裡就窮盡了。赤水的東邊，有一處名叫蒼梧野的地方，是舜和叔均的墓葬所在。那裡有花斑貝、離俞鳥、貓頭鷹、老鷹、烏鴉、兩頭蛇、狗熊、人熊、大象、老虎、豹子、狼、視肉。

有座榮山，是榮水發源的地方。在黑水的南邊，有一種黑色的蛇，能吞食駝鹿。有座巫山，山的西邊有一隻黃鳥。天帝在這裡享受仙藥的處所共有八處。巫山上的黃鳥看管著那些黑色的大蛇，防止牠們偷吃天帝的仙藥。

在大荒中，有座不庭山，榮水流到那裡就窮盡了。有一種人有三個身子。帝俊的妻子娥皇，生了這個三身國人的祖先，他們都姓姚，以黍為主食，役使著四種野獸。有一個深淵四四方方的，四通八達，北邊連接黑水，南邊連接大荒，北側的淵名叫少和淵，南側的淵名叫從淵，是舜沐浴的地方。

還有一座成山，甘水流到這座山就窮盡了。有個季禺國，是顓頊的子孫後代生活的地方，他們以黍為主食。有個羽民國，國民都長著羽毛。有個卵民國，國民都產卵。

大荒當中，有座不姜山，是黑水窮盡的地方。還有一座賈山，汔水從那裡發源。還有言山、登備山、恝恝山。還有一座蒲山，是澧水發源的地方。還有一座隗山，山的西邊出產丹雘，山的東邊出產玉石。山的南邊還有山，那是漂水發源的地方。還有尾山、翠山。

有個盈民國，國民都姓於，以黍為主食。還有人正在吃樹葉。

有個不死國，國民都姓阿，以吃了可以長壽的不死木為主食。

大荒當中，有座山名叫去痓。那裡流傳著幾句咒語：「南極果，北不成，去痓果。」

南海的海島上，有一個神，長著人的面孔，耳朵上掛著兩條青蛇，腳下踩著兩條紅蛇，名字叫不廷胡余。

有個神名叫因因乎。南方叫因乎，從那裡吹來的風叫乎民。因因乎處在大地的南極管理風的出入。

有座襄山，還有一座重陰山。有人在吃野獸，這個人名叫季釐。帝俊在這裡生下季釐，所以叫季釐國。有一個緡淵，少昊生下倍伐，倍伐被貶謫到緡淵。有一個水池四四方方的，像座土壇，名叫俊壇。

有個載民國。帝舜生了無淫，無淫被貶謫到載這個地方居住，他的子孫後代因此叫巫載民。巫載民都姓朌，吃五穀，不績麻，不織布，卻有衣服穿；不栽種，卻有食物吃。那裡有喜愛歌舞的鳥，鸞鳥自由自在地歌唱，鳳鳥自由自在地舞蹈。那裡還有各種野獸，成群地居住在一起，和睦相處。那裡還是出產百穀的地方。

大荒當中，有座山名叫融天，海水從南邊流入這座山。

有個人名叫鑿齒，羿殺了他。

有座蜮山，還有一個蜮民國，國民都姓桑，以黍為主食，也射殺蜮來吃。有人正在挽弓射黃蛇，名叫蜮人。

有座宋山，山上有一種紅蛇，名叫育蛇。山上生長著一種樹木，名叫楓木。楓木原是蚩尤丟棄的桎梏，後來變成了楓木。

有一種人，長著方形的牙齒、老虎的尾巴，名字叫祖狀尸。

有小人組成的國家，叫做焦僥國，國民都姓幾，吃上好的五穀。

大荒當中，有座死塗山，青水流到這裡就窮盡了。有座雲雨山，山上生長著欒樹。禹治水到雲雨山，發現一處紅色的崖石上面長出了欒樹，黃色的樹幹，紅色的枝幹，青青的葉子，天帝們就到這裡採集欒樹的花果製煉仙藥。

有個國家叫伯服，顓頊生下伯服國的祖先，伯服國國民以黍為主食。有一個鼬姓國。還有一座苕山。還有宗山、姓山、壑山、陳州山、東州山。還有一座白水山，白水從這裡發源，流出來匯聚成白淵，白淵是昆吾的老師沐浴的地方。

有人名叫張弘，在海上捕魚。大海中有一個張弘國，國民都吃魚，役使著四種野獸。

有一種人，長著鳥的嘴殼，還有翅膀，正在大海中捕魚。大荒當中，有人名叫驩頭。鯀的妻子名叫士敬，士敬的兒子叫炎融，炎融生了驩頭。驩頭長著人的面孔、鳥的嘴殼，還有翅膀，吃海裡的魚，有翅膀卻不能飛，只能把翅膀作為拐杖來幫助行走。他常以芑、苣、穋、楊等植物作為食物。於是就有了驩頭國。

帝堯、帝嚳、帝舜葬在岳山。那裡有花斑貝、離俞鳥、貓頭鷹、老鷹、烏鴉、兩頭蛇、視肉、狗熊、人熊、老虎、豹子；還有紅色的樹木，枝幹是紅色的，開青色的花，結黑色的果實。還有一座申山。

大荒當中，有一座山名叫天臺，海水從山的南面流進山來。

有座蓋猶山，山上出產甜柤梨樹，樹的枝幹都是紅色的，葉子是黃色的，開白花，結黑色的果實。山的東邊還有甘華樹，樹的枝幹都是紅色的，葉子是黃色的。有一種青馬。有一種紅色的馬，名叫三騅。還有視肉。

有一種小人，名叫菌人。

有座南類山，山中有黑色玉石、青馬、三騅馬、視肉、甘華樹等，是百穀聚生的地方。

卷十六　大荒西經

西北海之外，大荒之隅，有山而不合，名曰不周，有兩黃獸守之。有水曰寒暑之水。水西有濕山，水東有幕山。有禹攻共工國山。

有國名曰淑士，顓頊之子。

有神十人，名曰女媧之腸，化為神，處栗廣之野，橫道而處。

有人名曰石夷，西方曰夷，來風曰韋，處西北隅以司日月之長短。

有五采之鳥，有冠，名曰狂鳥。

有大澤之長山，有白民之國。

西北海之外，赤水之東，有長脛之國。

有西周之國，姬姓，食穀。有人方耕，名曰叔均。帝俊生后稷，稷降以百穀。稷之弟曰台璽，生叔均。叔均是代其父及稷播百穀，始作耕❶。

有赤國妻氏。有雙山。

西海之外，大荒之中，有方山者，上有青樹，名曰柜格之松，日月所出入也。

西北海之外，赤水之西，有天民之國，食穀，使四鳥。

有北狄之國。黃帝之孫曰始均，始均生北狄。

有芒山。有桂山。有榣山，其上有人，號曰太子長琴。顓頊生老童，老童生祝融，祝融生太子長琴，是處榣山。始作樂風❷。

有五采鳥三名，一曰皇鳥，一曰鸞鳥，一曰鳳鳥。

有蟲狀如菟❸，胷以後者裸不見，青如猨狀。

大荒之中，有山名曰豐沮玉門，日月所入。

有靈山，巫咸、巫即、巫朌、巫彭、巫姑、巫真、巫禮、巫抵、巫謝、巫羅十巫，從此升降，百藥爰在。

有西王母之山、壑山、海山。有沃民之國，沃民是處。沃之野，鳳鳥之卵是食，甘露是飲。凡其所欲，其味盡存。爰有甘華、甘柤、白柳、視肉、三騅、璇瑰❹、瑤碧、白木、琅玕、白丹、青丹，多銀鐵。鸞鳥自歌，鳳鳥自舞，爰有百獸，相羣是處，是謂沃之野。

有三青鳥，赤首黑目，一名曰大鵹，一名曰少鵹，一名曰青鳥。

有軒轅之臺，射者不敢西鄉，畏軒轅之臺。

大荒之中，有龍山，日月所入。

有三澤水，名曰三淖，昆吾之所食也。

有人衣青，以袂蔽面，名曰女丑之尸。

有女子之國。

有桃山。有䖟山❺。有桂山。有于土山。

有丈夫之國。

有弇州之山，五采之鳥仰天，名曰鳴鳥。爰有百樂歌儛之風。

有軒轅之國。江山之南棲為吉。不壽者乃八百歲。

西海陼❻中，有神，人面鳥身，珥兩青蛇，踐兩赤蛇，名曰弇茲。

大荒之中，有山名曰日月山，天樞也。吳姖天門，日月所入。有神，人面無臂，兩足反屬于頭上，名曰噓。顓頊生老童，老童生重及黎，帝令重獻❼上天，令黎卬❽下地，下地是生噎，處于西極，以行日月星辰之行次。

有人反臂，名曰天虞。

有女子方浴月，帝俊妻常羲，生月十二，此始浴之。

有玄丹之山，有五色之鳥，人面有髮。爰有青鴍、黃鷔，青鳥、黃鳥，其所集者其國亡。

有池，名孟翼之攻顓頊之池。

大荒之中，有山名曰鏖鏊鉅，日月所入者。

有獸，左右有首，名曰屏蓬。

有巫山者。有壑山者。有金門之山，有人名曰黃姖之尸。有比翼之鳥。有白鳥，青翼，黃尾，玄喙。有赤犬，名曰天犬，其所下者有兵。

西海之南，流沙之濱，赤水之後，黑水之前，有大山，名曰昆侖之丘。有神——人面虎身，有文有尾，皆白——處之。其下有弱水之淵環之。其外有炎火之山，投物輒然❾。有人戴勝，虎齒，豹尾，穴處，名曰西王母。此山萬物盡有。

大荒之中，有山名曰常陽之山，日月所入。

有寒荒之國。有二人女祭、女薎。

有壽麻之國。南嶽娶州山女，名曰女虔。女虔生季格，季格生壽麻。壽麻正立無景❿，疾呼無響。爰有大暑，不可以往。

有人無首，操戈盾立，名曰夏耕之尸。故成湯伐夏桀于章山，克之，斬耕厥前。耕既立，無首，走厥咎⓫，乃降于巫山。

有人名曰吳回，奇左，是無右臂。

有蓋山之國，有樹，赤皮支幹，青華，名曰朱木。

有一臂民。

大荒之中，有山名曰大荒之山，日月所入。有人焉三面，是顓頊之子，三面一臂，三面之人不死，是謂大荒之野。

西南海之外，赤水之南，流沙之西，有人珥兩青蛇，乘兩青龍，名曰夏后開。開上三嬪[12]于天，得〈九辯〉與〈九歌〉[13]以下。此天穆之野，高二千仞，開焉得始歌〈九招〉。

有氐人之國，炎帝之孫名曰靈恝，靈恝生氐人，是能上下于天。

有魚偏枯，名曰魚婦。顓頊死即復蘇。風道[14]北來，天乃大水泉，蛇乃化為魚，是為魚婦。顓頊死即復蘇。

有青鳥，身黃，赤足，六首，名曰鸀鳥。

有大巫山，有金之山。西南，大荒之隅，有偏句、常羊之山。

【章 旨】本節介紹的是西北海之外的大荒地區。在這一地區涉及不周山、禹攻共工國山、淑士國、女媧腸、石夷、狂鳥、白民國、長脛國、西周國、柜格松、天民國、北狄國、榣山太子長琴、五采鳥三名、有蟲狀如菟、豐沮玉門山、靈山十巫、西王母山、三青鳥、軒轅臺、龍山、三澤水、女丑之尸、女子國、有桃山、丈夫國、弇州山鳴鳥、軒轅國、西海神弇茲、日月山、天虞、常羲生月十二、玄丹山五色之鳥、孟翼之攻顓頊之池、鏖鏊鉅山、屏蓬獸、金門山黃姖之尸、昆侖丘西王母、常陽山、寒荒國女祭女薎、壽麻國、夏耕之尸、吳回、蓋山國、一臂民、大荒山三面一臂人、夏后開、氐人國、魚婦、鸀鳥、偏句山、常羊山……

不周山斷而不合攏。女媧腸變成十個神。后稷帶來百穀種，播撒自有叔均孫。方山之上柜格松。黃帝有孫叫始均。太子長琴創樂曲。五彩羽毛皇鸞鳳。沃民沃野飲天露，璇瑰瑤碧甘華樹。弇州山上樂儛盛。軒轅國中人長壽。弇茲腳踩兩紅蛇。日月山是天樞紐，天帝分開天和地。手臂反轉是天虞。玄丹山上五色鳥。大荒當中鏖鏊鉅。西王母長著豹子尾。只有左臂是吳回。有人長著三張臉。夏后開得到〈九歌〉和〈九辯〉，天穆野高達二千仞，夏后開創造〈九招〉樂。顓頊死後變魚婦。有種青鳥名叫鸀……

【注 釋】❶始作耕 創制發明了農事。❷始作樂風 創制發明了各種樂曲。❸菟 同「兔」。❹璇瑰 玉名。又作「璿瑰」。❺虵山 同「蛇山」。❻睹 同「渚」。❼獻 托舉。❽印 同「抑」。往下按。❾然 同「燃」。❿景 同「影」。⓫丢厥咎 逃避罪咎。丢，「走」的本字。厥，其。⓬嬪 通「賓」。做客義。⓭九辯與九歌九辯、九歌，天樂名。⓮道　從。

【語　譯】西北海海外，大荒的一角，有一座山斷了卻合不起來，名叫不周山，有兩隻黃色的野獸守衛在那裡。有一條河叫寒暑水。河的西邊有濕山，河的東邊有幕山。還有一座禹攻共工國山。

有個國家名叫淑士國，是顓頊的子孫後代繁衍而形成的國家。

有十個神人，名叫女媧腸，都是女媧的腸子變成的神，住在名叫栗廣的原野上，橫截了道路居住在那裡。

有個人名叫石夷。西方叫夷，從西方吹來的風叫韋，石夷住在西北角，管理著太陽和月亮運行時間的長短。

有一種五彩羽毛的鳥，頭上有冠，名叫狂鳥。

有大澤長山，有白民國。

西北海海外，赤水的東邊，有一個長脛國。

有個西周國，姓姬，以五穀為食。有人正在耕種，他的名字叫叔均。帝俊生了后稷，后稷把百穀的種子從天上帶到人間。后稷的弟弟叫台璽，台璽生了叔均。叔均代替他的父親和后稷播種百穀，發明創造了耕種的方法。那裡有人叫赤國妻氏。有座山叫雙山。

西海海外，大荒當中，有一座方山，山上有一種青色大樹，名叫柜格松，是太陽和月亮出入的地方。

西北海海外，赤水的西邊，有一個天民之國，國民吃五穀，役使四種野獸。

有個北狄國。黃帝有個孫子叫始均，始均生了北狄的祖先。

有座芒山。有座桂山。有座榣山，山上有個人名叫太子長琴。顓頊生了老童，老童生了祝融，祝融生了太子長琴，太子長琴住在榣山，創制出各種樂曲來。

有一種五彩羽毛的鳥有三個名字，一是皇鳥，一是鸞鳥，一是鳳鳥。

有一種獸，樣子像兔子，胸脯以後的部位都赤裸著，卻看不出來，因為牠的皮色像猿猴一樣，是青色的。

大荒當中，有座山名叫豐沮玉門，是太陽和月亮進去的地方。

有座靈山，巫咸、巫即、巫肦、巫彭、巫姑、巫真、巫禮、巫抵、巫謝、巫羅十個巫師都從這裡上天下地，這裡是百藥叢生的地方。

有西王母山、壑山、海山。有個沃民國，沃民在這裡居住。他們把沃野上鳳鳥生的蛋當作食品，還飲天上降下的甘露。凡是他們想要得到的滋味，都可以在鳥蛋和甘露中得到。這裡有甘華樹、甘柤樹、白柳樹、視肉、三騅馬、璇瑰、瑤碧、白木、琅玕、白丹、青丹，還有很多銀和鐵。在這裡，鸞鳥自由自在地歌唱，鳳鳥自由自在地舞蹈。這裡的百獸和睦相處，所以這裡叫做沃野。

有三隻青色的鳥，都是紅腦袋、黑眼睛，一隻名叫大鵹，一隻名叫少鵹，一隻名叫青鳥。

有座軒轅臺在西邊，射箭的人不敢對著西方射，因為敬畏軒轅臺。

大荒當中，有座龍山，是太陽和月亮進去的地方。

有三個大澤的水匯聚在一起，名叫三淖，是昆吾取得食物的地方。

有人身穿青色衣裳，用袖子遮住自己的臉，名叫女丑尸。

有一個女子國。

有桃山。有宝山。有桂山。有于土山。

有丈夫國。

有座弇州山，山上有五彩羽毛的鳥仰首朝天，名叫鳴鳥。這裡是一片音樂歌舞繁盛景象。

有一個軒轅國。那裡的人都以居住在江山的南面為吉祥。他們當中壽命最短的也能活到八百歲。

西海的海島上，有一個神長著人的面孔、鳥的身子，耳朵上掛著兩條青色的蛇，腳下踩著兩條紅色的蛇，名叫弇茲。

大荒當中，有座山名叫日月山，是天的樞紐。吳姖天門山是太陽和月亮進去的地方。有一個神，長著人的面孔，沒有手臂，兩隻腳反過來架在頭上，名叫噓。顓頊生了老童，老童生了重和黎，天帝下令重雙手托著天，又命令黎兩手撐著地。黎隨著下降的大地來到地上，生下噎，噎就居住在大地的西極，管理著日月星辰運行的秩序。

有人手臂反轉著朝後生，名叫天虞。

有個女子正在那裡替月亮洗澡。帝俊的妻子常羲，生了十二個月亮，這才開始給他們洗澡。

有座玄丹山，山上有五色鳥，長著人的面孔，有頭髮。這裡有青鴍、黃鷔，也就是青鳥、黃鳥，牠們集聚棲息的地方，國家就會滅亡。

有個池子名叫孟翼之攻顓頊池。

大荒當中，有座山名叫鏖鏊鉅，是太陽和月亮進入的地方。

有一種獸，左右都有頭，名字叫屏蓬。

有座巫山。有座壑山。有座金門山，有人名叫黃姖尸。有比翼鳥。有一種白鳥，長著青色的翅膀，黃尾巴，黑嘴殼。有一種紅色的犬，名字叫天犬，這種犬來到大地，那裡就會有戰爭。

西海的南邊，流沙的旁邊，赤水的後面，黑水的前面，有一座大山，名叫昆侖丘。有一個神居住在這裡，他長著人的面孔、老虎的身子，尾巴上有斑紋，身子都是白色的。他的下方有弱水淵環繞。外邊有炎火山，只要投進東西就會燃燒。有一個人頭上戴著玉勝，長著老虎的牙齒，豹子尾巴，住在洞穴裡，名叫西王母。這座山裡萬物應有盡有。

大荒當中，有座山名叫常陽山，是太陽和月亮進入的地方。

有個寒荒國。有兩個人，一個是女祭，一個是女薎。

有個壽麻國。南嶽山神娶了州山的女兒，名叫女虔。女虔生了季格，季格生了壽麻。壽麻筆直地站在太陽下面卻不見影子，大聲喊叫卻沒有聲音。這個國家非常熱，人們不能去那裡。

有一個人沒有頭，手裡拿著戈和盾站在那裡，名叫夏耕尸。以往成湯討伐夏桀，在章山打敗了夏桀，當面就把夏耕斬首。耕站立起來，發現自己沒有腦袋，趕緊想法逃避罪責，於是逃竄到巫山。

有個人名叫吳回，單剩左臂，沒有右臂。

有個蓋山國，那裡有一種樹，紅色的樹皮、樹幹，青色的花，名叫朱木。

有只有一隻手臂的人。

大荒當中，有座山名叫大荒山，是太陽和月亮進入的地方。有一種人長著三張臉，是顓頊的子孫，三張臉一隻手臂。三張臉的人永遠不死，這裡就叫大荒野。

西南海的海外，赤水的南邊，流沙的西邊，有人耳朵上掛著兩條青蛇，騎著兩條青龍，名叫夏后開。夏后開三次上天做客，得到天樂〈九辯〉和〈九歌〉後下到凡間。在高達二千仞的天穆野上，夏后開創造了名叫〈九招〉的音樂。

有個氐人國。炎帝的孫子名叫靈恝，靈恝生了氐人國的祖先，能夠上下於天。

有一種魚，半身枯乾，名叫魚婦。據說是顓頊死後復蘇變化形成的。風從北方吹來，泉水噴湧而出，蛇變化成魚，這就是魚婦。顓頊死後立即復蘇，託身魚體，於是人們就把這種魚叫魚婦。

有一種青鳥，身子是黃色的，紅色的腳，有六個腦袋，名叫鸀鳥。

有座大巫山，有座金山。在西南方大荒的一角，有偏句山、常羊山。

卷十七 大荒北經

東北海外，大荒之中，河水之間，附禺之山，帝顓頊與九嬪葬焉。爰有鴟久、文貝、離俞、鸞鳥、鳳鳥、大物、小物❶。有青鳥、琅鳥、玄鳥❷、黃鳥、虎、豹、熊、羆、黃蛇、視肉、璿瑰、瑤碧，皆出于山。衛丘方圓三百里，丘南帝俊竹林在焉。大可為舟。竹南有赤澤水，名曰封淵。有三桑無枝。丘西有沈淵，顓頊所浴。

有胡不與之國，烈姓，黍食。

大荒之中，有山名曰不咸。有肅慎氏之國。有蜚蛭❸，四翼。有蟲，獸首蛇身，名曰琴蟲。

有人名曰大人。有大人之國，釐姓，黍食。有大青蛇，黃頭，食麈。

有榆山，有鯀攻程州之山。

大荒之中，有山名曰衡天。有先民之山，有槃木❹千里。

有叔歜國，顓頊之子，黍食，使四鳥：虎、豹、熊、羆。有黑蟲如熊狀，名曰猎猎。

有北齊之國，姜姓，使虎、豹、熊、羆。

大荒之中，有山名曰先檻大逢之山，河濟所入，海北注焉。其西有山，名曰禹所積石。

有陽山者。有順山者，順水出焉。有始州之國，有丹山。

有大澤方千里，羣鳥所解❺。

有毛民之國，依姓，食黍，使四鳥。禹生均國，均國生役采，役采生修鞈，修鞈殺綽人。帝念之，潛為之國，是此毛民。

有儋耳之國，任姓，禺號❻子，食穀。北海之渚中，有神，人面鳥身，珥兩青蛇，踐兩赤蛇，名曰禺彊。

大荒之中，有山名曰北極天櫃，海水北注焉。有神，九首人面鳥身，名曰九鳳。又有神銜蛇操蛇，其狀虎首人身，四蹏長肘，名曰彊良。

大荒之中，有山名曰成都載天。有人珥兩黃蛇，把兩黃蛇，名曰夸父。后土生信，信生夸父，夸父不量力，欲追日景，逮之于禺谷。將飲河而不足也，將走大澤，未至，死于此。應龍已殺蚩尤，又殺夸父，乃去南方處之，故南方多雨。

又有無腸之國，是任姓，無繼子，食魚。

共工之臣名曰相繇，九首蛇身，自環，食于九土，其所歍❼所尼❽，即為源澤，不辛乃苦，百獸莫能處。禹湮❾洪水，殺相繇，其血腥臭，不可生穀，其地多水，不可居也。禹湮之，三仞三沮❿，乃以為池，羣帝因是以為臺。在昆侖之北。

有岳之山，尋竹⓫生焉。

大荒之中，有山名不句，海水北入焉。

有係昆之山者，有共工之臺，射者不敢北鄉。有人衣青衣，名曰黃帝女魃。蚩尤作兵伐黃帝，黃帝乃令應龍攻之冀州之野。應龍畜水⑫，蚩尤請風伯雨師縱大風雨。黃帝乃下天女曰魃⑬，雨止，遂殺蚩尤。魃不得復上，所居不雨。叔均言之帝，後置之赤水之北。叔均乃為田祖⑭。魃時亡之。所欲逐之者，令曰：「神北行！」先除水道，決通溝瀆⑮。

有人方食魚，名曰深目民之國，盼姓，食魚。

有鍾山者，有女子衣青衣，名曰赤水女子獻。

大荒之中，有山名曰融父山，順水入焉。有人名曰犬戎。黃帝生苗龍，苗龍生融吾，融吾生弄明，弄明生白犬，白犬有牝牡，是為犬戎，肉食。有赤獸，馬狀無首，名曰戎宣王尸。

有山名曰齊州之山、君山、鬵山、鮮野山、魚山。

有人一目，當面中生，一曰是威姓，少昊之子，食黍。

有無繼民，無繼民任姓，無骨子，食氣、魚。

西北海外，流沙之東，有國曰中輻，顓頊之子，食黍。

有國名曰賴丘，有犬戎國。有神，人面獸身，名曰犬戎。

西北海外，黑水之北，有人有翼，名曰苗民。顓頊生驩頭，驩頭生苗民，苗民釐姓，食肉。有山名曰章山。

大荒之中，有衡石山、九陰山、灰野之山，上有赤樹，青葉，赤華，名曰若木。

有牛黎之國，有人無骨，儋耳之子。

西北海外，赤水之北，有章尾山。有神，人面蛇身而赤，直目正乘⑯，其瞑乃晦，其視乃明，不食不寢不息，風雨是謁⑰。是燭九陰⑱，是謂燭龍。

【章　旨】本節介紹的是東北海之外大荒地區。在這一地區涉及附禺山（帝顓頊與九嬪葬所）、胡不與國、不咸山（肅慎氏國）、大人國、鯀攻程州山、衡天山、叔歜國、北齊國、先檻大逢山、始州國、大澤、毛民國、儋耳國（北海禺彊）、北極天櫃山（九鳳、彊良）、成都載天山（夸父追日）、無腸國、禹湮洪水殺相繇、岳山、不句山、係昆山（共工臺、黃帝女魃殺蚩尤）、深目民國、鍾山（赤水女子獻）、融父山（犬戎、赤獸）、齊州山、一目人、無繼民、中輻國（顓頊之子）、賴丘國（犬戎國）、苗民、衡石山、九陰山、灰野山、牛黎國、章尾山（燭龍）……

附禹山是帝顓頊和嬪妃葬所。肅慎氏國飛蛭長著四隻翅膀。先民山槃木方圓千里。儋耳國神人腳踏紅蛇名叫禺彊。九鳳神有九個頭人面鳥身。夸父雄心勃勃追趕太陽。相繇蛇身九頭饕餮貪婪，禹湮洪水殺相繇消除災難。蚩尤請風伯雨師縱起風雨，女魃殺蚩尤平水患又致乾旱。融父山白犬集雌雄為一體。少昊子孫姓威眼睛長在臉中央。無繼民以空氣和魚為主食。苗民姓釐以肉為食長著翅膀。章尾山燭龍人面蛇身眼睛豎生，不吃不睡吞咽風雨能照亮九重泉壤……

【注　釋】❶大物小物　大大小小的殉葬物品。❷玄鳥　燕子。❸蜚蛭　會飛的蛭。蜚，同「飛」。❹槃木　盤曲的大樹。❺解　脫換羽毛。❻禺號　即禺號，乃黃帝之子。見〈大荒東經〉。❼歍　嘔。❽尼　止；棲息。❾湮　淤塞。❿三仞三沮　三次填塞，三次塌陷。⓫尋竹　大竹。尋，長。⓬畜水　蓄水。⓭魃　即旱魃，造成旱災的鬼怪。⓮田祖　田神。⓯決通溝瀆　疏通溝瀆。⓰直目正乘　直目，眼睛豎生。正乘，意義未詳。一說「乘」為「朕」的假借。「朕」本義為舟縫，引申為交縫處。「正乘」義為眼瞼呈一條直縫。⓱謁　「噎」的假借，吞咽義。⓲燭九陰　照亮九重泉壤的陰暗。

【語　譯】東北海海外，大荒當中，河水流經的地方，有座附禺山，帝顓頊和他的九個嬪妃都埋葬那裡。那裡有貓頭鷹、花斑貝、離俞鳥、鸞鳥、鳳鳥以及大大小小的殉葬物。還有青鳥、琅鳥、燕子、黃鳥、老虎、豹子、狗熊、人熊、黃蛇、視肉、璿瑰、瑤碧等，都出在這座山。附近有一座衛丘，方圓有三百里，丘的南邊有帝俊的竹林。竹子很粗，大的剖開後就可以做船。竹林的南邊有一片紅色水澤，名叫封淵。有三棵桑樹，桑樹沒有枝條。衛丘的西邊有沈淵，是顓頊沐浴的地方。

有個胡不與國，姓烈，以黍為主食。

大荒當中，有座山名叫不咸。有個肅慎氏國。有會飛的蛭，長著四個翅膀；有一種獸，長著獸的腦袋、蛇的身子，名叫琴蟲。

有人名叫大人。有個大人國，姓釐，以黍為主食。有一種大青蛇，黃的頭，吃駝鹿。

有座榆山，有座鯀攻程州山。

大荒當中，有座山叫衡天山。有座先民山，有盤曲的大樹，占地面積方圓有千里。

有個叔歜國，是顓頊子孫後代，以黍為主食，役使著四種野獸：虎、豹、熊、羆。有一種黑色的獸，像熊，名叫猎猎。

有個北齊國，姓姜，役使著虎、豹、熊、羆。

大荒當中，有座山名叫先檻大逢山，是河水和濟水流入的地方。海水也從北面流注這裡。它的西邊有一座山，名叫禹所積石山。

有座山叫陽山。有座山叫順山，是順水發源的地方。有個始州國，附近有座丹山。

有大澤方圓千里，是各種鳥類更換羽毛的地方。

有個毛民國，姓依，以黍為主食，役使著四種野獸。禹生了均國，均國生了役采，役采生了修鞈，修鞈把綽人殺了。天帝感念綽人被殺，暗地裡為綽人的後代建立了一個國家，這就是毛民國。

有個儋耳國，姓任，是禺號的子孫，吃五穀。北海的海島中，有一個神，長著人的面孔、鳥的身子，耳朵上掛著兩條青蛇，腳下踏著兩條紅蛇，名叫禺彊。

大荒當中，有座山名叫北極天櫃山，海水從北面灌注這裡。有一個神，有九個腦袋，長著人的面孔、鳥的身子，名叫九鳳。還有一個神，嘴裡銜著蛇，手上握著蛇，長著老虎的腦袋、人的身子，有四隻蹏足，長長的手肘，名叫彊良。

大荒當中，有座山名叫成都載天。有個人耳朵上掛著兩條黃蛇，手裡握著兩條黃蛇，名叫夸父。后土生了信，信生了夸父，夸父不自量力，要追趕太陽光，想在禺谷捉住太陽。他追到半途，覺得口渴，想去喝黃河的水，不夠喝，又想趕到大澤喝水，還沒有走到，就渴死在這裡了。應龍殺了蚩尤以後，又去殺夸父，然後去南方居住，所以南方雨水很多。

又有個無腸國，姓任，是無繼國的子孫，吃魚。

共工有個臣子名叫相繇，有九個腦袋、蛇的身子，盤繞自旋，尋找九座山上的食物吃。凡是他嘔吐或者棲息停留的地方，就會成為一片沼澤，氣味不是辣就是苦，各種鳥、獸都不能居住。禹填塞洪水，殺了相繇，相繇的血腥臭難聞，五穀都不能生長，那地方又水患成災，不能居住。禹就把那裡填塞起來，填了三次，三次塌陷，於是就把那裡挖掘成一個池子。天帝們就利用池泥建造了一些臺子。臺子在昆侖山的北邊。

有個岳山，山上生長著高大的竹子。

大荒當中，有座山名叫不句，海水由北面流入這座山。

有座係昆山，山上有個共工臺，射箭者不敢朝著有共工臺的北方射。有人穿著青色衣裳，名叫黃帝女魃。蚩尤製造了各種兵器去攻打黃帝，黃帝就命令應龍在冀州野截擊蚩尤。應龍蓄積了大量的水，蚩尤就請來風伯和雨師，興起大風大雨。黃帝於是就派叫做魃的天女下凡。她一下來大雨就停止了，於是就殺了蚩尤。天女魃不能回到天上，所居住的地方也不再下雨。叔均對天帝說了這件事，後來把她安置在赤水的北邊。叔均便成了田神。魃不時要逃亡。想要驅逐她的人，便下咒語說：「神啊，回到你的北方去吧！」事先要清除水道，疏通大小溝瀆。

有人正在吃魚，名叫深目民國，國民姓昐，以魚為主食。

有座鍾山，山中有個女子穿著青色衣裳，名叫赤水女子獻。

大荒當中，有座山名叫融父山，順水流進這座山。有個人名叫犬戎。黃帝生了苗龍，苗龍生了融吾，融吾生了弄明，弄明生了白犬，白犬集雌雄為一體，於是自己生了犬戎，犬戎以肉為食。

有一種紅色的獸，長得像馬，沒有頭，名叫戎宣王尸。

有山名叫齊州山、君山、鬵山、鮮野山、魚山。

有一種人，只有一隻眼睛，眼睛長在臉的正中央，有人說他們姓威，是少昊的子孫，以黍為主食。

有個無繼民，無繼民姓任，是無骨民的子孫後代，以空氣和魚為主食。

西北方的海外，流沙的東邊，有個國家叫中輻，是顓頊的子孫後代，以黍為主食。

有個國家名叫賴丘。有個犬戎國。有一個神，長著人的面孔、獸的身子，名叫犬戎。

西北方的海外，黑水的北邊，有一種人有翅膀，名叫苗民。顓頊生了驩頭，驩頭生了苗民。苗民姓釐，以肉為食。有座山名叫章山。

大荒當中，有衡石山、九陰山、灰野山，山上有一種紅色的樹，樹葉是青色的，開紅花，名叫若木。

有個牛黎國。國中有人沒有骨頭，是儋耳的子孫。

西北方的海外，赤水的北邊，有座章尾山。有一個神，長著人的面孔、蛇的身子，身子是紅色的，眼睛豎生，眼瞼是兩條直縫。當他閉上眼睛時，世界就是黑暗的；當他睜開眼睛時，又馬上變成白天。他不吃、不睡、不呼吸，只是吞咽風雨。他能照亮九重泉壤的陰暗，所以又叫燭龍。

卷十八　海內經

東海之內，北海之隅，有國名曰朝鮮、天毒❶，其人水居，偎人愛人❷。

西海之內，流沙之中，有國名曰壑市。

西海之內，流沙之西，有國名曰氾葉。

流沙之西，有鳥山者，三水出焉，爰有黃金、璿瑰、丹貨、銀鐵，皆流于此中。又有淮山，好水出焉。

流沙之東，黑水之西，有朝雲之國、司彘之國。黃帝妻雷祖，生昌意，昌意降處若水，生韓流。韓流擢首❸、謹耳❹、人面、豕喙、麟身、渠股❺、豚止❻，取淖子曰阿女，生帝顓頊。

流沙之東，黑水之閒，有山名不死之山。

華山、青水之東，有山名曰肇山，有人名曰柏子高，柏子高上下于此，至于天。

西南黑水之閒，有都廣之野，后稷葬焉。其城方三百里，蓋天地之中，素女所出也。爰有膏菽、膏稻、膏黍、膏稷❼，百穀自生，冬夏播琴❽，鸞鳥自歌，鳳鳥自儛，靈壽實華❾，草木所聚。爰有百獸，相羣爰處。此草也，冬夏不死。

南海之內，黑水青水之閒，有木名曰若木，若水出焉。

有禺中之國。有列襄之國。有靈山，有赤蛇在木上，名曰蝡蛇，木食。

有鹽長之國。有人焉鳥首，名曰鳥民。

有九丘，以水絡之，名曰陶唐之丘、叔得之丘、孟盈之丘、昆吾之丘、黑白之丘、赤望之丘、參衛之丘、武夫之丘、神民之丘。有木，青葉紫莖，玄華黃實，名曰建木，百仞無枝，上有九欘⑩，下有九枸⑪，其實如麻，其葉如芒。大皞爰過。黃帝所為。

有窫窳，龍首，是食人。有青獸，人面，名曰猩猩。

西南有巴國。大皞生咸鳥，咸鳥生乘釐，乘釐生後照，後照是始為巴人。

有國名曰流黃辛氏，其域中方三百里，其出是塵。有巴遂山，澠水出焉。

又有朱卷之國，有黑蛇，青首，食象。

南方有贛巨人，人面長脣，黑身有毛，反踵，見人則笑，脣蔽其目，因可逃也。

又有黑人，虎首鳥足，兩手持蛇，方啗之。

有嬴民，鳥足。有封豕⑫。

有人曰苗民。有神焉，人首蛇身，長如轅，左右其首，衣紫衣，冠旃冠，名曰延維，人主得而饗食之，伯天下。

有鸞鳥自歌，鳳鳥自舞。鳳鳥首文曰德，翼文曰順，膺文曰仁，背文曰義，見則天下和。

又有青獸如菟，名曰菌狗。有翠鳥。有孔鳥。

南海之內有衡山。有菌山。有桂山。有山名三天子之都。

南方蒼梧之丘，蒼梧之淵，其中有九嶷山，舜之所葬，在長沙零陵界中。

北海之內，有蛇山者，蛇水出焉，東入于海。有五采之鳥，飛蔽一鄉，名曰翳鳥。又有不距之山，巧倕葬其西。

北海之內，有反縛盜械[13]，帶戈常倍之佐[14]，名曰相顧之尸。

伯夷父生西岳，西岳生先龍，先龍是始生氐羌，氐羌乞姓。

北海之內，有山，名曰幽都之山，黑水出焉。其上有玄鳥、玄蛇、玄豹、玄虎、玄狐蓬尾。有大玄之山。有玄丘之民。有大幽之國。有赤脛之民。

有釘靈之國，其民從厀已下⑮有毛，馬蹏善走。

炎帝之孫伯陵，伯陵同⑯吳權之妻阿女緣婦，緣婦孕三年，是生鼓、延、殳。殳始為侯⑰，鼓、延是始為鍾，為樂風。

黃帝生駱明，駱明生白馬，白馬是為鯀。

帝俊生禺號，禺號生淫梁，淫梁生番禺，是始為舟。番禺生奚仲，奚仲生吉光，吉光是始以木為車。

少皞生般，般是始為弓矢。

帝俊賜羿彤弓素矰⑱，以扶下國，羿是始去恤下地之百艱。

帝俊生晏龍，晏龍是為琴瑟。

帝俊有子八人，是始為歌舞。

帝俊生三身，三身生義均，義均是始為巧倕，是始作下民百巧。后稷是播百穀。稷之孫曰叔均，始作牛耕。大比赤陰⑲是始為國。禹、鯀是始布土，均定九州。

炎帝之妻，赤水之子聽訞生炎居，炎居生節並，節並生戲器，戲器生祝融，祝融降處于江水，生共工，共工生術器，術器首方顛[20]，是復土穰[21]，以處江水。共工生后土，后土生噎鳴，噎鳴生歲十有二。

洪水滔天，鯀竊帝之息壤[22]以堙洪水，不待帝命。帝令祝融殺鯀于羽郊。鯀復生禹，帝乃命禹卒布土以定九州。

【章旨】本節涉及朝鮮與天毒、壑市、氾葉、鳥山三水、韓流娶淖子生帝顓頊、不死山、肇山、都廣野（后稷葬所）、若木、靈山蝡蛇、鹽長國鳥民、九丘建木、窫窳和猩猩、巴國巴人、流黃辛氏國、朱卷國、贛巨人、黑人、嬴民、苗民、鸞鳥鳳鳥、菌狗翠鳥孔鳥、南海三山、蒼梧丘（九嶷山舜之葬所）、蛇山翳鳥（不鉅山巧倕葬所）、相顧之尸、伯夷父（氐羌乞姓）、幽都山、釘靈國、伯陵生鼓延殳、鯀、番禺製造舟吉光製造車、般發明弓矢、帝俊賜羿彤弓素矰、晏龍製琴瑟、帝俊八子始創歌舞、巧倕發明下民百巧（叔均發明牛耕、大比赤陰創立國家）、炎帝子孫（祝融、共工、術器、后土、噎鳴）、鯀竊帝之息壤……

朝鮮人、天毒人對人慈愛，傍水而居。韓流人臉豬嘴，娶妻生了帝顓頊。都廣野后稷葬所疆域方圓三百里，鸞鳥歌唱，鳳鳥舞蹈，菽稻、黍稷、草木匯集。九丘建木高達百仞頂端枝椏彎曲。龍首吃人怪獸名叫窫窳。贛巨人一笑嘴脣就遮住眼睛，人們藉此機會立即逃匿。黑人長著虎頭鳥足，吞吃大蛇。祀奉延維神可以受到庇佑。鳳鳥出現天下和平德順仁義。蒼梧丘舜之葬所有山叫九嶷。幽都山有黑鳥、黑蛇、黑豹、黑虎、黑狐狸。炎帝子孫發明箭靶，創制樂曲和音律。晏龍製琴瑟，巧倕創百技，叔均開始用牛耕田犁地。鯀盜息壤防範洪水堆土又建堤，布土防水平定九州是鯀的兒子禹……

【注　釋】❶天毒　一說即「天竺」，即今之印度，在中國西南。此天毒則在東北。❷偎人愛人　對人慈愛憐憫。偎，愛。❸擢首　長腦袋。擢，拔，引申為長。❹謹耳　未詳，一說為小耳朵。❺渠股　兩條腿是駢生在一起的。渠，車輞，引申為駢生。❻豚止　豬的蹏足。❼膏菽膏稻膏黍膏稷　「菽、稻、黍、稷」前都有「膏」，意思是味道好，潤滑如膏。❽播琴　播種。❾靈壽實華　靈壽樹自然地開花結果。靈壽，樹名，似竹，有枝節。❿欘　枝椏彎曲。⓫枸　樹根盤曲交錯。⓬封豕　大野豬。封，大義。⓭反縛盜械　因罪而用桎梏反綁起來。其語義結構當為「以械反縛盜」。⓮帶戈常倍之佐　手持戈矛看管著。倍，陪。佐，側。⓯郄已下　膝蓋以下。⓰同　通；私通。⓱侯　箭靶。⓲素矰　白色帶繩的箭。矰，繫有絲繩用以射鳥的短箭。⓳大比赤陰　一說即為后稷的母親姜原。⓴首方顛　頭是方的，頭頂是平的。㉑土穰　土壤。㉒息壤　傳說能生長不已的土壤。

【語　譯】東海海內，北海的一角，有國家名叫朝鮮、天毒，那裡的人們傍水而居，對人憐憫慈愛。

西海海內，流沙當中，有個國家名叫壑市。

西海海內，流沙的西邊，有個國家名叫氾葉。

流沙的西邊，有一座鳥山，有三條水從那裡發源，水裡產有黃金、璿瑰、丹貨、銀、鐵等。還有一座淮山，是好水發源的地方。

流沙的東邊，黑水的西邊，有朝雲國、司彘國。黃帝的妻子雷祖生下昌意，昌意被貶謫到若水這個地方，生了韓流。韓流長著長腦袋、小耳朵、人的臉、豬的嘴、麒麟的身子，兩腿駢生在一起，還有豬的雙足。他娶了名叫阿女的淖子族女子為妻，生了帝顓頊。

流沙的東邊，黑水流經的地方，有山名叫不死山。

華山和青水的東邊，有山名叫肇山，有人名叫柏子高。柏子高在這裡上上下下，直到天上。

西南黑水流經的地區，有一個都廣野，后稷葬在那裡。它的疆域方圓有三百里，是天和地的中心，神女素女就出生在那裡。那裡有美味的菽、稻、黍、稷，各種各樣的穀物都自由生長，不論冬天還是夏天都可以播種；鸞鳥自由自在地歌唱，鳳鳥自由自在地舞蹈，靈壽樹到時就會開花結果，那裡是草木聚生的地方。那裡有各種各樣的鳥獸，成群結隊地和睦相處。那裡的草，不論冬天還是夏天都不會枯死。

南海海內，黑水和青水之間，有一種樹名叫若木。若水從這裡發源。

有個禺中國。有個列襄國。有座靈山，有一條紅蛇在樹上，名叫蝡蛇，以樹木為食。

有個鹽長國。有一種人長著鳥的頭，名叫鳥民。

有九座山丘，水環繞這些山丘：陶唐丘、叔得丘、孟盈丘、昆吾丘、黑白丘、赤望丘、參衛丘、武夫丘、神民丘。有一種樹，青色葉子，紫色的樹幹，開黑色的花，結黃色的果實，名叫建木。建木高達百仞，沒有樹枝，只在頂端生了許多彎曲的枝椏，下面也長了盤根錯節的樹根，結的果實像麻實，葉子像芒木的葉。大皞曾經從這裡經過，建木是黃帝栽種培育的。

有一種怪獸叫窫窳，長著龍的頭，吃人。有一種青獸，長著人的面孔，名叫猩猩。

西南方有個巴國。大皞生了咸鳥，咸鳥生了乘釐，乘釐生了後照，後照便是巴人的祖先。

有個國家名叫流黃辛氏，國家的疆域有方圓三百里，最常見的是駝鹿。有座巴遂山，是澠水的發源地。

還有個朱卷國。有黑色的蛇，長著青色的腦袋，以大象為食。

南方有一種贛巨人，長著人的面孔，長長的嘴唇，黑色的身子，渾身是毛，足跟是反生的，見了人就笑，一笑嘴唇就翻轉遮住了眼睛，人們藉此機會立即逃跑。

又有一種黑人，長著老虎的頭、鳥的足，兩手抓著一條蛇，正在吞吃。

有一個叫嬴民的部族，長著鳥的足。附近有大野豬。

有一種人叫苗民。有一個神，長著人的腦袋、蛇的身子，身子有車轅那樣長，左右各長著一個腦袋，穿著紫色衣服，戴著旃帽，名叫延維。國君如果得到他並祀奉他食物，就可以受到他的庇佑，稱霸天下。

有鸞鳥自由自在地唱歌，鳳鳥自由自在地舞蹈。鳳鳥頭上有「德」字，翅膀上有「順」字，胸脯上有「仁」字，背上有「義」字，牠一出現天下就會和平。

還有一種青色的獸像兔子，名叫菌狗。有翠鳥，還有孔雀。

南海海內有衡山。有菌山、桂山。有座山名叫三天子之都。

南方的蒼梧丘、蒼梧淵中有座九嶷山，是舜所埋葬的地方，在長沙零陵境內。

北海海內，有座蛇山，蛇水從這裡發源，向東流入大海。有一種五彩羽毛的鳥，飛起來可以遮蔽一鄉的天空，名叫翳鳥。還有一座不鉅山，巧倕就埋葬在山的西面。

北海海內，有人被桎梏反縛起來，身邊總是有人拿著戈看管著他，他的名字叫相顧之尸。

伯夷父生了西岳，西岳生了先龍，先龍生了氐羌人的祖先，氐羌人姓乞。

北海海內，有座山名叫幽都山，是黑水發源的地方。山上有黑鳥、黑蛇、黑豹、黑虎和帶著毛蓬蓬大尾巴的黑狐狸。有大玄山。有玄丘民。有大幽國。有赤脛民。

有個釘靈國，國民從膝蓋以下都長著毛，還長著馬的蹄足，善於奔跑。

炎帝有個孫子叫伯陵，伯陵和吳權的妻子阿女緣婦私通，緣婦懷孕三年，生下鼓、延、殳三個兒子。殳創造發明了射箭的箭靶，鼓和延創造製作了鐘，還創制了樂曲和音律。

黃帝生了駱明，駱明生了白馬，白馬就是鯀。

帝俊生了禺號，禺號生了淫梁，淫梁生了番禺，番禺創造了舟船。番禺生了奚仲，奚仲生了吉光，吉光發明用樹木做成車子。

少皞生了般，般創製了弓和箭。

帝俊賜給羿紅色的弓和白色的帶繩的箭，叫他扶助下方的國家。羿於是開始去體恤、幫助下方艱難困苦的百姓眾生。

帝俊生了晏龍，晏龍創製了琴和瑟這樣兩種樂器。

帝俊有八個兒子，他們創制了歌舞。

帝俊生了三身，三身生了義均，義均便成為所謂的巧倕，發明創造了下方人民所需要的百工技巧。后稷開始播種百穀。后稷有個孫子叫叔均，他發明用牛來耕田犁地。大比赤陰開始建立國家。禹和鯀開始在天下布放土壤，平定九州。

炎帝的妻子、赤水族女人聽訞生了炎居，炎居生了節竝，節竝生了戲器，戲器生了祝融，祝融被貶謫到江水居住，生下共工。共工又生了術器，術器的頭是方的，頭頂是平的，他恢復了土壤，仍然住在江水。共工生下后土，后土生下噎鳴，噎鳴生了一年的十二個月。

洪水滔天，鯀沒有得到天帝的允許，盜竊了天帝的神奇息壤來堆土建堤，防範洪水。天帝下令祝融在羽山的郊野殺了鯀。鯀又生了禹，天帝就命令禹去布土防水，終於平定了九州。

文學的・歷史的・哲學的・宗教的　古籍精華　盡在三民

古籍今注新譯叢書

哲學類

新譯四書讀本
新譯論語新編解義
新譯學庸讀本
新譯孝經讀本
新譯易經讀本
新譯乾坤經傳通釋
新譯周易六十四卦經傳通釋
新譯易經繫辭傳解義
新譯禮記讀本
新譯儀禮讀本
新譯孔子家語
新譯老子讀本
新譯帛書老子
新譯老子解義
新譯莊子讀本
新譯莊子本義
新譯莊子內篇解義
新譯列子讀本
新譯管子讀本
新譯墨子讀本
新譯公孫龍子
新譯晏子春秋
新譯鄧析子
新譯荀子讀本
新譯尹文子
新譯尸子讀本
新譯鶡冠子
新譯鬼谷子
新譯韓非子
新譯呂氏春秋
新譯韓詩外傳
新譯淮南子
新譯春秋繁露
新譯新書讀本
新譯新語讀本
新譯潛夫論
新譯論衡讀本
新譯申鑒讀本
新譯人物志
新譯張載文選
新譯近思錄
新譯傳習錄
新譯呻吟語摘
新譯明夷待訪錄

文學類

新譯詩經讀本
新譯楚辭讀本
新譯文心雕龍
新譯六朝文絜
新譯世說新語
新譯昭明文選
新譯古文觀止
新譯古文辭類纂
新譯樂府詩選
新譯古詩源
新譯千家詩
新譯詩品讀本
新譯花間集
新譯南唐詞
新譯絕妙好詞
新譯唐詩三百首
新譯宋詩三百首
新譯宋詞三百首
新譯元曲三百首
新譯明詩三百首
新譯清詩三百首
新譯清詞三百首
新譯唐人絕句選
新譯拾遺記
新譯搜神記
新譯唐才子傳
新譯唐傳奇選
新譯宋傳奇小說選
新譯明傳奇小說選
新譯容齋隨筆選
新譯明散文選
新譯明清小品文選
新譯人間詞話
新譯白香詞譜
新譯幽夢影
新譯菜根譚
新譯小窗幽記
新譯圍爐夜話
新譯郁離子
新譯歷代寓言選
新譯賈長沙集
新譯揚子雲集
新譯建安七子詩文集
新譯曹子建集
新譯阮籍詩文集
新譯嵇中散集
新譯陸機詩文集
新譯陶淵明集
新譯江淹集
新譯庾信詩文選
新譯初唐四傑詩集
新譯駱賓王文集
新譯王維詩文集
新譯孟浩然詩集
新譯李白詩全集
新譯李白文集
新譯杜甫詩選
新譯杜詩菁華
新譯高適岑參詩選
新譯昌黎先生文集
新譯劉禹錫詩文選
新譯柳宗元文選
新譯白居易詩文選
新譯元稹詩文選
新譯李賀詩集
新譯杜牧詩文集

新譯李商隱詩選
新譯范文正公選集
新譯蘇洵文選
新譯蘇軾文選
新譯蘇軾詞選
新譯蘇轍文選
新譯曾鞏文選
新譯王安石文選
新譯唐宋八大家文選
新譯柳永詞集
新譯李清照集
新譯辛棄疾詞選
新譯陸游詩文選
新譯歸有光文選
新譯唐順之詩文選
新譯徐渭詩文選
新譯薑齋文集
新譯顧亭林文集
新譯納蘭性德詞
新譯方苞文選
新譯鄭板橋集
新譯袁枚詩文選
新譯李慈銘詩文選
新譯聊齋誌異選
新譯閱微草堂筆記
新譯浮生六記
新譯弘一大師詩詞全編

教育類

新譯爾雅讀本
新譯顏氏家訓
新譯聰訓齋語
新譯曾文正公家書
新譯三字經
新譯百家姓
新譯幼學瓊林
新譯增廣賢文・千字文
新譯格言聯璧

歷史類

新譯史記
新譯漢書
新譯後漢書
新譯三國志
新譯資治通鑑
新譯史記——名篇精選
新譯尚書讀本
新譯周禮讀本
新譯逸周書
新譯左傳讀本
新譯公羊傳
新譯穀梁傳
新譯春秋穀梁傳
新譯戰國策
新譯國語讀本
新譯說苑讀本
新譯新序讀本
新譯吳越春秋
新譯西京雜記
新譯列女傳
新譯越絕書
新譯燕丹子
新譯東萊博議
新譯唐六典
新譯唐摭言

宗教類

新譯金剛經
新譯高僧傳
新譯碧巖集
新譯百喻經
新譯楞嚴經
新譯梵網經
新譯圓覺經
新譯法句經
新譯六祖壇經
新譯禪林寶訓
新譯維摩詰經
新譯經律異相
新譯阿彌陀經
新譯無量壽經
新譯妙法蓮華經
新譯景德傳燈錄
新譯大乘起信論
新譯釋禪波羅蜜
新譯八識規矩頌
新譯永嘉大師證道歌
新譯華嚴經入法界品
新譯地藏菩薩本願經
新譯悟真篇
新譯无能子
新譯坐忘論
新譯列仙傳
新譯抱朴子
新譯神仙傳
新譯性命圭旨
新譯老子想爾注
新譯周易參同契
新譯道門觀心經
新譯養性延命錄
新譯樂育堂語錄
新譯沖虛至德真經
新譯長春真人西遊記
新譯黄庭經・陰符經

地志類

新譯山海經
新譯水經注
新譯佛國記
新譯大唐西域記
新譯洛陽伽藍記
新譯徐霞客遊記
新譯東京夢華錄

政事類

新譯商君書
新譯鹽鐵論
新譯貞觀政要

軍事類

新譯孫子讀本
新譯司馬法
新譯尉繚子
新譯三略讀本
新譯六韜讀本
新譯吳子讀本
新譯李衛公問對

◎新譯水經注

陳橋驛等／注譯

《水經注》成書於西元六世紀，是一部以記載河道水系為主的綜合性地理巨作，在中國地理學、考古學、水利學等自然與人文學科的研究上，具有重要地位。其華美的文字和高明的寫作技巧，更被譽為中國山水寫景的太上之作。本書正文以武英殿校釋本為底本，校正和補足許多錯誤及衍脫，並收錄了趙一清等人的輯佚增補。各篇題解提綱挈領，注釋明白切當，語譯則力求通俗易曉，篇後並有研析重點解說，不僅便於學術界研究參考，也有裨於一般讀者披閱欣賞。